Un envoûtant rendez-vous

NORA ROBERTS

Un envoûtant rendez-vous

Collection : NORA ROBERTS

Titre original : RULES OF THE GAME

Traduction française de FABRICE CANEPA

HARLEQUIN®
est une marque déposée par le Groupe Harlequin

ÉDITIONS HARLEQUIN

83-85, boulevard Vincent Auriol, 75646 PARIS CEDEX 13.

Service Lectrices — Tél. : 01 45 82 47 47
www.harlequin.fr

SBN 978-2-28031451-0

Chapitre 1

— Un sportif ? s'exclama Brooke d'un ton ironique. Je me demande vraiment qui a pu avoir une idée aussi stupide !

Elle leva sa tasse en un toast moqueur et avala une gorgée de café brûlant.

— Je ne vois vraiment pas où est le problème, objecta Claire. Le fait que De Marco compte utiliser un athlète pour faire la promotion de ses articles n'a rien d'extraordinaire. Des tas de marques le font déjà. Et puis, la réalisation des spots publicitaires devrait te rapporter une somme assez conséquente…

Brooke jeta à Claire un regard appuyé. C'était l'un des talents qu'elle avait développés très tôt pour dissimuler ses incertitudes et intimider ses interlocuteurs. Elle jouait de ses yeux gris comme d'une arme qui suffisait généralement à impressionner la plupart des gens auxquels elle avait affaire, qu'il s'agisse de cadres d'entreprise hautains, de fournisseurs indélicats ou d'acteurs récalcitrants.

Mais il en fallait bien plus pour déstabiliser Claire Thorton. A quarante-neuf ans, elle se trouvait à la tête de l'une des principales agences de publicité du pays qu'elle avait bâtie de ses propres mains à force de génie, d'audace et de ténacité. Depuis plus de vingt-cinq ans, elle gérait cette entreprise à sa façon et n'entendait pas laisser qui que ce soit lui dicter sa façon de travailler.

Brooke l'avait rencontrée pour la première fois près de dix ans auparavant, lorsqu'elle avait décroché un poste au sein de Thorton Productions. Elle n'avait alors que dix-huit ans et était bien décidée à se frayer un chemin jusqu'aux plus hauts sommets. De factotum, elle était devenue éclairagiste puis assistante caméra jusqu'à décrocher enfin le poste si envié de réalisatrice.

C'était Claire en personne qui lui avait confié son premier spot publicitaire et elle n'avait jamais regretté sa décision. Elle avait cru sentir chez la jeune femme ce talent si rare qui faisait les grands réalisateurs. Et, une fois de plus, son intuition s'était révélée correcte.

Brooke était douée d'un sens de l'image et du rythme qui conférait à chacune de ses créations cette étincelle de vie qui faisait si souvent défaut à la majorité des publicités. Elle partageait également avec Claire deux traits de caractère qui les rapprochaient : l'ambition et l'attachement à son indépendance.

— Un athlète, soupira Brooke en détachant enfin son regard de celui de Claire.

Elle contempla pensivement le bureau dans lequel elle travaillait. C'était une pièce de petite taille qui contenait, outre sa table de travail, un canapé et une table basse sur laquelle étaient posés plusieurs exemplaires du magazine *American Cinematographer.*

Aux murs étaient accrochés plusieurs clichés tirés de spots publicitaires sur lesquels Brooke avait travaillé. Dans un coin, trônait une imposante machine à espresso dont elle faisait un usage plus que libéral.

Son bureau proprement dit était encombré de dossiers

de productions, de photographies de repérage, de scripts et de mémos divers. Une lampe Arts déco était posée sur une pile de livres et un assortiment impressionnant de stylos et de crayons débordait d'un vase ébréché en porcelaine de Sèvres.

Derrière la jeune femme, en équilibre instable sur un guéridon, un ficus se mourait dans un pot de terre décoré de motifs mexicains.

— Mais pourquoi ne prennent-ils pas plutôt un acteur ? demanda Brooke en s'arrachant à la contemplation des lieux. Tu sais combien il est difficile de diriger les sportifs et les chanteurs. La plupart d'entre eux seraient incapables de jouer juste, même si leur vie en dépendait !

D'un geste qui trahissait son agacement, elle remit un semblant d'ordre dans la pile de documents qui était posée à sa droite.

— Tu n'as qu'à leur dire qu'il y a des tas d'acteurs professionnels qui ne demanderaient pas mieux que de jouer dans ce spot et qu'ils feraient un bien meilleur travail que ce type.

Claire lui décocha un sourire patient qui se teintait d'une pointe d'ironie.

— Tu sais parfaitement qu'ils préféreront un visage connu pour promouvoir leurs produits.

— Connu ? répéta Brooke d'un ton méprisant. Je me demande bien qui a entendu parler de ce Parks Jones.

— Tous les amateurs de base-ball du pays, répondit Claire.

— Mais il s'agit de vendre des vêtements, pas des battes ou des gants de base-ball, objecta Brooke.

— Parks a remporté huit Golden Gloves, poursuivit

Claire sans se laisser démonter le moins du monde. Cela fait huit saisons qu'il se qualifie pour la compétition All Star et il est considéré comme l'un des meilleurs joueurs de la ligue.

— Comment sais-tu tout ça ? demanda Brooke en fronçant les sourcils.

— J'ai fait quelques recherches. C'est le secret de la réussite pour un producteur. Maintenant, c'est à toi de jouer. Au fait, j'espère que tu es disponible, ce soir, parce que j'ai acheté deux billets pour le match des Kings contre les Valiants.

— Et à quelle équipe appartient Jones ?

— Tu n'as qu'à réviser tes leçons, répondit Claire en se levant.

Sans attendre les protestations de Brooke, elle se dirigea vers la porte et quitta le bureau de la jeune femme. Avec un soupir exaspéré, Brooke fit pivoter sa chaise pour faire face à la baie vitrée qui dominait Los Angeles. Du vingtième étage de la tour Thorton, elle avait une vue imprenable sur la ville.

Au sein de l'entreprise, ce genre d'avantage était réservé aux meilleurs éléments. Mais Brooke n'y attachait que peu d'importance, préférant toujours se projeter dans l'avenir que se réjouir des acquis du passé.

Sans s'en rendre compte, elle jouait avec une mèche de ses cheveux roux. Elle les portait longs et ne se coiffait que lorsqu'elle y pensait, ce qui lui arrivait très rarement. La plupart du temps, elle se contentait de les attacher en queue-de-cheval.

Le peu de souci qu'elle accordait à son apparence extérieure se retrouvait dans les vêtements qu'elle portait. Pour rien au monde, elle n'aurait troqué son jean contre une jupe ou une robe. Et elle préférait généralement puiser dans l'impressionnante collection de T-shirts qu'elle possédait plutôt que de porter un chemisier.

Elle ne se maquillait quasiment jamais. Mais ses longs cils et ses lèvres très rouges contrastaient avec la couleur très pâle de sa peau. L'impression de fragilité que donnaient ses grands yeux gris et son nez mutin était contredite par son menton volontaire.

La seule touche de coquetterie qu'elle s'autorisait résidait dans son parfum. Il était scandaleusement cher mais elle était tombée amoureuse de cette fragrance fraîche et iodée et ne pouvait plus s'en passer.

Se détournant brusquement de la fenêtre, Brooke récupéra le dossier que Claire avait posé sur son bureau et l'ouvrit. Il présentait la nouvelle collection de De Marco, un couturier italien qui s'était spécialisé dans les jeans élégants et les articles de cuir. Récemment, l'entreprise avait décidé de diversifier ses campagnes publicitaires. Elle avait fait appel à Thorton Productions pour réaliser une série de spots publicitaires.

Il s'agissait d'un contrat de deux ans et l'enveloppe affectée à ce projet était suffisamment généreuse pour que Brooke puisse donner libre cours à son imagination. Théoriquement, c'était le genre de projet qui aurait dû susciter son enthousiasme.

L'annonceur lui laissait quasiment carte blanche, ce qui était une marque de confiance aussi rare que précieuse dans son milieu. Mais Brooke estimait le mériter. Après tout, elle avait déjà remporté trois prix Clio qui récompensaient ses dernières créations. Ce n'était pas si mal pour une femme de vingt-huit ans qui n'avait ni diplôme ni relations.

La seule exigence de De Marco était qu'elle emploie ce fameux Parks Jones. Et Claire lui avait parfaitement fait comprendre qu'ils n'étaient pas décidés à transiger sur ce point. Il lui faudrait donc s'en accommoder.

Réprimant un nouveau soupir, Brooke décrocha son téléphone et composa le numéro de son assistante.

— Trouve-moi tout ce que tu peux sur un certain Parks Jones, lui dit-elle. Apparemment, c'est un joueur de base-ball assez célèbre. Et demande à Mlle Thorton à quelle heure je dois passer la chercher, ce soir.

A moins de six pâtés de maisons de là, Parks Jones était assis dans le bureau de son agent et contemplait ce dernier d'un air réprobateur.

— Comment ai-je pu te laisser me convaincre d'accepter ? grommela-t-il.

— Tu l'as fait parce que tu as confiance en moi, déclara-t-il avec une assurance tranquille.

— J'ai peut-être tort, répliqua Parks.

Lee Dutton lui décocha l'un de ses sourires qui avaient le don de le rendre instantanément sympathique à ses interlocuteurs. Il savait jouer à merveille de la physionomie engageante dont l'avait doté la nature. Mais Parks le connaissait suffisamment pour ne pas s'y tromper : sous son apparence bienveillante se dissimulaient un esprit acéré et un talent redoutable de négociateur.

Lee était l'un des meilleurs agents sportifs du circuit et c'était pour cette raison que Parks l'avait engagé. Malgré les différends qui les opposaient parfois, il existait entre les deux hommes un mélange de confiance et de respect.

— Je suis joueur de base-ball, pas mannequin, reprit Parks.

— J'en ai parfaitement conscience, rétorqua Lee. Et c'est bien pour cela que De Marco fait appel à toi. D'ailleurs, ce n'est pas la première fois que tu as un sponsor.

— Sauf qu'il ne s'agit pas d'un fabricant de matériel sportif ou d'une marque de rasoirs mais d'un couturier, objecta Parks. Et je ne tiens vraiment pas à me rendre ridicule…

Lee tira une profonde bouffée de havane et observa la fumée qui montait lentement en direction du plafond. Il était convaincu que Parks ne serait pas ridicule. En fait, sa silhouette athlétique, ses cheveux blonds et son visage aux traits volontaires feraient de lui l'ambassadeur idéal pour les vêtements De Marco.

Il était déjà la coqueluche de toutes les femmes qui s'intéressaient au base-ball. Et son caractère affable et décontracté lui attirait la sympathie des hommes. Il était séduisant, talentueux et intelligent. C'était le rêve de tous les annonceurs.

— Je suis persuadé qu'il s'agit d'une occasion en or, déclara Lee avec une assurance tranquille. D'autant que tu as déjà trente-trois ans. Combien de temps encore penses-tu pouvoir rester dans le circuit ?

Parks le foudroya du regard. Ce n'était pas la première fois que tous deux s'entretenaient de sa reconversion future et Lee savait pertinemment qu'il s'agissait pour l'athlète d'un sujet très sensible. Mais il avait vu trop de sportifs sombrer après avoir pris leur retraite et considérait qu'il était de son devoir d'y préparer ses poulains.

— Je ne vois pas le rapport, déclara Parks avec une parfaite mauvaise foi.

— Il faut que tu penses à ton avenir.

— C'est déjà fait. A trente-cinq ans, je suis bien décidé à me trouver une maison sur une petite île du Pacifique. Là, je passerai mon temps à pêcher, à dormir au soleil et à regarder les filles se promener sur la plage.

Lee estima qu'il tiendrait peut-être six semaines avant de sombrer dans l'ennui et la dépression. Mais il jugea préférable de garder cette opinion pour lui.

— J'ai déjà plus d'argent que je ne peux en dépenser, poursuivit Parks. Alors pourquoi passerais-je l'hiver à travailler alors que je pourrais m'offrir des vacances ?

— Parce que c'est bon pour ton image. Et ce qui est bon pour toi est bon pour le club et pour le base-ball en général. Cette campagne donnera à ton sport un surcroît de visibilité. De toute façon, il est trop tard pour faire marche arrière. Tu as déjà signé un contrat qui te lie à De Marco.

Parks se leva en soupirant.

— Je crois que je vais aller m'entraîner un peu. Mais je te préviens : si jamais je me ridiculise à cause de toi, je change d'agent !

Pas plus que Parks, Lee ne prit cette menace au sérieux.

Brooke remontait à vive allure l'allée bordée de rhododendrons qui conduisait à la villa de Claire. Celle-ci était une bâtisse de style indéterminé. Immense, construite sur plusieurs niveaux et ornée d'une multitude de colonnes, elle était d'un blanc resplendissant.

Elle avait appartenu jadis à un célèbre acteur du cinéma

muet. Puis elle avait été rachetée par un riche magnat du parfum qui se piquait d'orientalisme et avait décoré la plupart des pièces à la mode chinoise ou japonaise. Quinze ans plus tôt, Claire était tombée amoureuse de cette improbable demeure et l'avait rachetée pour une somme colossale.

Comme à son habitude, Brooke freina violemment et son coupé sport s'arrêta dans un crissement de pneus au pied de l'escalier de marbre qui conduisait à la porte d'entrée. Elle sortit de son véhicule et inspira une profonde bouffée d'air frais. Il était saturé du parfum des fleurs exotiques que Claire avait fait planter dans l'immense jardin.

D'un pas décidé, Brooke gravit les marches pour frapper vigoureusement quelques coups au battant décoré de moulures élaborées. Sans attendre qu'on vienne lui ouvrir, elle pénétra dans le hall aux murs vert menthe.

— Claire ! appela-t-elle. Tu es prête ? Je meurs de faim !

Une petite femme vêtue d'une robe grise émergea de la pièce qui se trouvait sur sa droite.

— Bonjour, Edna, dit Brooke en lui décochant un sourire cordial. Savez-vous où se trouve Claire ? Je ne me sens pas le courage de parcourir toute la maison à sa recherche.

— Elle s'habille, mademoiselle Gordon, répondit la gouvernante.

Son accent anglais avait quelque chose de précieux et de légèrement démodé qui s'accordait bien avec cette maison étrange.

— Elle ne devrait pas tarder à descendre. Puis-je vous offrir quelque chose à boire ?

— Je veux bien un Perrier, s'il vous plaît, déclara Brooke en suivant Edna dans le salon.

Elle se laissa tomber sur le canapé.

— Vous a-t-elle dit où nous allions ?

— Oui, mademoiselle, répondit la gouvernante en se dirigeant vers le bar.

Elle sortit une bouteille de Perrier du petit réfrigérateur et en versa le contenu dans un grand verre de cristal.

— Voulez-vous une tranche de citron ?

— Volontiers, acquiesça Brooke.

Edna découpa prestement un citron et fit tomber l'un des quartiers dans le verre de la jeune femme. Ses gestes étaient précis et mesurés, témoignant du soin qu'elle apportait à toute chose. C'était l'une des qualités qui lui avait valu d'être embauchée par lord Westbrook dans le Devon.

Puis Claire Thorton l'avait débauchée. Edna Billings avait accepté cette nouvelle position tout en se jurant de ne jamais se laisser américaniser. Elle conservait un détachement et un humour très britanniques que Brooke appréciait beaucoup. De son côté, Edna éprouvait une forme d'affection amusée à l'égard de la jeune femme au caractère si affirmé.

— Franchement, je ne vois pas pourquoi les Américains ont cru bon de dénaturer le cricket de cette façon, déclara Edna en tendant à Brooke son verre de Perrier.

— Je ne suis même pas sûre de connaître la différence entre les deux. Mais j'avoue que l'idée de voir Claire dans les tribunes d'un stade au milieu de milliers de spectateurs en furie me paraît très réjouissante.

— Mlle Thorton a le chic pour s'adapter à toutes

les situations, répondit Edna en haussant les épaules. Je suis certaine que cela lui plaira beaucoup.

— C'est bien possible, soupira Brooke.

Elle avala une gorgée d'eau pétillante avant de poursuivre.

— Claire s'est mis en tête qu'en voyant jouer ce Parks Jones, je trouverai peut-être l'inspiration. A mon avis, c'est une perte de temps. Je préférerais aller dîner tranquillement quelque part.

— Tu n'auras qu'à acheter un hot dog et un verre de bière au stade, déclara Claire qui venait tout juste de les rejoindre.

Brooke observa d'un air incrédule le pantalon de couturier, le chemiser de soie sauvage et les chaussures en cuir que portait son amie.

— Tu sais que nous allons à un match de base-ball, pas à un vernissage, observa-t-elle d'un ton ironique. En plus, tu devrais savoir que je déteste la bière.

— C'est bien dommage pour toi, rétorqua Claire.

Elle ouvrit son sac à main en crocodile et en inspecta le contenu avant de le refermer.

— Bien, je suis prête, déclara-t-elle. Nous ferions mieux d'y aller si nous ne voulons pas rater le début. Bonne soirée, Edna.

— A vous de même.

Brooke vida son verre d'une traite et suivit Claire jusqu'à la porte.

— Nous pourrions quand même nous arrêter en route, histoire de manger un morceau, suggéra-t-elle. Après tout, ce n'est pas très grave si nous manquons une manche ou deux. Rien ne me met de plus mauvaise humeur que de sauter un repas.

Claire savait que l'importance que Brooke accordait à ses repas s'expliquait par les privations dont elle avait souffert durant son adolescence.

— Tu n'auras qu'à commander deux hot dogs, suggéra-t-elle tandis que toutes deux prenaient place dans le coupé de Brooke. Le stade se trouve à quarante-cinq minutes en voiture, ajouta-t-elle en consultant sa montre. Ce qui signifie que nous devrions y être dans vingt-cinq minutes.

— Ne t'avise pas de critiquer ma façon de conduire !

— Je ne me le permettrais pas, ironisa Claire en bouclant soigneusement sa ceinture.

Mais son estimation s'avéra étonnamment précise : moins d'une demi-heure plus tard, Brooke débouchait en trombe sur le parking du stade. Elle parvint à trouver une place et immobilisa son véhicule d'un coup de freins bien senti. Claire manqua s'assommer contre le pare-brise mais Brooke ne s'en aperçut pas, trop absorbée par le compte rendu qu'elle était en train de faire.

— Les deux adultes n'étaient pas terribles et la table s'est effondrée à plusieurs reprises mais le gamin jouait juste chaque fois ! Franchement, tu devrais passer à la salle de montage…

— Tu sais que je te fais entièrement confiance pour ce genre de chose, objecta Claire en massant son front douloureux.

Les deux femmes durent se contorsionner pour sortir du coupé qui était bloqué entre deux imposants 4x4.

— Ce que je veux dire, c'est que cet enfant serait idéal pour le rôle de Buddy dans *Familles en déclin*, le téléfilm sur lequel tu travailles. C'est un acteur-né. Franchement, il m'a sidérée.

— Très bien, acquiesça Claire. Je jetterai un coup d'œil à cette publicité.

Les deux femmes se frayèrent un chemin dans la foule en direction de l'une des portes du stade. L'atmosphère était brûlante et une senteur lourde d'asphalte et de sueur mêlés flottait dans l'air. Le soleil était en train de se coucher et la lueur des projecteurs déchirait la nuit tombante.

Brooke percevait le mélange indéfinissable de tension et d'impatience qui habitait les spectateurs. Alors qu'elles approchaient de l'entrée, elle fut assaillie par l'odeur du pop-corn, des hot dogs et de la bière qui émanait des stands. Son estomac grogna de frustration.

— Est-ce que tu sais par quelle porte nous sommes censées passer ? demanda-t-elle.

— Ne t'en fais pas pour ça, répondit Claire.

De fait, elle les guida avec assurance jusqu'à l'une des entrées. Après avoir donné leurs billets, elles gravirent l'un des escaliers qui menaient aux tribunes. Là, la tension devenait plus palpable. Le murmure de milliers de voix couvrait la musique qui sortait des haut-parleurs.

La lumière des spots était si vive qu'on aurait pu se croire en plein jour. Des dizaines de vendeurs circulaient parmi les rangées, proposant toutes sortes de boissons gazeuses et de friandises. Brooke sentit l'excitation ambiante l'envahir. Sa peau était parcourue d'un irrépressible frisson d'anticipation.

Instantanément, son agacement disparut pour laisser place à de la curiosité. En tant que réalisatrice, elle se passionnait pour les réactions humaines. Et voilà qu'elle se trouvait brusquement confrontée à des milliers de personnes qui étaient rassemblées par la même passion, la même attente. Il y avait là quelque chose d'électrique.

L'espace d'un instant, elle se demanda comment une simple pelouse pouvait éveiller une réaction aussi primaire. Il y avait quelque chose de magique dans cette version moderne des jeux du cirque, cet exutoire à grande échelle qui permettait à chacun d'exorciser ses angoisses et ses préoccupations quotidiennes.

— Regarde-les, Claire, murmura-t-elle, fascinée. Tu crois que c'est toujours comme ça que ça se passe ?

— Les Kings ont fait une excellente saison, répondit son amie. Ils sont en tête du championnat et ont trois points d'avance sur les seconds. Et Jones est en train de devenir un véritable héros…

Brooke hocha la tête, incapable de détacher son regard de la foule. Qui étaient tous ces gens ? D'où venaient-ils ? Où iraient-ils, une fois que le match serait terminé ?

Le public semblait constituer un échantillon représentatif de la population, une coupe transversale du corps social. Il y avait des vieillards qui débattaient à mi-voix, évoquant sans doute les scores et les statistiques d'équipes depuis longtemps disparues.

On voyait des familles : le mari bouillant d'impatience, la femme veillant sur les enfants surexcités. Il y avait autant de néophytes que de fanatiques arborant fièrement T-shirt, casquette et écharpe aux couleurs de leur équipe. Des dizaines de caméras immortalisaient ces instants et Brooke se surprenait déjà à imaginer les plans qu'elle aurait choisis, les angles qu'elle aurait privilégiés.

Tout en suivant Claire jusqu'à leurs sièges, elle s'imprégnait de cette ferveur collective, appréciant la moiteur, le bruit, le choc des couleurs. Il y avait ici quelque chose de terriblement réel, comme si tout avait soudain gagné en intensité.

Brusquement, Brooke s'immobilisa et posa la main sur l'avant-bras de sa compagne.

— Est-ce que ce n'est pas Brighton Boyd ? murmura-t-elle en désignant discrètement l'un des spectateurs.

L'acteur qui venait de décrocher un oscar était assis sur l'un des bancs, un sac de cacahuètes sur les genoux.

— Si, confirma Claire. Et apparemment, nous sommes assises juste à côté de lui.

Elle salua cordialement Brighton qu'elle paraissait connaître personnellement et lui présenta Brooke. Intimidée malgré elle, celle-ci serra la main de l'acteur et se coula jusqu'à la place qui lui était réservée.

— Excellent ! s'exclama Claire. D'ici, nous avons une vue imprenable sur la troisième base !

Brooke hocha la tête et se perdit de nouveau dans la contemplation de la foule. Si elle avait dû filmer une publicité pour le base-ball, ce n'est pas tant vers le terrain qu'elle aurait tourné sa caméra mais plutôt vers le public.

Un panoramique très lent sur les visages tournés vers la pelouse. Le son qui monte graduellement comme une vague. Coupez ! Plan plus serré sur les visages.

— Tiens, Brooke, voilà de quoi calmer ta faim, lui dit Claire, l'arrachant à ses pensées.

La jeune femme s'empara du hot dog que lui tendait son amie. Lorsqu'elle croqua dedans, elle ne put retenir un sourire. Il était dégoulinant de graisse et de ketchup et avait le goût de l'enfance.

— Qui se charge de faire la publicité de l'équipe ? demanda-t-elle, curieuse.

Avant que Claire puisse lui répondre, une clameur monta dans le stade. Des milliers de voix se mêlaient, des milliers de pieds frappaient le sol en rythme, faisant trembler les rangées de sièges.

L'équipe locale venait d'entrer sur le terrain.

Brooke observa les hommes qui se mettaient en position. Ils étaient vêtus de tenues blanches qui semblaient étinceler sous la lueur des projecteurs. Leurs casquettes et leurs chaussettes bleu marine contrastaient avec leurs maillots immaculés. Ils avaient vraiment fière allure.

Brooke se concentra sur l'homme qui s'était posté près de la troisième base. Il lui tournait le dos et elle ne pouvait apercevoir son visage. Par contre, elle put apprécier sa stature. Il était moins grand qu'elle ne l'aurait pensé, et devait mesurer un mètre quatre-vingts. Au jugé, il pesait quatre-vingts kilos, tout en muscles.

Il était plutôt fin, ce qui faisait de lui un mannequin idéal. Elle le vit s'agenouiller brusquement pour assouplir ses jambes. Il se releva avec une vitesse et une agilité presque félines. Au moins, songea-t-elle, il bougeait bien. Mais ce n'était peut-être pas si surprenant que cela pour un sportif professionnel.

Tandis qu'il poursuivait ses assouplissements, elle sentit naître en elle une pointe d'admiration qui n'était pas seulement d'ordre professionnel. Les gestes de Parks avaient une grâce naturelle, une fluidité déconcertante qui trahissaient un parfait contrôle de soi. Il se dégageait de lui une impression de force maîtrisée qui évoquait celle d'un danseur.

Si elle parvenait à la fixer sur la pellicule, elle n'aurait peut-être pas à se soucier de ses talents d'acteur. Elle utiliserait au maximum la sensualité instinctive qui émanait de lui, ce magnétisme presque animal qu'elle percevait alors qu'elle se trouvait à plusieurs dizaines de mètres de lui.

Brusquement, il se retourna et Brooke aperçut enfin son visage. Son intérêt laissa alors place à une franche admiration. Parks était très beau. Mais cette beauté n'était pas celle d'un mannequin, lisse et vaguement androgyne. Il y avait dans ses traits une certaine dureté.

Elle repensa aux gladiateurs et décida que c'était exactement à cela qu'ils devaient ressembler. Sa bouche était dure, ses yeux bleus brillaient d'une lueur décidée. On aurait dit un guerrier attendant résolument la charge de ses ennemis, prêt à se battre et à mourir s'il le fallait.

La volonté implacable qui l'habitait se lisait dans son regard et dans sa démarche. Rien ni personne ne semblait pouvoir l'arrêter. Puis un spectateur cria son nom et il leva les yeux vers les tribunes. Instantanément, son expression se modifia. Un sourire amène et sympathique adoucit son visage, révélant un charme et une gentillesse inattendus.

— Alors ? Qu'est-ce que tu en penses ? demanda Claire.

Arrachée à sa contemplation, Brooke prit le temps d'avaler une bouchée de hot dog avant de répondre.

— Je crois qu'il fera l'affaire, déclara-t-elle. Il bouge bien.

— S'il faut en croire ce que j'ai entendu dire, tu n'as encore rien vu !

Quelques minutes plus tard, le match commença et Brooke ne tarda pas à comprendre ce que voulait dire Claire. Parks se déplaçait à la vitesse de l'éclair, ne s'accordant pas un seul instant de repos. Il y avait dans sa façon de jouer un déroutant mélange d'enthousiasme enfantin et de maîtrise professionnelle. Brooke ne connaissait pas grand-chose aux règles du base-ball mais il était évident que cette combinaison faisait de lui un adversaire redoutable.

En fait, elle éprouvait un réel plaisir à le regarder. Chaque fois qu'il rattrapait une balle ou la relançait, ses gestes donnaient une déconcertante illusion de facilité. A voir la façon dont il courait et se replaçait, on aurait pu croire que rien n'était plus évident, plus naturel. Pourtant, Brooke savait qu'il n'en était rien : la plupart des gens auraient été parfaitement incapables de soutenir un rythme aussi intense.

Puis l'équipe de Parks passa en attaque et elle découvrit qu'il était un batteur tout aussi compétent. La balle qu'il propulsa au fond du terrain permit à son équipe de marquer deux points de plus.

Au début de la cinquième manche, les Kings menaient par trois manches à une et la foule était au comble de l'enthousiasme.

La chaleur qui régnait dans le stade était étouffante. Les tribunes bloquaient le vent qui aurait pu rafraîchir un peu les joueurs et Parks suait à grosses gouttes. Essuyant la transpiration qui coulait sur son front, il se positionna derrière sa base et observa Hernandez, le lanceur.

Il était sur le point de servir Rathers. Ce dernier était un excellent batteur qui frappait très fort. Ses balles avaient tendance à partir sur la gauche et Parks se décala légèrement pour en tenir compte.

Hernandez lança à hauteur de taille. La batte de Rathers heurta la balle avec un claquement aussi sec qu'un coup de feu. En une fraction de seconde, Parks réalisa qu'elle volait droit sur lui et que, s'il ne la rattrapait pas, il risquait fort de finir le match sur une civière.

Sans même réfléchir, il leva son gant et parvint à la cueillir au vol. Le choc se répercuta en lui tandis qu'une clameur montait des tribunes. Parks se massa le bras en grimaçant, secoué par la puissance de l'impact.

— Ça va ? lui demanda le short-stop qui se trouvait sur sa gauche.

Il hocha la tête et renvoya la balle à Hernandez.

— Ça, c'est ce que j'appelle un boulet de canon, ajouta le short-stop.

Parks leva les yeux vers le public qui manifestait toujours bruyamment son enthousiasme. C'est alors qu'il repéra une spectatrice qui l'observait attentivement. Contrairement aux autres, elle n'exprimait aucune émotion. Lorsque leurs regards se croisèrent, elle ne détourna pas timidement les yeux et ne lui sourit pas comme l'aurait fait n'importe quelle fan de base-ball.

Elle se contentait de garder les yeux fixés sur lui, comme si elle cherchait à lire en lui, à deviner ce qu'il pouvait bien penser ou ressentir en cet instant. Cette impression était d'autant plus embarrassante que cette fille était très belle. Elle lui faisait un peu penser à une aristocrate anglaise du XVIIIe siècle, avec ses longs cheveux roux et son teint clair et lumineux.

Son détachement et sa froideur avaient quelque chose de très troublant. Elle avait une façon particulière de se refuser, de garder pour elle ses émotions. Et cela ne l'en rendait que plus attirante.

Mais Parks n'eut guère l'occasion de s'attarder sur ce visage anonyme. Avec son équipe, il regagna le banc pour attendre son tour de batte. L'équipe était tendue. Tous les joueurs savaient que, désormais, chaque match était important. S'ils voulaient maintenir leur avance et remporter le championnat, ils n'avaient pas le droit à l'erreur.

Parks n'échappait pas à cette pression, bien au contraire. Il avait effectué une excellente saison et cristallisait donc les attentes de ses coéquipiers et de leur entraîneur. Il s'efforçait généralement de ne pas y penser et de se concentrer uniquement sur le jeu.

Mais, cette fois, il était distrait par le souvenir de la mystérieuse inconnue. Pourquoi l'avait-elle regardé de cette façon ? On aurait presque dit un chasseur étudiant sa proie. A quoi pensait-elle, exactement ?

Tandis qu'il réfléchissait à cette question, Hernandez fut éliminé avant même d'avoir pu gagner la première base. Le second batteur eut plus de chance et parvint à l'atteindre. C'était donc au tour de Parks de frapper. Il ajusta son casque et s'avança vers le marbre.

Ajustant sa prise sur la batte, il la balança à plusieurs reprises pour assouplir les muscles de ses épaules. Puis, presque malgré lui, son regard dériva sur la gauche à la recherche de la fille.

De l'endroit où il se trouvait, il la distinguait à peine mais il vit qu'elle gardait les yeux braqués sur lui. Et son visage était toujours aussi inexpressif. Que lui voulait-elle donc ? se demanda-t-il avec une pointe d'exaspération.

Peut-être n'aurait-il pas été si tourmenté par cette question s'il s'était agi d'une spectatrice comme les autres. Mais il y avait quelque chose de différent en elle, une forme d'intensité presque palpable qui lui faisait penser à celle qui se lisait dans les yeux des joueurs, lorsqu'ils étaient sur le point de lancer ou de frapper.

Parks se mit en position et attendit le lanceur. Celui-ci projeta vers lui une magnifique première balle qu'il préféra laisser passer. La deuxième n'était pas ajustée et l'arbitre la signala hors cadre. La tension monta d'un cran et le silence qui régnait dans le stade était impressionnant.

Mais Parks était un homme patient. Et il ne cédait pas facilement à la pression. Il laissa donc passer la balle suivante, au grand désespoir de la foule. Parks se repositionna, gardant les yeux braqués sur le lanceur.

Celui-ci projeta sa quatrième balle plein cadre. Elle arriva droit sur Parks à une vitesse impressionnante. Mais il avait parfaitement estimé sa trajectoire et savait comment la frapper. Sa batte la cueillit précisément où il l'avait souhaité. Un claquement sec se fit entendre tandis que les spectateurs retenaient leur souffle.

La balle partit comme une flèche et survola les champs intérieurs et extérieurs avant de se perdre hors du stade. Une clameur gigantesque monta du public tandis que Parks jetait sa batte et faisait tranquillement le tour des bases. Il venait d'accorder deux points de plus à son équipe et se sentait d'excellente humeur.

Levant les yeux vers la fille, il s'attendait à la voir debout, comme tous les spectateurs qui manifestaient bruyamment leur approbation. Aussi fut-il très déçu de constater qu'elle n'avait pas bougé d'un pouce. Penchée en avant, le menton posé sur la rambarde, elle ne trahissait ni enthousiasme ni admiration.

Frustré, Parks planta son regard dans le sien et tenta de lui faire baisser les yeux. Mais elle le soutint avec une assurance tranquille, ce qui ne fit qu'accroître son irritation. Furieux, il regagna sa place sur le banc.

— N'est-il pas merveilleux ? s'exclama Claire.

Elle fit signe à l'un des vendeurs qui lui tendit un nouveau verre de bière.

— J'ai eu l'impression qu'il te regardait, ajouta-t-elle.

Brooke hocha la tête mais ne dit mot, craignant de trahir le trouble qu'elle avait senti monter en elle chaque fois que Parks avait levé les yeux vers elle.

Elle connaissait pourtant les hommes dans son genre. Combien d'acteurs et de rock stars avait-elle déjà rencontrés ? Ils étaient beaux, riches et adulés, estimaient que tout leur était dû et s'attendaient à ce que toutes les femmes tombent à leurs pieds. Lorsqu'elles le faisaient, ils les abandonnaient aussi soudainement qu'ils les avaient conquises et les laissaient ramasser les débris de leur cœur en miettes.

— Il passera très bien à la caméra, déclara-t-elle enfin.

Claire éclata de rire.

— C'est ce que j'appelle un euphémisme, répondit-elle. Ce garçon est beau comme un dieu grec !

Brooke s'abstint de répondre.

La septième manche commença et l'équipe de Parks se trouvait de nouveau en défense. Elle continua à l'observer attentivement sans vraiment prêter attention au score. Il y avait en lui quelque chose de très spécial qui ne tenait pas seulement à son incontestable pouvoir de séduction.

Peut-être était-ce l'étrange alliance de décontraction et de discipline qui émanait de chacun de ses gestes. Si Parks devenait l'emblème de De Marco, cette image se communiquerait à la marque, lui conférant un surcroît d'élégance.

Tout ce qu'elle aurait à faire pour cela, ce serait de mettre en valeur cette qualité unique. Pour cela, elle devrait montrer aussi bien l'athlète que l'homme. Il ne suffirait pas de le présenter une batte à la main. Il fallait le mettre en scène en relation avec d'autres gens. Une femme, peut-être.

Elle ne jouerait pas la carte du regard ténébreux et séducteur. L'idéal, si Parks était doté d'un sens de l'humour, ce serait de prendre cette image à revers, de faire preuve d'humour et de légèreté. Si le scénario était suffisamment solide, l'effet serait garanti. D'ici un an, toutes les femmes seraient folles de Parks et tous les hommes l'envieraient.

Comme elle se faisait cette réflexion, Brooke entendit un cri admiratif monter des tribunes. Le batteur venait de propulser la balle droit dans le public. Parks, qui s'était lancé à sa poursuite, ne se laissa pas décourager pour autant et sauta la barrière qui séparait le stade des spectateurs.

Il ne se trouvait qu'à quelques mètres d'elle et elle remarqua que son regard était braqué dans sa direction. Elle pouvait distinctement apercevoir les gouttes de sueur qui coulaient le long de ses joues. Paralysée, elle le regarda approcher. Visiblement, il avait cessé de se soucier de la balle.

— Comment vous appelez-vous ? lui demanda-t-il.

Ses yeux trahissaient une colère qu'elle ne parvenait pas vraiment à s'expliquer.

— Brooke, répondit-elle en s'efforçant d'adopter un ton décontracté.

— Brooke comment ?

— Brooke Gordon… Est-ce que le match est fini ?

Parks la contempla longuement avant de répondre à sa question.

— Non, lui dit-il enfin. Il ne fait que commencer.

Sur ce, il se détourna et se fraya un chemin jusqu'au champ extérieur.

Chapitre 2

Brooke s'était attendue à ce que Parks l'appelle. Après tout, il connaissait son nom et elle n'était pas sur liste rouge. Mais jamais elle n'aurait pensé qu'il lui téléphonerait le lendemain matin, à 6 h 15. Elle émergea difficilement d'un profond sommeil et tendit la main pour décrocher le combiné, renversant au passage le téléphone.

— Allô, articula-t-elle d'une voix endormie.

— Brooke Gordon ?

— Oui, répondit-elle. Qui est à l'appareil ?

— Parks Jones.

Ce nom suffit à la réveiller complètement et elle se redressa sur son lit, le cœur battant. Une lueur diffuse filtrait déjà à travers les rideaux de sa chambre et elle entendait des oiseaux chanter. Se tournant vers son réveil, elle avisa l'heure avec étonnement.

— Qui ça ? demanda-t-elle en prenant soin de dissimuler la colère qu'elle sentait monter en elle.

De quel droit se permettait-il de l'appeler à une heure pareille ?

— Parks Jones. Je joue en troisième base pour l'équipe des Kings. Nous nous sommes rencontrés hier au stade.

Brooke se força à bâiller bien distinctement et prit le temps de s'adosser confortablement à son oreiller.

— Ah, oui, fit-elle d'un ton volontairement indifférent. Je me rappelle…

— Il faut que je vous voie, déclara Parks qui n'était apparemment pas le genre d'homme à s'embarrasser de fioritures. Que diriez-vous de dîner avec moi, ce soir ?

Cette fois, Brooke n'eut pas à se forcer pour rester muette. Elle était sidérée par cette proposition aussi brutale qu'inattendue.

— Ce soir ? répéta-t-elle pour gagner du temps.

Elle réfléchit à sa proposition. Visiblement, il n'imaginait pas un seul instant qu'elle puisse avoir mieux à faire. Elle fut tentée de lui répondre qu'elle était déjà prise mais la curiosité l'emporta. Jamais encore elle n'avait déclenché une telle réaction chez un homme et, même s'il était hors de question de céder à ses avances, elle se sentait flattée qu'il s'intéresse à elle de cette façon.

— Pourquoi pas ? répondit-elle. A quelle heure ?

— Je passerai vous prendre à 9 heures, répondit Parks avec assurance. Je connais l'adresse.

— Très bien, Sparks. 9 heures.

— Parks, corrigea-t-il, un peu sèchement.

Puis il raccrocha sans ajouter un mot.

Stupéfaite par cet échange, Brooke resta quelques instants immobile, le combiné toujours pressé contre son oreille. Puis, brusquement, elle éclata de rire. Jamais encore il ne lui avait été donné de rencontrer quelqu'un d'aussi présomptueux que Parks Jones. Et, s'il était toujours aussi direct, la soirée s'annonçait vraiment des plus divertissante !

*
* *

Ce soir-là, Brooke se sentait toujours d'excellente humeur. Elle regrettait simplement que le dossier de Parks n'ait pas contenu plus de détails personnels. Son assistante avait surtout concentré ses recherches sur sa carrière sportive. Qui sait quelles anecdotes piquantes elle aurait pu découvrir sur cet homme qui invitait à dîner des spectatrices qu'il ne connaissait ni d'Eve ni d'Adam ?

Brooke se demanda ce qu'il penserait en apprenant qu'elle était la réalisatrice en charge de la campagne de publicité à laquelle il devait participer. Elle était certaine que cela ne lui plairait pas. Peut-être aurait-elle dû l'en avertir avant d'accepter son invitation. Mais elle était bien trop tentée de savoir ce qu'il avait en tête exactement.

D'ailleurs, l'attitude cavalière de Parks la rassurait un peu. La veille, elle s'était surprise à l'observer avec un peu plus d'insistance peut-être que ne l'exigeait son métier. Elle n'avait pas été aussi indifférente qu'elle l'aurait voulu au charme qui se dégageait de lui.

Il lui serait beaucoup plus facile d'y résister, à présent qu'elle avait découvert son manque de tact et de subtilité. Cela devrait suffire à la guérir définitivement de toute tentation malvenue. Ainsi, rien ne viendrait gâcher le détachement professionnel qu'elle se devait d'adopter à son égard.

Car Brooke se méfiait comme de la peste de ce genre de séducteurs. Très jeune, elle avait appris la leçon. Elle n'avait alors que dix-sept ans lorsqu'elle avait rencontré Clark. Il avait cinq ans de plus qu'elle et était aussi beau que charmant.

Il était venu dîner dans le restaurant où elle travaillait comme serveuse. Il avait plaisanté avec elle et lui avait laissé un généreux pourboire. Lorsqu'il était revenu, la fois suivante, il l'avait invitée au cinéma.

Brooke avait accepté sans hésiter et ils avaient commencé à sortir ensemble une fois ou deux par semaine.

Elle avait appris que Clark était originaire de Boston et issu d'une très bonne famille. Avec une pointe d'ironie, il lui avait expliqué que cela signifiait que ses parents possédaient un patrimoine conséquent mais peu d'argent liquide. Il évoquait parfois les autres membres de sa famille : ses sœurs et ses grands-parents auxquels il semblait très attaché.

Apparemment, tous avaient pour lui des projets grandioses mais il ne paraissait pas y accorder une grande importance et était resté très vague quant à leur nature exacte. Il entendait profiter de l'été pour prendre un peu de distance et jouir de ses vacances. Il se mettrait ensuite à la recherche d'un travail.

En moins d'une semaine, Brooke était sous le charme. Elle était fascinée par la culture et l'éducation de Clark qu'elle-même aurait tant voulu posséder. Il ne cessait de la complimenter, lui répétant combien elle était belle, combien il la trouvait attirante.

Ils échangeaient de longs baisers passionnés et passaient des heures à discuter ensemble ou à se promener main dans la main. Lorsqu'ils avaient passé leur première nuit ensemble, il avait semblé ému de découvrir qu'il était le premier homme avec lequel elle avait fait l'amour.

Il s'était montré très tendre et très prévenant, la traitant avec beaucoup de délicatesse. Jamais elle ne s'était sentie aussi heureuse. Lorsqu'il lui avait suggéré d'emménager avec elle, elle avait accepté avec enthousiasme.

Elle aimait s'occuper de lui, lui prouver par mille

petites attentions combien il comptait pour elle. Elle prenait plaisir à cuisiner pour lui, à repasser ses chemises. Pas une seule fois, elle n'avait trouvé étrange le fait que Clark la laisse l'entretenir et repousse sans cesse la recherche d'un emploi.

Il lui parlait parfois de mariage mais se gardait bien de suggérer la moindre échéance, répétant souvent que tout ce qui comptait, c'était l'amour qui les unissait. Brooke s'en souciait peu, heureuse de profiter de chaque instant qu'ils passaient ensemble.

Elle aimait faire l'amour avec lui, se réveiller dans ses bras, le retrouver lorsqu'elle rentrait de son travail. Elle commençait déjà à imaginer à quoi pourraient ressembler leurs enfants. Les garçons seraient aussi beaux que leur père et les filles hériteraient de ses grands yeux bruns. Elle saurait leur offrir l'affection dont elle-même avait si cruellement manqué, étant jeune.

Durant les mois qui avaient suivi, Brooke avait travaillé d'arrache-pied et commencé à économiser en prévision de cet avenir radieux. Clark, quant à lui, passait en revue les petites annonces, rejetant systématiquement les emplois qui étaient proposés et qu'il jugeait indignes de lui.

Brooke ne protestait pas : à ses yeux, il était bien trop intelligent pour se contenter d'un poste médiocre. Elle était convaincue qu'il finirait par trouver précisément ce qu'il cherchait et qu'il aurait alors l'occasion de prouver rapidement sa valeur.

D'ailleurs, Clark n'était pas du tout attentiste. Il débordait toujours d'énergie et de vitalité et échafaudait sans cesse de nouveaux projets. Combien de fois avait-il décidé sur un coup de tête de partir en excursion avec elle ? Evidemment, c'était toujours elle qui payait mais cela ne la dérangeait pas.

Clark savait lui faire savourer l'instant présent et, pour la première fois de sa vie, elle avait l'impression d'avoir trouvé sa place, d'être avec quelqu'un aux yeux de qui elle comptait vraiment…

Mais, un soir, en rentrant du travail, elle avait trouvé l'appartement désert. Clark avait disparu, emportant avec lui son petit poste de télévision, sa chaîne hi-fi et sa collection de disques. Sur la table de la cuisine, elle avait trouvé un mot d'explication.

« Brooke,

» J'ai reçu un coup de téléphone de mes parents. Ils ont menacé de me déshériter si je refusais d'épouser Shelley. Nous sommes plus ou moins fiancés depuis quelques années mais elle était à l'université et nous ne nous voyions pas beaucoup. J'en étais donc venu à croire que le mariage n'aurait jamais lieu.

» Mais je me trompais. Le père de Shelley est l'un des associés du mien et ils sont apparemment très attachés à cette union. En plus, cela devrait me permettre de rejoindre l'entreprise familiale. Ils m'ont offert un poste de cadre et envisagent de me nommer vice-président d'ici un an ou deux si tout se passe bien.

» J'étais tenté de refuser et de leur expliquer que je vivais avec toi mais je n'ai pas eu le courage de le faire. Après tout, je suis l'héritier d'une longue tradition et je ne peux pas continuer à fuir éternellement mes responsabilités. J'espère que tu le comprendras.

» En tout cas, ces quelques mois de liberté m'ont fait beaucoup de bien. Je suppose que je ne suis pas près de me sentir aussi libre et détendu que je l'ai été avec toi. Je suis désolé pour la télé et la chaîne mais j'avais besoin d'argent pour payer mon billet de retour.

» Je ne pouvais quand même pas commencer ma nouvelle vie en expliquant à mes parents que j'avais dilapidé tout mon argent de poche en quelques semaines. Je te promets de te rembourser dès que j'en aurai les moyens.

» Franchement, j'espérais que cette histoire se terminerait différemment mais j'ai compris qu'il était illusoire de continuer à le croire. Je ne t'oublierai jamais, Brooke. Sois heureuse,

Clark. »

Brooke avait dû relire cette lettre deux fois pour comprendre ce qu'elle signifiait exactement. Il était parti définitivement sans même oser lui expliquer en face les raisons de son retour à Boston.

Une fois de plus, elle se retrouvait seule. Parce qu'elle n'avait pas étudié à l'université. Parce qu'elle n'était pas issue d'une famille prestigieuse et fortunée. Parce qu'elle n'avait pas un père qui pouvait offrir à Clark le poste dont il rêvait.

Pendant des heures, Brooke avait sangloté, incapable de croire vraiment qu'en un instant, Clark avait pu détruire sa confiance, ses espoirs et ses rêves d'avenir.

Lorsqu'elle avait fini par émerger de cet état de prostration, quelque chose en elle était mort.

Son idéalisme passé lui apparaissait comme une forme de naïveté impardonnable. Elle s'était juré solennellement que plus jamais elle ne laisserait quelqu'un se servir d'elle de cette façon. Plus jamais elle ne compterait sur qui que ce soit en dehors d'elle. Plus jamais elle ne se contenterait de prendre la vie comme elle était.

Elle avait alors déchiré la lettre de Clark et s'était passé le visage sous l'eau glacée pour faire disparaître toute trace de ses larmes.

Quelques jours plus tard, elle s'était présentée au siège de Thorton Productions. Ignorant la réceptionniste, elle s'était rendue directement chez le directeur des ressources humaines.

Lorsqu'elle était ressortie, elle avait décroché un nouvel emploi. Certes, il n'était pas mieux rémunéré que celui qu'elle s'apprêtait à abandonner mais, au moins, il lui offrait des perspectives d'avenir. Et elle était bien décidée à saisir chaque opportunité, à se hisser jusqu'aux plus hautes responsabilités à force de volonté et de travail.

Depuis ce jour, elle n'avait plus jamais pleuré. Et elle s'était bien gardée de devenir trop proche de qui que ce soit. Et ce n'était pas la beauté de Parks Jones ni ses manières cavalières qui auraient raison de cette politique.

Tout en suivant la route en lacet qui serpentait à flanc de colline et dominait la ville de Los Angeles, Parks réfléchissait à l'étrange situation dans laquelle il se trouvait. C'était la première fois de sa vie qu'il se laissait distraire par une femme durant un match de base-ball. Et le pire, c'était que Brooke n'avait absolument rien fait pour attirer son attention.

C'était aussi la première fois qu'il invitait à dîner une femme qu'il ne connaissait pas du tout et avec laquelle il n'avait pas échangé plus de vingt mots. Une femme qui, sans même lui adresser la parole, avait successivement éveillé en lui de la colère, de la frustration et une insatiable curiosité. Une femme qui assistait à l'un de ses matchs et ne connaissait même pas son nom !

Sans doute aurait-il mieux fait de l'ignorer. Après tout, qu'espérait-il de cette soirée ? Il aurait été bien en peine de le dire. Pourtant, en rentrant chez lui, la veille, il avait immédiatement recherché son nom dans l'annuaire. Et, à son réveil, il n'avait qu'une idée en tête : l'appeler.

Il ne savait pas vraiment pourquoi, d'ailleurs. Bien sûr, elle était belle. Mais c'était loin d'être une raison suffisante. Après tout, il croisait chaque jour des dizaines de jolies femmes qui n'auraient pas demandé mieux que de sortir avec une star du base-ball. Et il ne les appelait pas pour autant le lendemain à la première heure…

Mais Brooke avait quelque chose de très spécial qui exerçait sur lui une irrésistible fascination. C'était peut-être son visage. Ou sa voix grave et légèrement voilée dont le simple souvenir éveillait sur sa peau un léger frisson. Il était persuadé qu'elle devait être actrice ou mannequin. Avec des traits comme les siens, c'était presque une évidence.

Evidemment, rien ne disait que sa compagnie serait aussi enthousiasmante que son physique. Peut-être même était-elle complètement stupide. A vrai dire, le bref échange qu'ils avaient eu ce matin-là ne lui avait guère permis de se faire une idée à ce sujet. Mais il était intimement convaincu que Brooke était loin d'être une imbécile. L'expression de son regard était bien trop envoûtante pour cela…

Un lapin surgit brusquement du bord de la route et s'immobilisa en plein milieu de la chaussée, hypnotisé par la lueur de ses phares. Parks jura et fit une violente embardée pour l'éviter. Dans son rétroviseur, il le vit disparaître dans les taillis.

Soulagé, il ralentit et s'efforça de maîtriser les battements précipités de son cœur. L'idée de tuer un animal sans défense lui répugnait. C'était une chose que son père n'avait jamais comprise, d'ailleurs. Mais son père n'avait jamais compris grand-chose à son sujet. Surtout pas le fait qu'il renonce à assumer un poste très lucratif au sein de Parkinson Chemicals pour aller courir après une balle…

Parks réalisa qu'il était à présent tout proche de sa destination. Il repéra la petite route de gravier qui menait à la maison de Brooke et s'y engagea. Immédiatement, il fut séduit par l'aspect des lieux.

L'allée bordée d'arbres débouchait sur un jardin peu entretenu qui avait quelque chose de sauvage et de bucolique. On aurait dit un petit écrin de verdure niché au creux des collines de Californie. Des sauterelles faisaient entendre leurs crissements obsédants, ajoutant encore à l'illusion.

Parks se gara derrière le coupé de Brooke et descendit de voiture. Il observa attentivement la petite maison qui se dressait devant lui. Elle possédait un curieux porche circulaire et était percée de nombreuses portes-fenêtres qui devaient laisser entrer une grande quantité de lumière.

Parks entendait le glouglou apaisant d'un ruisseau qui devait couler derrière la villa. Une odeur de fleurs, lourde et entêtante, flottait dans l'air, évoquant le printemps à la campagne. Au loin, un chien aboyait et ce son se répercutait, accentuant l'impression qu'il avait de se trouver au beau milieu de nulle part.

Jamais il n'aurait pensé qu'il puisse exister un endroit si paisible à quelques kilomètres seulement de Los Angeles. Et il en venait presque à regretter de devoir quitter ces lieux pour se rendre dans un restaurant bondé du centre-ville. Une chose était certaine : le choix d'un tel environnement n'était pas neutre et ajoutait encore au mystère qui émanait de Brooke.

Parks gagna la porte d'entrée et souleva le heurtoir en forme de tête de sanglier. Il fit entendre un son métallique très sourd. Quelques instants plus tard, le battant s'ouvrit, révélant la silhouette élancée de Brooke.

En se retrouvant face à elle, Parks oublia brusquement tous les doutes qui l'avaient assailli le long du trajet. Elle était encore plus belle que dans son souvenir. Le contraste entre la robe noire très simple qu'elle portait et ses magnifiques cheveux roux qui retombaient librement sur ses épaules avait quelque chose d'envoûtant.

Il aurait pu se croire face à une enchanteresse tout droit sortie d'une légende de la Table Ronde. Ses yeux gris étaient lumineux et paraissaient déchiffrer les secrets enfouis au plus profond de lui-même. Ses lèvres n'avaient nul besoin de maquillage pour paraître sensuelles et appétissantes. Et l'odeur subtile qui se dégageait d'elle avait quelque chose de terriblement troublant. Elle évoquait dans son esprit des images fragmentaires d'une sensualité torride.

— Bonjour, fit-elle en lui tendant la main.

Pour effectuer ce simple geste, elle avait dû faire appel à toute la force de sa volonté. Jamais elle ne s'était sentie aussi troublée par la présence d'un homme.

Curieusement, les vêtements qu'il portait soulignaient mieux encore que sa tenue de base-ball sa silhouette athlétique. Et son visage, vu de près, paraissait plus séduisant encore. Brooke avait envisagé de lui offrir un verre avant qu'ils ne sortent dîner mais elle comprit que le fait de se retrouver en tête à tête avec lui pouvait s'avérer bien trop dangereux.

— Je suis affamée, déclara-t-elle en s'avançant vers lui.

Elle referma sa porte et suivit Parks en direction de sa voiture décapotable.

— Si vous voulez, suggéra-t-il tandis que tous deux y prenaient place, je peux remonter le toit.

— Ce n'est pas la peine. Un peu d'air frais me fera le plus grand bien.

Elle s'installa confortablement contre son siège et ferma les yeux, laissant le vent caresser son visage et jouer dans ses cheveux. Parks prit la direction de la ville. Il conduisait à vive allure mais exerçait un parfait contrôle sur son véhicule. Cela ne surprenait d'ailleurs pas Brooke qui avait déjà remarqué à plusieurs reprises l'extraordinaire maîtrise de soi dont il était capable.

— Pourquoi êtes-vous venue à ce match, hier soir ? lui demanda Parks.

Apparemment, Parks avait remarqué qu'elle n'avait rien d'une fanatique de base-ball.

— Une de mes amies avait deux billets et je me suis dit que cela pourrait être une expérience intéressante.

— Est-ce que tel a été le cas ?

— Curieusement, oui.

— Curieusement ? répéta Parks en lui jetant un coup d'œil étonné.

— A vrai dire, je pensais m'ennuyer ferme.

— Très franchement, c'est l'impression que vous donniez, chaque fois que je vous regardais. Vous n'avez quasiment pas bougé de votre siège en neuf manches.

— Vous bougiez bien assez pour deux, répliqua-t-elle malicieusement.

— Pourquoi me regardiez-vous aussi fixement ?

Brooke hésita un instant avant d'opter pour la franchise.

— J'admirais votre façon de vous déplacer, expliqua-t-elle en souriant.

— Merci. Est-ce pour cela que vous avez accepté mon invitation à dîner ?

— Non. J'aime manger, c'est tout. Par contre, j'avoue que je me suis demandé pourquoi vous m'aviez invitée.

— Parce que quelque chose en vous a éveillé ma curiosité. Parce que vous avez un très beau visage. Et parce que ce n'est pas tous les jours qu'une jolie femme passe deux heures à me regarder comme vous l'avez fait.

— Je croyais que c'était le lot de tous les sportifs, objecta Brooke.

— Peut-être, acquiesça Parks. Mais vous n'avez vraiment rien d'une fan de base-ball.

Il lui jeta un nouveau coup d'œil. Son expression était pensive, comme s'il cherchait en elle la réponse à une énigme. Brooke fut tentée de lui révéler qui elle était vraiment et pourquoi elle était venue voir le match. Finalement, elle garda le silence, bien décidée à en apprendre plus sur son compte avant de tout lui raconter.

Parks avait réservé une table dans un restaurant grec. Tous deux s'y installèrent et commandèrent des verres d'ouzo. Un groupe enchaînait des morceaux entraînants tandis que le serveur qui s'occupait d'eux chantonnait à l'unisson. L'atmosphère était chaleureuse et la cuisine succulente, ce qui mit Brooke d'excellente humeur.

— Cela vous plaît ? demanda Parks lorsque tous deux se furent attaqués aux entrées variées qu'ils avaient commandées.

— Beaucoup, reconnut-elle. Cet endroit est vraiment très convivial. On dirait un restaurant familial. J'imagine les parents mitonnant de délicieux petits plats dans la cuisine tandis que leurs enfants font le service et que l'oncle Stephos s'occupe du bar…

L'image arracha à Parks un sourire amusé.

— Est-ce que vous venez d'une famille nombreuse ? demanda-t-il.

Immédiatement, la jeune femme se rembrunit et Parks comprit qu'il avait touché un point sensible. Il évita de s'attarder sur ce sujet délicat.

— Vous êtes mariée ? demanda-t-il.

— Il est un peu tard pour poser la question, remarqua-t-elle avec une pointe d'ironie.

— Pourquoi ? Nous n'avons rien fait de mal. Alors ? Vous l'êtes ?

Elle leva sa main gauche et il réalisa qu'elle ne portait ni alliance ni aucun autre bijou.

— Je travaille beaucoup trop pour me marier, déclara-t-elle.

— Et ce travail porte ses fruits ?

— Je n'ai pas à me plaindre. Et vous ?

Parks la contempla attentivement, admirant les reflets que faisait naître la flamme des bougies sur ses beaux cheveux roux.

— Pour le moment, j'ai le vent en poupe, répondit-il.

Mais au base-ball, on ne sait jamais de quoi le lendemain sera fait. Il suffit d'une mauvaise blessure ou d'un accès de malchance pour passer du statut de héros à celui de brebis galeuse !

— Cela vous est déjà arrivé ?

— Plusieurs fois.

Curieuse, Broke se pencha vers lui et le regarda droit dans les yeux.

— Comment fait-on pour s'en sortir, dans ces cas-là ? demanda-t-elle.

— Certains changent de batte, d'autres de position sur le marbre, d'autres de numéro de maillot... On peut aussi se mettre au régime, prier ou opter pour l'abstinence et le célibat.

— Et qu'est-ce qui marche le mieux ? demanda-t-elle en riant.

— Un mélange de tout ça, je suppose, répondit-il en haussant les épaules.

Il posa doucement sa main sur celle de la jeune femme et la retourna, comme pour étudier les lignes qui s'y dessinaient. Du doigt, il suivit l'une d'elles. A ce contact, Brooke ne put retenir un frisson de désir aussi brutal qu'inattendu.

— D'où êtes-vous, exactement ? lui demanda-t-il.

— De nulle part en particulier, dit-elle.

— Tout le monde vient de quelque part.

— Non, fit-elle. Pas tout le monde.

Une fois de plus, Parks comprit qu'il s'aventurait en terrain miné. La dureté qu'il avait perçue dans la voix de Brooke alimenta encore la curiosité qu'il éprouvait à son égard. Du pouce, il effleura son poignet et perçut son pouls rapide.

— Parlez-moi de vous, l'encouragea-t-il.

— Que voulez-vous savoir ?

— Tout.

Brooke lui décocha un sourire amusé.

— Je ne raconte jamais à personne tout ce qui me concerne, lui dit-elle.

— Vous avez bien un métier ?

— Oui, acquiesça-t-elle. Je travaille dans la publicité.

Elle ne précisa pas ce qu'elle faisait exactement, certaine que Parks la prendrait pour une actrice.

— C'est amusant, déclara-t-il. Je dois justement tourner dans une série de spots.

Il fit une petite grimace qui prouvait que cette perspective ne le réjouissait guère.

— Est-ce que cela vous plaît ? demanda-t-il.

— Si ce n'était pas le cas, je ferais autre chose.

Il la contempla attentivement puis hocha la tête.

— J'aurais dû m'en douter.

— On dirait que vous êtes beaucoup moins enthousiaste, remarqua-t-elle en retirant doucement sa main.

Le contact de celle de Parks l'empêchait de se concentrer et elle ne pouvait se permettre de s'abandonner au pouvoir de séduction qu'il exerçait sur elle.

— A vrai dire, l'idée de débiter des âneries en portant les vêtements de quelqu'un d'autre ne me plaît pas plus que cela…

Il tendit la main vers le visage de Brooke et attrapa une boucle de cheveux qu'il enroula autour de son doigt sans la quitter des yeux.

— Vous avez vraiment un visage fascinant, vous savez. Lorsque je vous ai vue dans les tribunes, j'ai pensé que vous ressembliez à l'un de ces portraits du XVIIIe siècle.

— Est-ce que vous seriez en train de me faire du charme, monsieur Jones ? demanda-t-elle malicieusement.

— Non, répondit-il avec un sourire assuré. Lorsque ce sera le cas, vous n'aurez pas à poser la question.

— Me voilà prévenue, répondit-elle en se dégageant doucement.

Elle commençait à se demander avec une pointe d'angoisse si elle était vraiment à la hauteur du petit jeu de séduction qui venait de s'engager entre eux. Une chose était certaine : Parks était un homme très charismatique et il serait parfaitement capable de s'exprimer devant une caméra.

En fait, elle commençait à comprendre pourquoi De Marco et Claire avaient vu en lui un porte-parole idéal. Le charme qui émanait de lui ferait certainement merveille sur un écran de télévision.

— Dites-moi, est-ce que vous montez à cheval ?

— Pardon ? dit Parks, un peu surpris par cette question inattendue.

— Est-ce que vous faites de l'équitation ?

— Euh, oui… Pourquoi ?

— Je me posais juste la question. Et du Deltaplane ?

Parks ouvrit de grands yeux. C'était bien la première fois qu'on lui posait de telles questions à un premier rendez-vous.

— Cela m'est interdit par le contrat que j'ai signé avec l'équipe. Tout comme le ski ou la course automobile. Puis-je savoir pourquoi vous me demandez cela ?

— Non, répondit-elle sans se démonter. Que diriez-vous d'un dessert ?

— Pourquoi pas ? fit-il, un peu interdit.

Il héla le serveur.

Une demi-heure plus tard, ils quittèrent le restaurant et regagnèrent la voiture de Parks.

— Est-ce que vous mangez toujours autant ? demanda-t-il, curieux.

— Chaque fois que j'en ai l'occasion, acquiesça Brooke.

Elle prit place sur le siège passager et s'étira en un mouvement qu'il trouva terriblement sensuel.

Brooke se sentait bien. Elle avait autant apprécié le repas qu'ils venaient de faire que la compagnie de Parks. Peut-être était-ce parce que, durant les trois heures qu'ils avaient passées ensemble, ils n'avaient quasiment rien appris l'un sur l'autre. Cette aura de mystère pimentait leur relation, excitant sa curiosité.

Bien sûr, cela ne durerait pas. Un réalisateur se devait de percer à jour les mécanismes les plus secrets de ses acteurs. Et c'était bien ce qu'était Parks, que cela lui plaise ou non. Mais elle n'était pas pressée de dissiper le malentendu qui existait entre eux et entendait bien profiter tant que possible de cette délicieuse ambiguïté.

Lorsque Parks s'installa au volant, il la regarda longuement avant de secouer la tête avec une pointe d'agacement.

— Quand me direz-vous qui vous êtes vraiment ? lui demanda-t-il enfin.

Brooke sourit, heureuse de découvrir que l'étrangeté de la soirée ne lui avait pas échappé, à lui non plus.

— Je n'ai pas encore décidé, répondit-elle posément.

— Dans ce cas, il faudra que nous nous revoyions, déclara-t-il.

— Ne vous en faites pas pour ça.

Parks soupira et fit démarrer sa voiture. Il avait la sensation très distincte que Brooke se jouait de lui et cette idée ne lui plaisait guère. Mais il savait aussi qu'il serait parfaitement incapable de garder ses distances comme il aurait certainement dû le faire.

Il avait connu des tas de femmes, des plus distantes aux plus enthousiastes, des plus sophistiquées aux plus simples. Mais Brooke semblait échapper à toute tentative de classification. Elle ne ressemblait à aucune autre. Il y avait en elle un mélange d'assurance qui confinait à l'agressivité et de fragilité. Elle exerçait sur lui une attirance incontestable. Mais il y avait plus que cela.

En fait, il avait envie de découvrir qui elle était, d'effacer la distance qu'elle maintenait entre eux pour connaître chacune de ses pensées, pour comprendre quelles étaient ses motivations profondes.

Ils roulèrent en silence tandis que la radio susurrait une vieille ballade démodée. Brooke avait la tête renversée en arrière et contemplait le ciel étoilé. C'était la première fois depuis de longs mois qu'elle se sentait aussi détendue face à un homme.

Elle ne tenait pas vraiment à savoir pourquoi il en était ainsi et se contentait de jouir de cette impression déconcertante. Leur silence, loin de la mettre mal à l'aise, créait entre eux une agréable impression de complicité.

Parks n'avait laissé filtrer aucune indication sur la façon dont il comptait conclure cette soirée. Mais elle sentait instinctivement qu'il ne chercherait pas à brusquer les choses et qu'elle n'aurait aucun besoin de repousser des avances trop pressantes.

Brooke ferma les yeux et ses pensées dérivèrent sur la journée de travail qui l'attendait le lendemain.

Ce fut l'arrêt de la voiture qui la réveilla. Elle constata qu'ils étaient arrivés chez elle et que Parks s'était garé derrière son propre coupé. Elle se tourna vers lui et lui sourit.

— Vous conduisez vraiment très bien, lui dit-elle. Il est rare que je me sente assez en confiance pour m'endormir de cette façon.

Parks hocha la tête. Il l'avait regardée dormir, admirant l'éclat diaphane de sa peau à la lueur de la lune. Elle lui avait paru plus éthérée que jamais, aussi pâle qu'une statue d'albâtre. Le vent avait emmêlé ses cheveux et il savait désormais à quoi ils ressembleraient lorsqu'il s'éveillerait à son côté après une nuit d'amour passionnée.

Car cela ne faisait plus l'ombre d'un doute à ses yeux : tôt ou tard, il parviendrait à la convaincre d'explorer l'étrange alchimie qui existait entre eux. Mais il sentait confusément que le moment n'était pas encore venu et qu'il devait agir avec prudence.

— Cette fois, c'est vous qui me regardez fixement, observa Brooke.

Il sourit. Mais ce n'était pas le sourire décontracté et facétieux qu'elle commençait à connaître si bien. Celui-ci était plus mystérieux, plus troublant, et contrastait avec l'expression décidée de son regard.

— Je crois que nous allons devoir nous y habituer l'un et l'autre, déclara-t-il.

Se penchant vers la portière de la jeune femme, il l'ouvrit. Elle ne chercha pas à échapper au contact de son corps, se contentant de l'observer en s'efforçant de conserver un certain détachement. Mais il recula sans amorcer le moindre geste déplacé et descendit du véhicule.

— J'adore cet endroit, déclara-t-il lorsqu'elle sortit à son tour.

Elle s'attendait à ce qu'il lui prenne le bras ou la main pour la raccompagner jusqu'à sa porte. Mais il n'en fit rien et, curieusement, elle en éprouva un léger sentiment de frustration.

— J'avais une maison du même genre à Malibu, autrefois.

— Vous avez déménagé ?

— Oui. Il commençait à y avoir beaucoup trop de monde à mon goût. Quitte à vivre en dehors du centre-ville, j'aimerais autant trouver un endroit où je ne passerais pas mon temps à croiser des gens…

— Cela ne risque pas de m'arriver ici, remarqua Brooke. Mes voisins les plus proches habitent à un kilomètre dans cette direction. Ce sont de jeunes mariés qui n'aspirent qu'à la tranquillité. Je crois qu'ils se sont rencontrés sur le plateau d'une série télévisée dans laquelle ils jouaient tous les deux.

Brooke s'interrompit et quelques instants s'écoulèrent. On n'entendait pas d'autres bruits que le chant des grillons et le bruit du vent dans les arbres. Le temps paraissait comme suspendu.

— Merci pour ce dîner, dit-elle enfin en tendant la main à Parks.

Elle se demanda s'il la prendrait ou s'il essaierait de l'embrasser. La seconde hypothèse paraissait la plus probable et elle était curieuse de découvrir quel effet lui ferait ce baiser.

Parks savait pertinemment ce à quoi elle s'attendait et il était terriblement tenté de goûter à ces lèvres délicieuses. Mais il savait aussi qu'elle ne ferait preuve d'aucune passion, se contentant de se laisser faire avec cet agaçant détachement dont elle avait fait preuve tout au long de cette soirée.

Il était temps de la surprendre et de lui offrir quelque chose d'inattendu. Car tant qu'il ne parviendrait pas à la prendre au dépourvu, elle prolongerait ce jeu de masques et il n'apprendrait rien de plus à son sujet.

Brooke sentit les doigts de Parks se refermer sur les siens et il se pencha vers elle. Mais il se contenta d'effleurer sa joue de ses lèvres. Curieusement, ce geste lui parut infiniment plus érotique qu'un baiser. D'ordinaire, lorsqu'un homme l'embrassait, elle réussissait à maintenir une certaine distance, à se détacher de l'instant pour observer la scène comme elle l'aurait fait à travers l'œilleton d'une caméra.

Cette fois, elle en fut incapable. La douceur et la sensualité de ce moment la prirent de court et elle ne put réprimer un long et délicieux frisson qui se communiqua au plus profond de son être.

Parks sentit ce frémissement et s'écarta pour contempler ses yeux qui s'étaient légèrement voilés. Il se pencha de nouveau vers elle et effleura son autre joue, aussi délicatement qu'il le put.

Brooke exhala un léger soupir dont elle n'eut pas même conscience. Le désir qui s'éveillait en elle était aussi impérieux qu'inexplicable. Il la submergeait tout entière, enflammant ses sens et faisant naître au creux de son ventre une étrange chaleur.

Elle essaya de l'embrasser mais Parks évita sa bouche et posa un baiser sur chacune de ses paupières. Elle sentait son haleine brûlante effleurer sa peau, glisser le long de ses tempes et de son cou qu'il effleura du bout de la langue, lui arrachant un nouveau frisson. Le désir se mêlait à présent à une incoercible frustration et ces deux sensations s'alimentaient l'une l'autre.

Parks mordilla délicatement le lobe d'une de ses oreilles. Il sentait son corps trembler doucement et savait qu'en cet instant, il aurait pu tout exiger d'elle. Il brûlait de sentir les lèvres de Brooke contre les siennes, de plonger les mains dans ses cheveux soyeux, de caresser sa peau nue.

Mais il savait qu'il était trop tôt. S'ils faisaient l'amour aujourd'hui, elle redeviendrait distante dès le lendemain et lui signifierait sans doute qu'elle ne voulait plus le revoir. Or il n'entendait pas se contenter d'une nuit de passion débridée. Il voulait plus, beaucoup plus…

Luttant de toute la force de sa volonté contre son propre désir, il continua donc à couvrir son visage de petits baisers, n'épargnant que sa bouche qui frémissait pourtant d'impatience. Il prenait son temps, laissait croître l'envie qu'elle avait de lui, la confrontait à la réalité de ce besoin qu'elle ne pouvait maîtriser.

Son cœur battait la chamade, son sang lui paraissait s'être changé en lave et il craignait à chaque instant de succomber. Mais il tint bon, redoublant de douceur alors qu'il ne désirait qu'une chose : l'entraîner à l'intérieur pour laisser libre cours à sa passion.

Jamais aucune femme n'avait éveillé en lui un écho si

puissant, une résonance si parfaite qui laissait deviner l'intensité de sensations plus délicieuses encore.

— Parks, murmura-t-elle d'une voix très rauque qui le fit frémir. Embrasse-moi…

— C'est ce que je fais, articula-t-il.

Brooke serra les dents, luttant vainement contre la frustration qui grandissait à chaque instant et menaçait de lui faire perdre toute raison, toute retenue. Des images d'un érotisme insoutenable se succédaient dans son esprit enfiévré.

Elle se voyait rouler sur son lit défait, nue contre le corps puissant de Parks. Elle pouvait presque le sentir entrer en elle. Elle se voyait onduler contre lui, les jambes nouées autour de ses hanches tandis que tous deux découvraient ensemble l'horizon d'un plaisir qu'elle n'avait fait qu'entrevoir jusqu'alors.

— Embrasse-moi vraiment, supplia-t-elle, trop troublée pour pouvoir préserver la moindre once de fierté.

Jamais elle n'avait éprouvé un tel besoin. Il était si impérieux, si primitif qu'elle était incapable de lutter, qu'elle n'avait pas même envie de le faire. Tout ce qu'elle désirait, c'était s'abandonner sans rémission, se laisser aller à cette magie inexplicable.

Mais Parks recula d'un pas et la regarda droit dans les yeux. Son regard, si clair en temps normal, était devenu étrangement opaque. Elle y devinait une envie semblable à la sienne. Mais il y avait autre chose : une volonté farouche, indomptable, qui trahissait la parfaite maîtrise qu'il exerçait sur ses propres sens.

Il se pencha vers elle comme s'il s'apprêtait à l'embrasser mais se contenta de murmurer contre ses lèvres :

— La prochaine fois.

Sur ce, il se détourna et se dirigea vers sa voiture, laissant Brooke dans un état de frustration presque intolérable.

Chapitre 3

— Ecoute, Linda, j'aimerais au moins que tu fasses semblant d'apprécier, soupira Brooke.

Elle se tourna vers son chef opérateur.

— E.J., on recommence. Travelling le long des jambes en partant des pieds. Et prends ton temps, d'accord ?

Un sourire se dessina sur son visage d'ébène et il hocha la tête.

— Avec plaisir, répondit-il malicieusement avant de faire basculer la caméra vers sa position initiale.

Il refit le point sur les orteils vernis de l'actrice.

— Il fait beaucoup trop chaud, protesta celle-ci.

Elle était allongée sur une serviette de plage et paraissait tout droit sortie de l'imagination enfiévrée d'un adolescent. Ses longs cheveux blonds, ses jambes interminables et sa silhouette de mannequin devaient mettre en valeur les mérites d'une lotion solaire modestement appelée *Eden*.

Ce tournage aurait dû n'être qu'une simple formalité, l'affaire de quelques plans tournés en deux heures. Mais cela faisait déjà trois heures qu'ils travaillaient et Linda paraissait avoir beaucoup de mal à se concentrer.

— Mary, remets-lui un peu de poudre, demanda Brooke à sa maquilleuse. Elle n'est pas censée transpirer comme ça. Linda, quand nous commencerons à tourner, compte lentement jusqu'à six avant de relever ta jambe. A douze, tu passes langoureusement ta main dans tes cheveux. Et lorsque tu dis ton texte, regarde bien la caméra et pense « sexe ».

— Je voudrais bien t'y voir ! s'exclama l'actrice. Je suis en train de frire sous ces maudits projecteurs.

— Raison de plus pour en finir rapidement ! On y va. Silence ! Moteur !

— Ça tourne, confirma E.J.

— Action !

Brooke se tourna vers le moniteur et observa attentivement la scène. La caméra remonta lentement le long des jambes splendides de Linda, dévoila une hanche arrondie, un ventre plat d'une délicieuse couleur miel, une poitrine qui gonflait généreusement le soutien-gorge de son maillot de bain. Puis elle s'arrêta sur le visage mutin de la jeune femme, révélant l'éclat de ses jolis yeux bleus, la sensualité de ses lèvres d'un rouge carmin et la perfection de son sourire.

— Mon bronzage, c'est *Eden*, déclara Linda.

— Coupez ! s'exclama Brooke après quelques secondes.

Elle s'essuya le front. Il était encore tôt dans la journée mais un soleil de plomb rayonnait déjà dans le ciel d'azur. A travers les semelles de ses baskets, elle sentait la chaleur du sable.

— Pas mal, dit-elle à Linda pour l'encourager. J'aimerais juste un tout petit peu plus d'enthousiasme. Je sais que la phrase d'accroche des publicitaires n'est pas brillante. Tu es donc la seule qui puisse rattraper le coup…

— Si tu veux, je te laisse ma place, répliqua Linda d'un ton déprimé.

— Je ne suis pas sûre de posséder les mêmes atouts, déclara Brooke. Et puis, c'est toi que l'annonceur paie une fortune pour vendre cette lotion.

Elle se détourna et s'efforça de dominer l'accès de colère qui montait en elle. Elle avait suffisamment d'expérience pour savoir qu'en s'emportant contre un acteur, on ne faisait que compliquer les choses. Mais depuis la soirée qu'elle avait passée avec Parks, elle avait les nerfs à fleur de peau.

Prenant une profonde inspiration, elle s'admonesta intérieurement : en aucun cas, elle ne pouvait laisser un problème personnel influer sur sa façon de travailler.

— Linda, reprit-elle d'une voix plus douce, je comprends parfaitement que tu en aies assez mais tu es une professionnelle. Tu sais aussi bien que moi que nous devons tourner cette publicité aujourd'hui, quoi qu'il arrive.

— Je sais, soupira Linda. Mais si cela dure encore longtemps, j'attraperai de tels coups de soleil que cela risque de desservir le produit.

Brooke sourit.

— Dans ce cas, faisons en sorte que la prochaine prise soit la bonne.

En réalité, ce ne fut que vers midi qu'ils tournèrent les derniers plans d'ensemble et purent ranger leur matériel. Brooke et E.J. s'accordèrent alors une pause à l'arrière de la camionnette du chef opérateur. Il sortit deux boissons fraîches d'une glacière et en tendit une à la jeune femme.

— Je ne comprends pas pourquoi Linda a mis si longtemps, soupira-t-elle en passant la cannette glacée sur son front brûlant. D'habitude, elle ne cause pas tant de problèmes.

— Elle a rompu avec son petit ami, la semaine dernière, expliqua E.J.

— Décidément, rien ne t'échappe, fit Brooke en souriant.

— J'aime me tenir informé, acquiesça-t-il. Je sais par exemple que tu dois assister à la soirée organisée par De Marco, ce soir.

— C'est vrai.

En fait, Brooke attendait ce moment avec une certaine impatience. Ce serait l'occasion pour elle de donner à Parks Jones une petite leçon de modestie. Car elle ne lui avait toujours pas pardonné l'état de frustration dans lequel il l'avait abandonnée après leur dîner au restaurant.

— J'ai hâte de rencontrer Parks, déclara E.J. après avoir avalé une longue gorgée de soda. C'est le meilleur troisième base qu'aient eu les Kings depuis longtemps. Et c'est un batteur redoutable.

— Cela n'en fait pas forcément un bon acteur, remarqua Brooke.

— Toi, tu n'as pas l'air d'être une inconditionnelle du base-ball, commenta E.J. avec un sourire amusé.

— Pas vraiment.

— Tu devrais quand même t'y intéresser. Parce que plus Parks marquera de points cette année et plus la campagne de publicité sera efficace. Et si son équipe se qualifie pour les séries mondiales…

— Alors il nous faudra attendre la fin du mois d'octobre pour tourner.

— Cela fait partie des aléas du métier, répondit E.J., philosophe.

— Je suppose, soupira Brooke. Bon, nous ferions mieux de rentrer. Nous devons tourner en studio dans moins d'une heure. Tu veux que je prenne le volant ?

— Sûrement pas ! s'exclama son chef opérateur d'un ton horrifié. Je tiens à rester en vie.

— Tu n'es qu'un lâche ! s'exclama Brooke en riant.

— Je sais. Mais, très honnêtement, l'idée de franchir le mur du son avec cette vieille guimbarde ne me dit vraiment rien.

Ils s'installèrent à l'avant de la camionnette qui émit force grognements et toussotements avant de condescendre à démarrer.

— Pourquoi ne t'achètes-tu pas une nouvelle voiture ? demanda Brooke. Tu gagnes assez bien ta vie pour t'offrir quelque chose de plus luxueux.

— Peut-être. Mais je suis attaché à celle-ci. Elle m'a servi fidèlement pendant sept longues années et elle sera probablement toujours en état de rouler quand tu auras détruit ton petit bolide en tôle ondulée.

Brooke se garda bien de répondre. E.J. ne cessait de lui reprocher sa façon de conduire. Cette insistance trahissait d'ailleurs l'amitié qui les unissait. Le chef opérateur de Brooke était l'une des rares personnes avec lesquelles elle travaillait à avoir noué avec elle des rapports personnels.

La plupart des autres respectaient son professionnalisme mais la trouvaient trop froide et trop ambitieuse. E.J., lui, ne s'était jamais laissé intimider par cette apparence trompeuse. Elle en était d'autant plus heureuse qu'il était à ses yeux l'un des meilleurs directeurs de la photographie de la côte Ouest.

Il était né à San Francisco où son père était directeur d'un lycée et où sa mère tenait un salon de beauté renommé. Elle les avait rencontrés une fois, alors qu'ils étaient venus rendre visite à leur fils à Los Angeles, et se demandait toujours comment deux personnes aussi sérieuses avaient pu engendrer un bon vivant comme E.J. qui ne se passionnait que pour les jolies femmes et les films de série B les plus improbables.

Peut-être était-il justement devenu l'homme qu'il était par réaction au conservatisme de ses parents. Brooke aurait été incapable de le dire. Elle ignorait tout des rapports si particuliers que pouvaient nouer entre eux les membres d'une même famille. La plupart du temps, elle se contentait d'observer ce type d'interactions avec un mélange de recul et d'envie, sans vraiment les comprendre.

— J'ai appris que tu avais assisté au match des Kings, l'autre soir ? demanda brusquement E.J. en lui jetant un regard perçant.

— Vraiment ?

— Oui. J'ai croisé Brighton Boyd à une fête, hier soir. Nous avons travaillé ensemble sur un pilote de série télévisée, l'année dernière. C'est un type bien.

Brooke se rappela brusquement l'acteur qui avait assisté au match en leur compagnie.

— C'est un grand fan des Kings, reprit E.J. en allumant la radio qui se mit à déverser un flot assourdissant de hard rock. Il m'a parlé du jeu de Jones. Il était aux anges.

Brooke garda le silence, se demandant où son ami voulait en venir.

— Il m'a dit aussi que Jones n'arrêtait pas de te regarder et qu'il avait l'air d'être complètement sous le charme. Il paraît même qu'il est venu te parler en plein milieu du match sous prétexte de récupérer une balle...

— Je suppose que tu comptes sur moi pour te répéter ce qu'il m'a dit ?

— On ne peut rien te cacher, déclara E.J. en riant.

Brooke pesta intérieurement. Elle savait pertinemment qu'elle était prise au piège : si elle se contentait d'éluder la question, cela ne ferait que renforcer les soupçons d'E.J. Et elle ne tenait pas à ce qu'il aille répéter à tout le monde que Jones et elle avaient une liaison.

— Il voulait juste connaître mon nom, répondit-elle.

— Alors, il t'a invitée à dîner ?

— Je n'ai jamais dit ça.

— C'est inutile. Je ne pense pas qu'il t'ait demandé ton nom par pure curiosité.

Brooke lui jeta un regard noir qui aurait probablement découragé la plupart des gens. Mais E.J. se contenta d'en rire.

— Tu es une incorrigible commère, lui dit-elle.

— Oui. Alors ? Vous avez dîné ensemble ?

— Oui, soupira-t-elle. Mais il ne s'est rien passé, si tu tiens à le savoir.

— Tiens donc ! Parks ne serait pas aussi malin qu'il en a l'air. A moins qu'il n'ait pas voulu mêler sa vie personnelle et sa vie professionnelle en sortant avec celle qui doit le diriger...

— Il ne sait pas que c'est moi qui suis chargée de réaliser ces publicités.

— Vraiment ? Et tu ne lui en as rien dit ?

— Non.

— Je vois, murmura E.J.

— Je n'ai pas jugé cela nécessaire, tenta de se justifier Brooke. Je me suis dit que j'aurais ainsi l'occasion de voir à quoi il ressemblait au naturel.

Rétrospectivement, cette explication pourtant authentique lui paraissait bien peu convaincante. C'était d'ailleurs ce que semblait penser E.J. qui lui jeta un regard empreint d'une certaine ironie.

— Tais-toi et contente-toi de conduire, gronda-t-elle, embarrassée.

— Oui, chef. A vos ordres, chef !

Brooke resta quelques instants silencieuse. Mais elle sentait les coups d'œil amusés que lui jetait régulièrement E.J.

— Ne te fais aucune illusion, déclara-t-elle enfin. Il ne s'est rien passé entre nous et il ne se passera jamais rien. Ce type est un monstre de suffisance et d'arrogance.

— Ça n'a pas dû être une soirée très amusante, alors, feignit-il de compatir.

— Je préfère ne pas en parler.

— Pas de problème…

— Parks est le genre d'homme qui pense que toutes les femmes devraient tomber à ses pieds simplement parce qu'il est célèbre, riche et beau garçon. Mais je le soupçonne d'être complètement idiot.

— C'est étrange, remarqua E.J. Il est pourtant entré à Oxford en décrochant une bourse Rhodes. C'est l'une des plus difficiles à obtenir, paraît-il.

— Tu dois te tromper, protesta Brooke.

— Je ne crois pas. J'ai lu ça dans *Sports View*. Ils

expliquaient que c'était pour cela que Parks n'avait fait son entrée dans une équipe professionnelle qu'à l'âge de vingt-deux ans.

— Je suis sûre qu'il doit s'agir d'une anecdote montée de toutes pièces pour faire rêver ses fans, déclara Brooke.

Mais, au fond d'elle-même, elle était loin d'en être convaincue. Et si l'information s'avérait exacte, cela signifiait qu'en plus d'être l'un des hommes les plus séduisants qu'il lui ait jamais été donné de rencontrer, Parks était également l'un des plus brillants.

Et cela ne l'aiderait certainement pas à se débarrasser de l'attirance qu'elle éprouvait à son égard…

La villa californienne de De Marco était un endroit exceptionnel. Par comparaison, même celle de Claire faisait l'effet d'une bicoque sans prétention. Il s'agissait d'un immense bâtiment en forme de E majuscule qui abritait deux superbes cours intérieures.

L'une d'elles comportait une piscine en marbre décorée de sculptures et de chutes d'eau artificielles. L'autre était décorée d'un jardin exotique méticuleusement entretenu où poussaient des centaines de fleurs d'espèces les plus diverses.

Un orchestre avait été engagé pour animer la soirée et Brooke fut accueillie par un trio constitué d'un pianiste, d'une harpiste et d'un violoniste. Elle réalisa que la plupart des invités devaient déjà être arrivés. Des dizaines de petits groupes s'étaient formés et discutaient en grignotant de délicieux canapés accompagnés de champagne.

En traversant le grand hall, elle fut assaillie par l'odeur

subtile des parfums de prix qui se mêlait aux senteurs épicées des amuse-gueules indiens. La magnificence des robes et des bijoux arborés par les femmes présentes prouvait s'il en était besoin que De Marco n'avait convié à cette réception que le gratin du tout-Hollywood.

Les bribes de conversations qu'elle surprit lui confirmèrent rapidement cette impression.

— Mais je ne pense pas qu'il soit capable d'assurer une saison de plus, déclarait un producteur bien connu. Tu as vu à quel point il est marqué ?

— Oh, il signera, assura un agent qu'elle connaissait de vue. Après le fiasco de cette pièce en Angleterre, il n'aura pas le choix…

— Si Warner veut bien de lui. George m'a dit qu'il était incapable de se rappeler plus de cinq lignes de texte.

— Mais le public l'adore ! C'est tout ce qui compte.

— Est-ce vrai qu'il a quitté sa femme pour une habilleuse ? intervint une jeune actrice montante.

— C'est parfaitement exact, lui assura le producteur d'un ton de conspirateur. Cela ne fera jamais que la quatrième pension alimentaire qu'il devra verser…

Brooke leva les yeux au ciel, se demandant comment ce genre de ragots pouvait encore intéresser ces gens qui en avaient vu se succéder des centaines au cours de leur carrière.

— Ah, te voilà ! s'exclama une voix familière. Je pensais que tu n'arriverais jamais.

Brooke se tourna vers Claire qui, malgré son âge, paraissait irrésistible dans l'extravagante robe bleue qu'elle portait ce soir-là.

— C'est une soirée très réussie, déclara son amie avant de croquer dans un petit four.

Claire observa attentivement Brooke, remarquant avec étonnement qu'elle semblait avoir particulièrement soigné son apparence, ce soir-là. La robe verte qu'elle portait soulignait l'éclat de ses cheveux roux qu'elle avait attachés, contrairement à son habitude.

Elle s'était également maquillée et portait un fin collier d'argent et des boucles d'oreilles assorties, ce qui ne lui ressemblait pas du tout. Mais cette coquetterie inattendue faisait ressortir de façon flagrante la beauté naturelle de la jeune femme.

— Que dirais-tu d'une coupe de champagne ? suggéra Brooke.

Elle héla l'un des serveurs et prit deux flûtes sur son plateau avant d'en tendre une à Claire.

— Tâche de ne pas en abuser, la prévint celle-ci. Les De Marco sont très à cheval sur le savoir-vivre.

— Ne t'en fais pas, je serai sage, lui promit Brooke en riant.

— Bien. Puisque tu sembles avoir pris de bonnes résolutions, je vais te présenter l'agent de Parks Jones.

— Je déteste parler à un agent lorsque j'ai le ventre vide, objecta Brooke. Oh, zut, ajouta-t-elle en fronçant les sourcils. Véra est ici. Si j'avais su…

Le jeune mannequin lui adressa un sourire aussi charmant qu'artificiel auquel elle s'efforça de répondre. Elles se croisaient souvent au cours de réceptions de ce genre et avaient même été amenées à travailler ensemble, de temps en temps. Mais l'animosité qui existait entre elles était de notoriété publique.

— Pas de dispute ce soir, lui souffla Claire. De Marco compte faire appel à elle pour sa campagne.

— Ne compte pas sur moi pour la diriger ! répondit

vivement Brooke. Je ne veux plus jamais avoir affaire à elle.

— Nous en rediscuterons, éluda Claire. Ah, Lee ! Nous vous cherchions justement. Lee Dutton, je vous présente Brooke Gordon. C'est elle qui réalisera les spots dans lesquels tournera Parks. C'est ma meilleure réalisatrice.

Brooke retint un sourire ironique. Sa productrice se montrait aussi généreuse en compliments lorsqu'elles étaient en public qu'elle en était avare en privé.

— Enchantée de faire votre connaissance, monsieur Dutton, déclara-t-elle en tendant la main à l'agent de Parks.

Il la serra avec cordialité. C'était un homme de petite taille au crâne dégarni et au regard perçant. Il parut aussitôt très sympathique à la jeune femme qui avait pourtant pour habitude de se méfier des agents.

— Je lève mon verre à cette association, déclara-t-il en joignant le geste à la parole. Puisse-t-elle nous réussir à tous ! Je sais que Parks a hâte de commencer.

— Vraiment ? fit Brooke qui se rappelait le peu d'enthousiasme dont il avait fait montre en évoquant cette campagne de publicité.

Claire lui décocha un regard de mise en garde et passa son bras sous celui de Lee.

— A ce propos, où est-il ? lui demanda-t-elle en souriant. Nous brûlons toutes deux de faire enfin sa connaissance.

— Il s'est fait aborder par une horde de charmantes jeunes femmes dont il a le plus grand mal à se débarrasser, expliqua Lee avec le sourire indulgent d'un vieil oncle.

Mais Brooke n'était pas dupe : l'ironie dont elle

venait de faire preuve ne lui avait pas échappé et il ne la quittait pas des yeux.

— Le pauvre, renchérit-elle, sardonique. J'espère qu'il parviendra à leur échapper. Mais parlez-moi un peu de lui, monsieur Dutton. Je suis très fan du joueur mais je ne connais pas l'homme qui se cache derrière.

— Ainsi, vous vous intéressez au base-ball, fit Lee, surpris.

— Tout à fait. Claire et moi sommes même allées le voir jouer, il y a quelques jours.

— C'est exact, acquiesça celle-ci en lui jetant un regard interrogateur. Avez-vous souvent l'occasion d'assister aux matchs, monsieur Dutton ?

— Appelez-moi Lee, je vous en prie. Et pour répondre à votre question, j'avoue que je n'y vais pas aussi souvent que je le voudrais. Mais je comptais aller voir celui de samedi prochain. J'ai quelques billets en plus et je serais ravi de m'y rendre en votre compagnie, si cela vous tente.

Avant même que Brooke ait pu répondre, Claire opina avec enthousiasme.

— Volontiers, s'exclama-t-elle. Nous serions ravies de vous accompagner.

— Tant mieux, déclara Lee. Tenez, voilà justement Parks !

Il appela ce dernier d'une voix retentissante et plusieurs personnes lui jetèrent un coup d'œil étonné ou réprobateur avant de reprendre leurs conversations.

Parks entendit Lee le héler et se dirigea vers lui. C'est alors qu'il aperçut Brooke qui se tenait aux côtés de son agent et de la directrice de Thorton Productions. Tout en se demandant ce qu'elle pouvait bien faire en leur compagnie, il sentit renaître en lui le désir qu'elle lui avait insufflé au cours de la soirée qu'ils avaient passée ensemble.

Il avait laissé s'écouler quelques jours depuis ce fameux dîner, espérant que le temps l'aiderait à dominer cette attirance irrépressible. Mais il lui suffisait de la regarder pour comprendre que cela n'avait servi à rien.

Il commença à se frayer un chemin parmi les invités. Cela prit plus de temps que prévu car il dut s'arrêter à plusieurs reprises pour saluer des personnes de sa connaissance et désamorcer les tentatives que firent plusieurs jeunes femmes pour attirer son attention. C'était un art qu'il avait développé dès que sa réputation avait commencé à croître et qu'il pratiquait désormais avec une habileté consommée.

Brooke le regardait faire avec admiration. Il parvenait à repousser les assauts de ses fans avec un mélange de gentillesse et de fermeté qui faisait merveille. Mais, à mesure qu'il se rapprochait, elle commençait à se demander avec inquiétude comment il réagirait en apprenant qui elle était vraiment.

Elle s'efforça cependant de minimiser ses angoisses, se rappelant qu'après tout, c'était lui qui l'avait appelée à l'aube pour l'inviter à dîner.

— Parks ! s'exclama Lee. Je voulais te présenter Claire Thorton. C'est elle qui produira les publicités dans lesquelles tu dois apparaître.

— Je suis ravi de faire votre connaissance, mademoiselle Thorton, déclara Parks en serrant la main de la productrice.

En réalité, il était plus surpris que ravi. Claire avait la réputation d'être une redoutable femme d'affaires et il n'aurait jamais imaginé qu'elle puisse être aussi séduisante. Il remarqua également que Lee ne paraissait pas indifférent à son charme.

— Je suis ravie que nous ayons l'occasion de travailler ensemble, monsieur Jones, déclara Claire. Je disais justement à Lee que Brooke et moi avions beaucoup admiré votre prestation au cours du match qui vous opposait aux Valiants, l'autre jour.

Parks se rappela alors pourquoi le visage de Claire lui paraissait vaguement familier. C'était effectivement elle qui se trouvait assise auprès de Brooke, ce jour-là. Il en déduisit que la jeune femme avait dû jouer dans des spots produits par Claire, ce qui expliquait sa présence à son côté.

— Enchanté de vous revoir, lui dit-il en s'inclinant légèrement vers elle.

— Moi de même, répondit Brooke, soulagée qu'il n'ait pas cherché à lui serrer la main.

La simple idée de le toucher de nouveau faisait naître en elle une peur panique. Pour se donner bonne contenance, elle avala une gorgée de champagne.

— Claire m'expliquait que Mlle Gordon était la meilleure, reprit Lee. Comme vous serez amenés à travailler ensemble, je pense que vous pourriez profiter de cette soirée pour faire connaissance.

— Travailler ensemble ? répéta Parks, étonné.

— Oui, renchérit Claire. C'est Brooke qui dirigera les publicités dans lesquelles vous jouerez. Pour un projet de cette magnitude, je préférais faire appel à mon meilleur élément !

Brooke observait attentivement Parks et elle fut sidérée par la maîtrise de soi dont il fit preuve une fois de plus.

Seul son sourire un peu figé trahissait la surprise qu'il avait dû ressentir.

— Ainsi, vous êtes réalisatrice, dit-il d'une voix tout à fait cordiale.

— En effet, articula-t-elle.

— C'est fascinant…, murmura Parks. Voulez-vous bien nous excuser un instant ? ajouta-t-il à l'intention des deux autres.

Il prit Brooke par le bras et l'entraîna à l'écart. Elle essaya de se dégager mais il raffermit sa prise, ne lui laissant aucune chance de lui échapper. Comprenant qu'il était vain d'essayer de lutter, elle le suivit en s'efforçant d'avoir l'air naturelle.

— Lâche-moi, souffla-t-elle. Tu me fais mal.

— Considère que ce n'est qu'un avant-goût de ce qui t'attend, répliqua Parks en l'entraînant jusqu'aux portes-fenêtres.

Ils débouchèrent dans le jardin où était installé l'orchestre et Parks se dirigea vers un bosquet d'arbres qui les dissimuleraient aux yeux des autres invités. C'est alors que l'une de ses connaissances l'aperçut et le héla. Comprenant qu'il ne pouvait se contenter de l'ignorer, il obliqua vers la piste de danse improvisée où évoluaient déjà plusieurs couples.

Là, il la prit dans ses bras et la serra contre lui pour l'empêcher de fuir. Ignorant le son étranglé que fit entendre la jeune femme, il adressa un petit signe de la main à son ami qui sourit et hocha la tête avant de s'éloigner.

Parks la serrait si fort que Brooke avait presque du mal à respirer. La façon dont il venait de la traiter éveillait en elle une colère glacée. Lorsqu'il desserra enfin légèrement son étreinte, elle le fusilla du regard.

— Espèce de brute ! s'exclama-t-elle. Pour qui est-ce que tu te prends ? Je ne vais pas me laisser traiter de cette façon juste parce que tu es l'une de ces stars habituées à ce que les gens fassent leurs quatre volontés ! Ne t'avise plus jamais de poser les mains sur moi !

Pour lui montrer combien elle était sérieuse, elle lui écrasa vicieusement le pied. Mais Parks ne se laissa pas intimider le moins du monde. Au lieu de la laisser partir, il raffermit sa prise, l'étouffant de nouveau.

— Tu danses merveilleusement bien, lui souffla-t-il d'un ton sardonique.

Discrètement, il lui mordit l'oreille. Brooke ne put réprimer un brusque accès de désir qui se mêla à la rage impuissante qui l'habitait en cet instant. Comment pouvait-elle réagir de cette façon après ce qu'il venait de lui faire ? se demanda-t-elle avec une pointe d'angoisse.

— Tu risques d'avoir du mal à t'expliquer lorsque je me serai évanouie par manque d'oxygène, articula-t-elle.

— Tu ne t'évanouiras pas, lui assura-t-il en l'entraînant vers le bord de la piste de danse. Et je crois que c'est toi qui me dois quelques explications.

Il relâcha alors sa taille mais continua à lui agripper la main pour l'entraîner à l'abri d'un massif d'azalées. Elle essaya de nouveau de lui échapper mais il la bloqua contre le tronc d'un arbre. Elle sentit son corps musclé se presser contre le sien, ce qui ne l'aida guère à retrouver la maîtrise de soi dont elle avait tant besoin en cet instant.

— Alors, comme ça, tu aimes jouer avec les gens, déclara-t-il.

Son visage n'était qu'à quelques centimètres du sien et elle sentait son haleine brûlante effleurer sa joue.

— Je ne vois pas de quoi tu parles.

— Vraiment ? ironisa-t-il.

Brooke fronça les sourcils. Elle avait bien pensé que Parks lui en voudrait de lui avoir caché sa véritable identité mais elle n'avait pas imaginé qu'il pourrait être aussi furieux. Pourtant, l'éclat dangereux qui brillait dans ses yeux et la tension qu'elle percevait dans chacun de ses muscles prouvaient qu'il luttait pour conserver son sang-froid. Malgré elle, elle sentit monter en elle une irrépressible angoisse.

— Je te rappelle que c'est toi qui m'as demandé mon nom. C'est également toi qui m'as appelée à 6 heures du matin pour m'inviter à dîner. Tout ce que j'ai fait, c'est accompagner Claire à ce match de base-ball…

— Ne me prends pas pour un imbécile. Tu as accepté parce que tu étais curieuse, parce que tu voulais m'évaluer. Alors ? Quel est votre verdict, chère réalisatrice ?

Brooke hésita un instant avant de répondre.

— Si tu tiens à le savoir, voici mes conclusions. Tu bouges comme un danseur, plus que comme un athlète. C'est un atout pour un film. Tu as une carrure impressionnante sans être trop musclé, ce qui fait que les vêtements de De Marco devraient t'aller parfaitement. Tu as un visage séduisant et pas dépourvu de personnalité, ce qui est essentiel. Tu dégages un certain charme, une sensualité qui plaira aux femmes. C'est une bonne chose car ce sont souvent elles qui achètent des vêtements pour leurs maris ou leurs petits amis.

Brooke s'était exprimée d'une voix neutre et détachée,

convaincue que cela ne ferait qu'ajouter à l'agacement de Parks. Et son attente ne fut pas déçue.

— Est-ce que j'ai le droit à une note ? demanda-t-il, furieux.

— Bien sûr, répondit-elle d'un ton léger, ravie d'avoir enfin l'occasion de lui faire payer la façon dont il l'avait ridiculisée l'autre soir. Disons sept sur dix. Evidemment, ta popularité ne cessera de grandir dès que les premières publicités seront diffusées. Claire pense aussi que le fait de qualifier ton équipe pour les séries mondiales aiderait énormément. Tu pourrais facilement atteindre les huit ou neuf sur dix…

— Je verrai ce que je peux faire, répliqua sèchement Parks. En attendant, explique-moi pourquoi tu ne m'as pas dit qui tu étais, l'autre jour.

— Je l'ai fait.

— C'est faux.

— Tu m'as demandé ce que je faisais dans la vie et je t'ai répondu que je travaillais dans la publicité, lui rappela-t-elle.

— Mais tu savais pertinemment que j'en conclurais que tu étais actrice.

— Je n'ai jamais dit une telle chose. Et tu ne peux pas me faire des reproches simplement parce que tu as tiré des conclusions hâtives et erronées.

— Je n'aime pas ce genre de petits jeux, déclara Parks.

— Je ne joue pas, répliqua Brooke. En fait, lorsque nous travaillerons ensemble, ce sera à toi de le faire. Moi, je me contenterai de te dire comment procéder.

— Seulement sur le plateau, lui rappela-t-il en posant la main sur sa joue. Et en dehors, que ferons-nous ?

— Rien du tout, répliqua-t-elle en s'efforçant d'adopter un ton sans appel.

Mais sa propre voix lui parut un peu forcée et elle espéra que Parks ne le remarquerait pas.

— Je n'aime pas ces règles-là, répondit-il posément. Nous devrions plutôt essayer les miennes.

Cette fois, Brooke était prête à résister à ses baisers. Elle était bien décidée à ne pas se laisser séduire aussi facilement que lorsque Parks l'avait raccompagnée chez elle. Aussi lui décocha-t-elle un regard glacé, le mettant au défi de tenter de nouveau sa chance.

Loin de détourner les yeux, il se contenta de la fixer en souriant, lui démontrant qu'il n'entendait pas non plus se laisser impressionner. Peu de gens étaient capables de soutenir le regard de Brooke aussi longtemps. A mesure que les secondes s'écoulaient, elle comprit qu'il venait de percer ses défenses.

Parks réalisa qu'il avait remporté une première victoire. Poussant son avantage, il laissa sa main glisser de la joue de la jeune femme à ses beaux cheveux roux. Ses doigts plongèrent au sein de ses mèches luxuriantes qui avaient la douceur de la soie. Il prit le temps de savourer quelques instants cette sensation délicieuse avant d'attirer Brooke contre lui pour l'embrasser.

Lorsque la bouche de Parks se posa sur la sienne, Brooke sentit les battements de son cœur s'accélérer brusquement. Elle s'efforça de dominer son trouble et de ne pas lui rendre son baiser. Mais il commença à mordiller doucement sa lèvre inférieure qu'il effleurait de sa langue, lui arrachant d'irrépressibles frissons de volupté.

Elle ne put retenir un petit gémissement de plaisir

et il en profita pour se presser plus intimement contre elle. Elle essaya de lutter mais Parks n'entendait pas la laisser s'échapper aussi facilement. Et il était très difficile de lutter à la fois contre lui et contre le désir qu'elle sentait s'éveiller au creux de son ventre.

A mesure que la résistance de Brooke défaillait, l'empressement de Parks laissait place à une plus grande délicatesse. De conquérant, il se fit séducteur et ses baisers gagnèrent en douceur. La jeune femme ne tarda pas à perdre pied, sentant le peu de contrôle qu'elle exerçait encore sur elle-même lui échapper complètement.

Parks la sentit capituler et cela ne fit qu'ajouter à l'envie qu'il avait d'elle. Il savait que Brooke n'était pas le genre de femme à s'abandonner facilement. Pourtant, chaque fois qu'il l'avait tenue dans ses bras, elle avait cédé à ses avances.

Ce n'était jamais la colère et l'instinct de domination qui avaient raison de sa résistance. Ils ne faisaient qu'accroître sa méfiance. Par contre, elle était incapable de lutter contre la douceur et la tendresse. Peut-être en avait-elle été trop longtemps privée, songea Parks.

Puis il cessa de réfléchir à la question, se laissant emporter par les sensations délicieuses qui l'envahissaient. Jamais un simple baiser n'avait éveillé en lui un tel écho. Ses lèvres plus douces que la soie, sa langue brûlante, les frissons qui la parcouraient paraissaient lui promettre des trésors de sensualité. Et la simple idée de faire un jour l'amour avec elle lui donnait le vertige.

Brooke se sentait complètement dépassée par la tournure que prenaient les événements. Elle avait été bien décidée à faire preuve d'autorité et à marquer son territoire face à Parks. Mais il avait suffi qu'il l'embrasse pour que tout bascule.

A présent, elle ne parvenait même plus à conserver le contrôle de ses sens. Son corps tout entier était parcouru de frémissements qui semblaient se communiquer à tous ses membres. Son sang s'était changé en lave, éveillant au creux de son ventre une fournaise qu'alimentait son désir sans cesse croissant.

Lorsque les mains de Parks se posèrent sur son corps, elle ne put retenir un gémissement si rauque qu'elle eut peine à reconnaître sa propre voix. Comment pouvait-elle renoncer de cette façon à tout semblant de dignité ? Comment pouvait-elle laisser un homme qu'elle connaissait à peine exercer sur elle une telle emprise ?

Lorsqu'elle sentit les doigts de Parks glisser sous sa robe, un dernier sursaut de fierté la fit reculer.

— Non, protesta-t-elle d'une voix bien moins assurée qu'elle ne l'aurait voulu.

Parks la regarda droit dans les yeux et, dans son regard, elle perçut un désir aussi brûlant que le sien.

— Il faut que je te touche, Brooke, articula-t-il.

Il se contenta d'effleurer ses seins gorgés de désir mais ce simple contact suffit à faire monter en elle un besoin fulgurant qui se teintait d'une pointe de culpabilité.

— Un jour, je toucherai ton corps tout entier, murmura-t-il. Et puis, nous ferons l'amour. Lentement. Très lentement. Jusqu'à ce que nous n'en puissions plus. Jusqu'à ce que plus rien n'existe que cette envie que nous avons l'un de l'autre…

Sa voix avait quelque chose d'hypnotique et Brooke était incapable de lutter contre la fascination qu'il exerçait sur elle. En cet instant, s'il avait cherché à pousser son avantage, elle aurait été incapable de lui résister. Plus rien n'avait de sens en dehors de ce besoin insatiable qu'elle avait de lui.

Mais après avoir déposé un petit baiser sur ses lèvres, il posa ses paumes sur le dos de la jeune femme et s'immobilisa.

— C'est à toi de m'embrasser, maintenant, l'encouragea-t-il d'une voix rauque.

Brooke réalisa qu'elle aurait dû s'écarter de lui. Elle savait que, si elle l'avait fait, Parks n'aurait pas cherché à la retenir. Mais il était bien trop tard pour que l'orgueil l'emporte sur le désir.

Plongeant les mains dans ses cheveux, elle attira son visage vers elle et posa ses lèvres sur les siennes. Son baiser ne mentait pas. Il disait mieux que des mots cette envie qu'elle avait de lui.

Parks la laissa prendre l'initiative, répondant à chacun de ses assauts, à chacune de ses audaces. Le plaisir qu'elle lui offrait était si intense, si impérieux, qu'il craignit d'en perdre la raison.

Mais, au fond de lui, il savait que le moment n'était pas encore venu. Il avait appris beaucoup de choses au sujet de Brooke mais devinait qu'il ne s'agissait que d'une infime partie de ce qui lui restait à découvrir.

Et il ne voulait pas que leur étreinte se limite à la simple satisfaction du désir physique qu'ils éprouvaient en cet instant. Son instinct lui soufflait qu'une telle victoire ne se solderait que par une amère déception.

A contrecœur, il mit donc fin à leur baiser et s'écarta de Brooke. Pendant quelques instants, tous deux restèrent immobiles, se dévorant des yeux, tentant de recouvrer un semblant de sérénité et de contrôle.

— Que les choses soient bien claires entre nous, déclara-t-il enfin d'une voix légèrement haletante. Lorsque la caméra tournera, nous jouerons selon tes règles.

Il prit doucement le menton de la jeune femme au creux de sa main, se demandant combien de fois il devrait encore s'éloigner d'elle alors qu'il avait tellement envie de lui faire l'amour.

— Mais lorsque nous ne serons plus sur le plateau, nous respecterons mes propres règles, ajouta-t-il.

— Je te l'ai dit : je n'ai pas envie de jouer, articula-t-elle.

Parks sourit et effleura ses lèvres légèrement tuméfiées du bout de son pouce.

— Je suis sûr du contraire, répondit-il avec assurance.

Il laissa retomber sa main et fit un pas en arrière.

— Nous avons un travail à faire ensemble. Je sais que cette perspective ne doit pas te réjouir, en cet instant, mais je suis persuadé que cela ne changera rien à la qualité de ces spots publicitaires.

— C'est vrai, reconnut-elle. Même si je te déteste, je ferai en sorte que tu passes bien à l'écran.

— J'en étais sûr. Tu es une professionnelle consciencieuse et perfectionniste, Brooke. J'en suis convaincu depuis que nous avons dîné ensemble. Et tu ne laisserais jamais l'affectif influer sur ton travail.

— Ce sera d'autant plus facile que nous n'aurons aucun rapport de ce genre, déclara-t-elle posément.

— Je n'en suis pas aussi sûr que toi. Mais je suppose que nous avons tout le temps de le découvrir.

Parks lui décocha un sourire enjôleur.

— Dis-moi, reprit-il. Est-ce que tu as eu le temps de manger quelque chose ?

— Non.

— Dans ce cas, je vais aller te chercher une assiette. Ces petits canapés m'ont semblé vraiment délicieux.

Chapitre 4

Brooke avait beaucoup de mal à croire qu'elle était en train de perdre un merveilleux samedi après-midi dans les tribunes d'un stade de base-ball. Mais ce qui lui paraissait encore plus improbable, c'était le fait qu'elle finissait par se prendre au jeu.

La perspective de revoir Parks l'avait pourtant mise très mal à l'aise. Certes, il s'était montré tout à fait charmant après leur tête-à-tête dans le jardin de la villa De Marco. Il n'avait plus essayé de l'embrasser et s'était gardé de tout geste déplacé à son égard.

Mais elle savait que cela ne durerait pas. Parks lui avait clairement fait comprendre qu'il la désirait et qu'il finirait par obtenir sa reddition. Or elle n'était pas certaine de pouvoir lui résister très longtemps s'il décidait de se montrer plus pressant.

C'est donc avec une certaine anxiété qu'elle avait rejoint Claire et Lee au stade. Mais il avait suffi de quelques manches pour qu'elle oublie ses angoisses et commence à s'intéresser au match proprement dit.

La première fois, elle s'était surtout concentrée sur la façon dont jouait Parks et n'avait pas vraiment prêté attention au reste de l'équipe. Mais elle découvrait à présent toutes les subtilités qui lui avaient échappé.

Le base-ball était un sport beaucoup plus riche et

plus tactique qu'elle ne l'avait initialement pensé. Il pouvait se révéler nécessaire de sacrifier une balle pour le bien de l'équipe. Les joueurs qui se trouvaient en défense devaient choisir quel opposant éliminer. Et ils n'avaient que quelques instants pour prendre cette décision et agir.

Mais il y avait aussi une part de chance qui pimentait les choses. Ainsi, le moindre coup de vent, le moindre rebond pouvait s'avérer décisif. Cela rendait chaque phase de jeu encore plus palpitante.

D'ailleurs, les spectateurs ne s'y trompaient pas et manifestaient bruyamment leur enthousiasme. L'ambiance qui régnait dans les tribunes était électrique et le public réagissait avec passion aux actions d'éclat comme aux coups du sort.

Des chansons résonnaient parfois dans l'enceinte du stade, reprises en chœur par des milliers de voix. Les tribunes retentissaient de clameurs, d'applaudissements et de trépignement de pieds. Des olas s'organisaient pour soutenir les joueurs qui se battaient comme des lions pour arracher la victoire.

Lee commentait chaque phase du jeu, démontrant une connaissance approfondie de ce sport. En l'observant, Brooke s'était aperçue que la première impression qu'elle s'était faite de lui ne couvrait qu'une partie de sa personnalité.

Sous des dehors affables et décontractés, Lee Dutton cachait une forte personnalité et un caractère bien trempé. Ce n'était pas évident au premier abord. Avec son début de calvitie, son accent de Brooklyn, sa chemise de golf et son pantalon à carreaux, il paraissait inoffensif.

C'étaient ses yeux qui le trahissaient. Ils étaient

toujours en éveil et paraissaient transpercer ses interlocuteurs de part en part, comme s'il lisait en eux à livre ouvert. Brooke remarqua aussi qu'il les gardait souvent fixés sur Claire.

Il se montrait excessivement empressé à son égard et paraissait saisir chaque opportunité qui se présentait pour la toucher. Il lui prenait la main, lui tapotait l'épaule et finit même par poser sa paume sur son genou alors que tous deux s'étaient lancés dans une discussion passionnée sur l'art oriental.

Mais le plus étrange, c'était que Claire ne cherchait pas à le repousser. Brooke l'avait pourtant vue remettre bien des hommes à leur place d'un sourire glacial ou d'une phrase aussi ferme que polie. Ce jour-là, pourtant, elle ne semblait pas se formaliser le moins du monde de ces familiarités.

Peut-être craignait-elle de perdre les faveurs de l'agent de Parks Jones à la veille d'une campagne publicitaire qui devait lui rapporter plusieurs centaines de milliers de dollars. Peut-être faisait-elle preuve de naïveté, comme cela arrivait si souvent aux femmes qui approchaient la cinquantaine.

Quoi qu'il en soit, Brooke se promit de veiller sur elle et de tenir Lee à l'œil. En attendant, elle se concentra sur le match. Force était de reconnaître, songea-t-elle, que Parks offrait un spectacle très agréable à regarder. Sur le terrain, il paraissait parfaitement à son aise et elle songea qu'il était probablement un joueur de baseball-né.

D'un autre côté, il n'avait pas non plus semblé déplacé lors de la réception à la villa De Marco. Il avait même fait preuve d'un savant mélange d'élégance et de décontraction qui prouvait qu'il était rompu à ce genre d'exercice mondain.

Sur le coup, cela avait beaucoup étonné Brooke. Puis elle avait effectué quelques recherches et avait découvert que Parks était originaire d'un milieu très fortuné. Sa famille possédait Parkinson Chemicals, un gigantesque conglomérat qui pesait plusieurs milliards de dollars et fabriquait toutes sortes de produits chimiques, de l'aspirine au carburant pour fusées.

Ses deux sœurs avaient fait d'excellents mariages. La première avait épousé un célèbre restaurateur qui avait été son associé avant de devenir son époux, la seconde un vice-président de Parkinson Chemicals qui résidait à Dallas. Mais Parks, l'héritier en titre de cette immense fortune, l'homme qui devait gérer l'entreprise lorsque son père prendrait sa retraite, était tombé amoureux du base-ball.

Cela ne l'avait pas empêché de faire de brillantes études à Oxford où il s'était distingué par ses excellents résultats. Son diplôme lui ouvrait toutes les portes. Mais au lieu d'entrer chez Parkinson Chemicals, de se lancer dans la politique ou de devenir avocat, Parks s'était présenté au camp de formation des Kings.

Après avoir brillamment réussi les tests de sélection, il était entré dans l'équipe réserve où il s'était rapidement illustré. Un an plus tard, il rejoignait l'équipe officielle dans laquelle il devait passer dix ans de sa vie.

Ainsi, Parks ne jouait pas au base-ball pour gagner de l'argent ni parce que c'était la seule chose qu'il savait faire. C'était chez lui une véritable vocation et c'est sans doute pour cela qu'il jouait avec tant de talent et de régularité.

Cela l'impressionnait beaucoup plus qu'elle n'aurait voulu se l'avouer. Car elle savait que peu de gens avaient le courage de poursuivre ainsi leurs rêves, de renoncer à la facilité pour faire ce dont ils avaient vraiment envie.

Le respect et l'admiration qu'elle éprouvait pour Parks s'étaient accrus et elle en venait à penser que tous deux se ressemblaient plus qu'elle ne l'avait initialement pensé. Ne s'était-elle pas elle aussi frayé un chemin à force de volonté et de travail ? N'avait-elle pas lutté pour pouvoir exercer un métier qu'elle aimait plus que tout ?

Elle en était même venue à croire que leur association pouvait se révéler plus productive encore que Claire ne l'avait imaginé.

En attendant, elle l'observait avec attention tandis qu'il se tenait sur la seconde base, attendant patiemment que le batteur de son équipe vienne se mettre en place. La tension des spectateurs était presque palpable. Une fois de plus, Lee posa sa main sur celle de Claire. Une lueur d'enthousiasme brillait dans ses yeux noirs.

— Si le batteur parvient à envoyer la balle suffisamment loin, expliqua-t-il, les deux coureurs peuvent atteindre le marbre et marquer deux points. Cela suffirait aux Kings pour remporter la manche et passer en tête du championnat.

— Mais pourquoi leurs adversaires changent-ils brusquement de lanceur ? demanda Brooke, curieuse.

— Parce que Mitchell est en train de faiblir. Il n'a pas réussi à éliminer les premiers batteurs et, maintenant, il y a deux coureurs sur le terrain. Je suis sûr que les Kings effectueront bientôt des changements, eux aussi.

— C'est étrange, remarqua Brooke. Il me semble

que changer les joueurs au beau milieu d'une manche risque de déconcentrer l'équipe.

— Est-ce que vous ne changeriez pas votre assistant caméra s'il était momentanément incapable de faire le point ? rétorqua Lee.

— Je suppose que si, admit la jeune femme en souriant.

De fait, la stratégie s'avéra payante. Le nouveau lanceur parvint à éliminer les trois batteurs suivants. Mais Parks et son équipier restaient sur leurs bases. La foule se mit à huer les batteurs malheureux.

— Ce n'est pas très sportif, remarqua Brooke, ironique.

— Ce n'est rien ! s'exclama Lee en riant. Vous devriez les entendre lorsque l'équipe perd vraiment.

Tout en parlant, il avait affectueusement passé le bras autour des épaules de Claire. Brooke jeta à celle-ci un regard étonné mais elle ne parut pas s'en apercevoir. Au lieu de se soustraire à l'étreinte de Lee, elle se nicha même contre lui pour suivre la fin de la manche.

Brooke était un peu interloquée. Le couple que formaient ses deux compagnons lui paraissait vraiment étrange. Mais, après tout, ils étaient sans doute assez grands pour se passer de sa bénédiction. Elle s'accouda donc à la rambarde et observa Parks.

Depuis le début de la rencontre, ce dernier n'avait tourné les yeux vers elle qu'une seule fois, lorsqu'il avait pénétré dans le stade. Depuis, il l'avait ostensiblement ignorée, ce qui la vexait un peu sans qu'elle sache vraiment pourquoi. Elle aurait bien voulu retrouver l'étrange complicité qui les avait unis lors du premier match.

Peut-être était-ce simplement parce qu'elle appréciait la petite guerre psychologique qu'ils menaient l'un contre l'autre, parce qu'elle avait trouvé en Parks un adversaire qu'elle pouvait admirer et respecter. Mais ce jour-là, il paraissait être exclusivement concentré sur ce qu'il avait à faire. Et, en bonne professionnelle, elle ne pouvait l'en blâmer.

En réalité, Parks n'était pas aussi concentré qu'il l'aurait voulu. En cet instant, il aurait même donné tout ce qu'il avait pour une douche froide et une pinte de bière bien fraîche. Mais il allait encore devoir endurer pendant deux manches le soleil impitoyable qui brillait ce jour-là dans un ciel sans nuages.

La septième manche s'était terminée par l'élimination du dernier batteur et la huitième venait de commencer. Le premier batteur de l'équipe adverse avait réussi à gagner la seconde base et le second venait de se mettre en position.

L'entraîneur avait remplacé le lanceur des Kings et c'était Ripley qui avait été désigné. Il lançait généralement des balles dénuées d'effet mais très rapides, ce qui, à ce moment du match, pouvait suffire à déstabiliser les batteurs.

Par contre, le coureur qui se trouvait sur la deuxième base risquait de poser des problèmes à Parks. Ce dernier connaissait par cœur les statistiques de chacun des joueurs présents sur le terrain. Il était doué d'une mémoire prodigieuse et retenait sans peine tout ce qu'il décidait d'apprendre. Ces informations étaient stockées quelque part dans son cerveau, attendant le moment où elles pourraient s'avérer utiles.

Ce talent avait le don d'agacer la plupart des gens et

Parks évitait généralement d'en faire étalage. Mais il lui servait souvent à prendre les bonnes décisions en cours de partie. Ainsi, il passa en revue les résultats du nouveau batteur, les compara à ceux de Ripley et tenta d'estimer les probabilités qu'il avait de l'emporter.

Ce petit exercice mental l'aidait aussi à faire abstraction de la présence de Brooke qui se trouvait dans les tribunes. Il ne pouvait se permettre de se laisser déconcentrer par la jeune femme ou par les sentiments troublants qu'elle lui inspirait.

Le batteur se mit en position et Parks fit le vide dans son esprit. Ripley prit une profonde inspiration et lança. Le batteur manqua la balle. La deuxième fut déclarée hors cadre par l'arbitre. Le batteur parvint à frapper la troisième qui vola vers la troisième base, rebondit et s'éleva dans les airs.

Sans réfléchir, Parks bondit et la cueillit au vol au moment où le coureur se jetait en avant pour toucher la base. Il se précipita et parvint à l'atteindre une demi-seconde avant lui, disqualifiant ainsi le coureur adverse. Sans même attendre le cri de l'arbitre qui le confirmait, il lança la balle à son coéquipier qui surveillait la première base, éliminant ainsi le batteur juste avant qu'il n'y parvienne.

La foule salua ce geste avec un enthousiasme prodigieux et Lee, fou de joie, embrassa Claire qui se laissa faire sans protester. Mais Brooke était bien trop fascinée par la maestria dont Parks venait de faire preuve pour leur prêter la moindre attention.

La double élimination n'avait pris que quelques

secondes et elle sentait son cœur battre à cent à l'heure. Jamais elle n'avait vu personne bouger comme Parks venait de le faire. En un instant, il avait jaugé la situation et rattrapé la balle avant de toucher sa base et de la renvoyer.

Et il avait effectué cette improbable série de gestes avec une facilité déconcertante. Combien de temps avait-il dû s'entraîner pour acquérir une maîtrise si parfaite, pour allier tant d'agilité à tant de grâce ? C'était tout simplement prodigieux.

Brooke se promit que, la prochaine fois qu'elle assisterait à un match, elle prendrait soin de se munir d'une caméra. Car, quoi qu'il arrive, elle savait déjà qu'elle ne raterait pour rien au monde la prochaine rencontre.

— Il est vraiment impressionnant, n'est-ce pas ? s'exclama joyeusement Lee.

— C'est le moins qu'on puisse dire, articula-t-elle. Est-ce que cela arrive souvent ?

— Avec Parks, régulièrement. Mais il possède un sang-froid à toute épreuve. Je me dis parfois que ce n'est pas du sang mais de l'eau glacée qui lui coule dans les veines.

— Vraiment ? fit Brooke.

Lee la considéra gravement durant quelques instants puis sourit.

— Seulement sur le terrain, répondit-il. En réalité, je connais peu d'hommes qui possèdent une telle autodiscipline. Remarquez, ce n'est pas si étonnant que cela, ajouta-t-il avec une pointe d'ironie. La plupart des gens que je fréquente sont des acteurs, pas des sportifs de haut niveau...

— Espérons que Parks soit également capable de jouer la comédie, intervint Claire.

— Je crois qu'il vous surprendra, déclara Lee. C'est un garçon plein de ressource.

— Malheureusement, je ne suis pas sûre qu'il accepte de bon cœur d'être dirigé par quelqu'un d'autre, commenta Brooke.

Ils se tournèrent de nouveau vers le terrain pour suivre la fin de la huitième manche. Lorsqu'elle se termina, le score était toujours de un partout et aucune des deux équipes ne parvenait réellement à briser la défense de l'autre.

Cela aurait pu s'avérer ennuyeux, songea Brooke. Pourtant, le public était à cran, guettant la moindre erreur, la moindre ouverture. Et elle vibrait en parfaite harmonie avec ces milliers de spectateurs, désirant de tout son cœur voir les Kings l'emporter.

C'était la première fois qu'elle se passionnait à ce point pour un sport. Elle essaya de se convaincre que c'était simplement parce que l'atmosphère électrique qui régnait dans le stade était contagieuse mais, au fond, elle savait bien que cela n'expliquait pas tout.

— J'ai l'impression que nous allons avoir droit à des prolongations, remarqua Lee.

— Il leur reste encore plusieurs batteurs, protesta vivement Brooke.

Elle ne vit pas le sourire amusé qu'échangeaient Claire et Lee.

La foule était à présent en délire et ne cessait de crier des encouragements à son équipe. L'écho de ces hurlements se répercutait dans le stade, formant une clameur sourde et continue qui faisait vibrer l'air surchauffé.

Brooke vit Parks s'avancer jusqu'au marbre. La pression qui pesait sur lui en cet instant devait être insoutenable, songea-t-elle. Pourtant, il n'exprimait pas la moindre hésitation, ne trahissait pas le moindre doute. Par contre, elle lisait sur son visage et dans ses yeux une concentration totale.

Le cœur battant à tout rompre, elle pria pour qu'il reproduise le home run qu'il avait réussi la fois précédente. Le premier lancer était hors cadre et il se contenta de le laisser filer. Il laissa également passer le deuxième qui était arrivé tel un boulet de canon.

Puis il adressa un petit signe au lanceur pour lui demander quelques instants. Il s'agenouilla alors pour attacher son lacet. Le public se mit à scander son nom mais il prenait tout son temps comme s'il n'entendait rien. Enfin, il se remit en position.

Cette fois, il frappa la balle, lui imprimant un mouvement de bas en haut qui la fit monter vers le ciel. Brooke crut un instant qu'il venait de réussir un nouveau home run mais lorsque la balle commença à redescendre, elle se trouvait toujours dans le champ. L'un des joueurs adverses parvint à la rattraper au vol, éliminant ainsi Parks.

Avant même que Brooke ait pu prononcer le juron qui lui montait aux lèvres, les spectateurs se mirent à applaudir à tout rompre. Elle réalisa alors que les deux coureurs venaient d'atteindre le marbre, marquant deux points d'un coup.

— Excellent ! s'exclama Lee, ravi.

— Mais Parks a été éliminé, objecta Brooke.

— Il l'a fait exprès. Il savait parfaitement qu'en lançant la balle très haut de cette façon, il laisserait aux deux autres le temps de finir leur course. Au base-ball, c'est ce que l'on appelle un sacrifice.

— Tout de même, cela paraît injuste.

— Pourquoi ? demanda Lee. Ce qui compte, c'est que l'équipe gagne. Si Parks avait opté pour un renvoi classique, il courait le risque de faire éliminer un ou deux de ses équipiers. En jouant comme il l'a fait, il était sûr que les Kings remporteraient le match.

— Il fait baisser ses propres statistiques, objecta Brooke.

— Mais il est considéré par le public comme un héros. Regardez-les !

De fait, la plupart des spectateurs étaient à présent debout et scandaient le nom de Parks. Emue malgré elle, la jeune femme résista difficilement à l'envie qu'elle avait de se joindre à eux.

— Parks a toujours joué pour son équipe plus que pour lui-même, reprit Lee. C'est pour cela qu'il continue de jouer pour les Kings alors que plusieurs autres clubs lui ont offert des sommes exorbitantes pour rejoindre leurs rangs.

L'admiration de Lee étonna Brooke. En tant qu'agent, ce genre d'attitude aurait dû l'agacer. Mais il semblait vouer à Parks une telle admiration qu'il en venait à faire passer ses propres intérêts au second plan. C'était bien la première fois de sa vie qu'elle voyait un manager agir de la sorte.

— Venez ! s'exclama-t-il en prenant le bras de Claire et de Brooke. Allons aux vestiaires pour le féliciter !

Les deux femmes le suivirent à travers la foule qui continuait à manifester bruyamment sa joie. Lorsqu'ils atteignirent enfin la zone réservée aux joueurs, Lee exhiba son passe et ils se retrouvèrent entourés d'une meute de journalistes qui recueillaient les premières impressions des Kings victorieux.

Les joueurs eux-mêmes étaient aux anges. Ils se congratulaient les uns les autres et s'assenaient de vigoureuses claques dans le dos en échangeant toutes sortes de plaisanteries oiseuses. Après la tension formidable à laquelle ils avaient dû faire face, ils paraissaient bien décidés à célébrer leur triomphe.

Snyder, le première base, commentait le match devant les reporters sportifs avec un humour pince-sans-rire.

— Vous comprenez, disait-il, si je n'avais pas réparé l'erreur de Biggs lors de la septième manche, la partie se serait peut-être terminée de façon très différente…

Biggs, le short-stop, assena à son camarade un coup de serviette mouillée qu'il encaissa sans broncher.

— Tout le monde sait que Snyder est incapable d'attraper une balle si on ne la lui dépose pas dans le gant, déclara-t-il. Nous faisons tous l'impossible pour lui faciliter la vie mais c'est un ingrat…

— J'ai aussi sauvé la mise à Parks à cinquante-cinq reprises, cette saison, poursuivit Snyder sans se démonter le moins du monde. J'ai peur qu'il ne soit en train de perdre ses moyens. Heureusement, certains batteurs de l'équipe adverse visent si bien qu'ils parviennent à déposer la balle directement dans son gant. Vous vous en apercevrez si vous repassez le match d'aujourd'hui au ralenti.

Quelqu'un déversa un seau d'eau sur la tête de Snyder qui poursuivit son commentaire comme si de rien n'était.

— Vous remarquerez aussi que, lorsque je suis à la

batte, je vise pour ma part le gant du joueur de champ droit, ce qui demande beaucoup plus de pratique.

Les journalistes éclatèrent de rire. C'est alors que Brooke repéra Parks qui était en train de se faire interviewer un peu plus loin. Tout comme sa tenue de base-ball, son visage était couvert de poussière et la transpiration y avait dessiné de profonds sillons. Il avait ôté sa casquette, révélant des cheveux moites et emmêlés.

Malgré cela, il souriait et paraissait parfaitement détendu. L'intensité effrayante qu'elle avait lue dans son regard tandis qu'il s'apprêtait à frapper avait cédé place à sa décontraction et sa cordialité habituelles. Cela impressionna beaucoup Brooke et elle se demanda une fois de plus si elle était de taille à lutter contre un homme aussi sûr de lui.

— Il nous reste quatre matchs à jouer cette saison si nous ne sommes pas qualifiés pour les séries mondiales. Franchement, je m'estimerais satisfait si je termine avec une moyenne annuelle de trois cent quatre-vingt-sept à la batte.

— Mais si votre moyenne monte à cinq cents lors de ces dernières parties…

Parks interrompit le reporter d'un geste de la main.

— Nous verrons, dit-il en riant. Vous allez me porter la poisse.

— En tout cas, il aurait suffi d'un petit coup de vent pour changer ce dernier renvoi en home run.

— Malheureusement, il n'y a pas eu de vent, répondit Parks, philosophe.

— Quel type de balle vous a lancé Ripley ?

— Une balle courbe assez haute.

— Et vous cherchiez le home run ?

— Non. Il y avait deux coureurs sur le terrain et tout ce que je voulais, c'était envoyer suffisamment haut et loin pour leur laisser le temps d'atteindre le marbre. De cette façon, j'étais certain de voir Kinjinsky marquer s'il ne voulait pas hériter du Pied de plomb.

— Le Pied de plomb ? répéta le journaliste, étonné.

— C'est une petite récompense que nous avons inventée. Parlez-en à Snyder, c'est lui qui la détient pour le moment.

Parks conclut l'interview par un sourire et se tourna vers son agent.

— Salut, Lee ! s'exclama-t-il.

Il se rapprocha du petit groupe qui l'attendait et effleura le bras de Brooke d'un geste à la fois tendre et possessif. Malgré elle, elle se sentit frémir de part en part.

— Mademoiselle Thorton, ajouta-t-il en s'inclinant légèrement, je suis ravi de vous revoir.

— Tu as fait un sacré match ! le félicita Lee. C'était vraiment plaisant à regarder.

— C'est pour cela qu'on nous paie, répondit Parks en haussant les épaules.

— Dis-moi, Claire et moi pensions aller dîner quelque part. Cela vous dit de venir avec nous ?

Brooke ouvrit de grands yeux, stupéfaite. Mais avant qu'elle ait pu décliner l'invitation pour laisser le couple tranquille, Parks répondit en leur nom.

— Désolé, mais Brooke et moi avons déjà des projets, dit-il.

Se tournant vers lui, elle fronça les sourcils.

— Je ne me souviens pas en avoir fait.

— Il faut absolument que tu commences à tenir un agenda, déclara Parks en souriant malicieusement. Bien, je vais aller prendre une douche et me changer. Tu m'attends ?

Sans lui laisser la moindre chance de protester, Parks tourna les talons et se dirigea vers les vestiaires.

— Quel toupet ! fulmina la jeune femme.

Lee et Claire échangèrent un nouveau regard amusé.

— Nous n'allons pas tarder, déclara son amie. Lee doit me montrer sa collection avant le dîner.

— Sa collection ? répéta Brooke, passablement dépassée par la situation.

— Oui, nous nous sommes découvert une passion commune pour l'art oriental, expliqua Claire en décochant à Lee un sourire complice. Tu veux que nous attendions avec toi que Parks revienne ?

— Ce n'est pas la peine, répondit Brooke.

Claire n'insista pas.

— Dans ce cas, nous nous verrons lundi, dit-elle avant de prendre la main de Lee.

— Amusez-vous bien, tous les deux, fit ce dernier avec un sourire légèrement narquois.

Visiblement, les rapports conflictuels de Brooke et de Parks ne lui avaient pas échappé. La jeune femme regarda l'étrange couple s'éloigner. Finalement, elle se détourna et alla s'installer sur le banc de touche.

Le public avait quitté le stade et les équipes d'entretien s'activaient déjà dans les tribunes. La pelouse, quant à elle, était vide et Brooke la contempla longuement, pensant au nombre de gens qui avaient gardé les yeux résolument fixés sur ce rectangle herbeux, vibrant à l'unisson de leur équipe fétiche.

Dans le silence retrouvé, l'arène paraissait étonnamment paisible et silencieuse. Seule l'odeur de transpiration qui flottait dans l'air témoignait de la présence récente d'une horde de supporters. Brooke posa les bras sur la barrière qui séparait le box des joueurs de la pelouse.

Elle se demanda brusquement quand le stade avait été construit. Combien de générations s'étaient-elles succédé ici ? Combien de milliers de litres de bière avaient-ils été engloutis ? Les anciens joueurs de l'équipe revenaient-ils régulièrement assister aux matchs ?

Elle était certaine que Parks le ferait. Il avait ce sport dans le sang, c'était évident. D'ailleurs, elle commençait à comprendre pourquoi. Elle-même s'était prise au jeu, découvrant un univers fascinant qui alliait talent, travail, chance et sens du spectacle.

Brooke imagina comment elle représenterait le stade si elle voulait partager sa vision du base-ball. Fermant les yeux, elle visualisa les tribunes désertes avec comme bande-son le bruit très sec de la balle entrant en collision avec une batte et les clameurs de la foule.

Le plan suivant était un fanion abandonné qui frémissait dans le vent. Puis les employés de la maintenance ramassant les gobelets en plastique et les papiers gras abandonnés par les spectateurs. Il était impossible de dire quelle équipe l'avait emporté. Tout ce qui comptait, dans un premier temps, c'était la ferveur populaire qui se cristallisait autour de ce sport…

Un bruit de pas la tira brusquement de ses réflexions et elle rouvrit les yeux. La vue de Parks suffit à dissiper les images très nettes qui s'étaient gravées dans son imagination. C'était la première fois qu'un homme exerçait sur elle un effet si profond, si immédiat.

Le fait qu'il ait une telle influence sur elle la rendait furieuse. Jusqu'alors, son travail de réalisatrice avait monopolisé la majeure partie de ses pensées. Et elle ne pouvait accepter le fait qu'il empiète sur cette partie de sa vie avec tant de facilité.

D'un œil peu amène, elle le regarda approcher. Elle s'était attendue à ce qu'il lui décoche l'une de ces remarques narquoises et provocatrices dont il avait le secret. Elle s'y était préparée et était bien décidée à lui répondre sur le même ton, lui faisant comprendre qu'elle n'appréciait pas du tout la façon dont il entendait régenter sa vie.

Mais, une fois de plus, il la prit par surprise. S'étant approché d'elle, il s'agenouilla et plongea les mains dans ses cheveux avant de l'attirer vers lui pour l'embrasser. Ce baiser passionné fit voler en éclats les certitudes de Brooke et elle sentit s'éveiller en elle un désir incoercible qui la balaya telle une lame de fond.

Il y avait presque quelque chose de désespéré dans cette étreinte, comme si Parks n'entendait lui laisser aucune chance de lui échapper, comme s'il avait peur qu'elle ne le repousse. Mais elle en aurait été bien incapable.

Sans même s'en rendre compte, ses lèvres et sa langue répondirent à ses avances, comme mues par leur propre volonté. L'intensité des sensations qui déferlaient sur elle ne lui laissait aucune chance de résister à l'envie impérieuse qu'elle avait de lui. Malgré elle, elle agrippa son visage et se pressa contre lui.

Leur baiser parut se prolonger à l'infini, jusqu'à ce que Parks se dégage doucement, presque à contrecœur. Dans ses yeux, elle lut le besoin qu'il avait d'elle en cet instant et cela ne fit que décupler son propre trouble.

— J'ai envie de toi, articula-t-il d'une voix un peu rauque.

— Je sais, répondit-elle simplement.

Ce n'était pas de la vantardise mais une conviction profonde qui habitait chaque fibre de son être. Parks caressa doucement ses cheveux.

— Je veux faire l'amour avec toi, reprit-il.

Brooke s'écarta légèrement, le cœur battant.

— Cela n'arrivera pas, déclara-t-elle avec beaucoup plus d'assurance qu'elle n'en éprouvait réellement.

— En es-tu sûre ?

— Certaine, affirma-t-elle.

— Dans ce cas, je suppose que je vais devoir te convaincre du contraire. Je pense que ce sera une expérience fascinante.

Brooke écarta sa main et le fusilla du regard.

— Pourquoi as-tu dit à Lee que nous avions des projets pour ce soir ?

— Parce que j'ai passé neuf manches à penser à la façon dont nous ferions l'amour.

Le sourire qui se dessinait sur ses lèvres ne trompa nullement Brooke. Elle savait qu'il était parfaitement sérieux. Et cela la terrifiait bien plus qu'elle n'aurait voulu l'admettre.

— Voilà qui a au moins le mérite d'être direct, commenta-t-elle.

— Je sais que tu préfères les gens qui ne mâchent pas leurs mots.

— C'est vrai. Et je vais donc te répondre franchement. Nous allons devoir travailler ensemble pendant plusieurs semaines, plusieurs mois, peut-être. Et ce projet implique beaucoup de gens qui comptent sur nous. Je suis donc bien décidée à ne pas les décevoir.

— Je ne vois pas le rapport, objecta Parks.

— Il y en a pourtant un. Toute forme d'implication personnelle risquerait d'interférer avec mon jugement professionnel. En tant que réalisatrice, je ne peux me permettre de coucher avec l'un de mes acteurs, ne serait-ce qu'une fois.

— Une fois ? répéta Parks en riant. Est-ce que tu cherches toujours à déterminer la durée de tes relations à l'avance ? Je te voyais bien plus romantique que cela.

— Peu importe ce que tu penses de moi. La seule chose qui compte, c'est que tu comprennes ce que je viens de te dire.

— Je le comprends. Mais je considère que ce n'est qu'une piètre excuse de ta part.

— Pas du tout ! protesta Brooke que sa légèreté rendait passablement furieuse. Je te l'ai dit : je ne suis pas intéressée. Et je suis désolée si cela froisse ton ego de star.

— C'est incroyable, commenta Parks comme s'il se parlait à lui-même. Tu as le don de me mettre hors de moi. Jusqu'à aujourd'hui, je n'avais jamais rencontré une femme qui en soit capable.

— Cela ne m'étonne pas, railla Brooke. Tu dois être habitué à ce qu'elles te tombent toutes dans les bras.

— Je pense surtout qu'aucune de celles que j'ai croisées n'avait aussi peur que toi de s'engager dans une relation.

Brooke se raidit. Elle avait l'impression d'avoir reçu une gifle en pleine figure. Parks avait frappé juste et elle lui en voulait énormément d'avoir mis le doigt sur l'une de ses faiblesses. Très pâle, elle se leva brusquement et s'éloigna de lui.

Mais il n'était apparemment pas décidé à la laisser s'échapper aussi facilement. L'ayant rattrapée, il la prit par les épaules et la força à le regarder droit dans les yeux.

— Je suis désolé, lui dit-il.

De fait, il n'avait pas l'habitude de se conduire de cette façon. Mais l'entêtement de la jeune femme avait eu raison de sa patience. Comment pouvait-elle refuser de voir l'évidence ? Ne réalisait-elle pas qu'il y avait quelque chose de magique dans l'attirance qu'ils exerçaient l'un sur l'autre ?

— Lâche-moi ! s'exclama-t-elle.

Il voulut la serrer contre lui mais elle résista.

— Je suis désolé, répéta-t-il. Je te promets que je ne voulais pas te faire de mal.

Ce ne fut pas le charme de Parks mais son évidente sincérité qui désarma Brooke.

— Je n'aurais pas dû réagir de cette façon, soupira-t-elle. D'ordinaire, je suis plus résistante que cela…

— Pourrions-nous arrêter de nous battre ? suggéra Parks. Au moins pour le reste de la journée…

— Peut-être, répondit-elle prudemment.

— Que dirais-tu d'un dîner de réconciliation ?

— Si tu me prends par les sentiments…

— Très bien ! s'exclama-t-il, soulagé. Que dirais-tu d'un repas tex-mex ?

— Seulement si c'est toi qui invites, répondit-elle d'un air de défi. Tu as beaucoup à te faire pardonner.

Mais, lorsqu'il tendit la main vers elle, elle la prit sans hésiter.

Brooke et Parks étaient assis à la terrasse d'un petit restaurant sans prétention et contemplaient les passants qui déambulaient le long de l'avenue. La jeune femme paraissait plus détendue et Parks se demanda si elle avait décidé de baisser la garde. C'était peu probable.

En réalité, elle paraissait attacher une grande importance à ses repas. Il se demanda si cela pouvait avoir un rapport avec sa jeunesse dont elle évitait toujours soigneusement de parler.

— Est-ce que tu as grandi à Los Angeles ? lui demanda-t-il soudain.

— Non, répondit-elle. Mais toi, oui.

Une fois de plus, elle essayait de faire diversion. Mais cette fois, il était bien décidé à en apprendre un peu plus sur son compte.

— Pourquoi t'es-tu installée ici ? demanda-t-il.

— Parce qu'il fait chaud et qu'il y a beaucoup de monde.

— Voilà une remarque curieuse, venant de quelqu'un qui a choisi une maison si isolée.

— J'aime préserver mon intimité, expliqua-t-elle. Dis-moi, je me demandais ce que ta famille avait bien pu penser lorsque tu as décidé de jouer au base-ball au lieu de reprendre Parkinson Chemicals.

Parks sourit, amusé par la façon dont elle résistait à son interrogatoire.

— Mes parents ont été stupéfaits, répondit-il. Pourtant, je leur avais dit depuis longtemps ce que je comptais faire. Mais mon père pensait que je finirais par entendre raison. Je crois d'ailleurs qu'il le pense toujours. Et toi ? Comment a réagi ta famille lorsque tu as décidé de devenir réalisatrice ?

— Je n'ai pas de famille, répondit Brooke.

Elle s'était exprimée très calmement mais Parks comprit qu'il venait d'aborder un terrain miné.

— Où as-tu grandi ?

— Un peu partout, éluda-t-elle.

— Dans des familles d'accueil ? insista-t-il d'une voix très douce.

— Pourquoi est-ce que tu me harcèles de cette façon ? protesta Brooke.

— Parce que je veux te connaître mieux. Je pense que nous pourrions être amis avant de devenir amants.

— Nous ne serons pas amants !

Parks la contempla attentivement.

— Est-ce que, par hasard, je te rendrais nerveuse ? demanda-t-il enfin.

— Furieuse serait un terme plus approprié ! Je ne peux pas passer plus de dix minutes en ta compagnie sans que tu me mettes en colère.

— J'ai la même impression. Mais j'avoue que je trouve cela assez stimulant.

— Je n'ai pas besoin de stimulation ! s'exclama Brooke. Tout ce que je veux, c'est qu'on me fiche la paix.

Parks éclata de rire avant d'effleurer sa main d'un baiser.

— Je n'en crois pas un mot, déclara-t-il. Tu es bien trop vivante pour te contenter de cela.

— Comment peux-tu dire une chose pareille ? Tu ne me connais même pas !

— C'est bien ce à quoi j'essaie de remédier. Dis-moi qui tu es vraiment, Brooke.

— Ce que j'ai fait de moi-même.

— Je vais te dire ce que je vois, moi. Tu es une

femme indépendante, ambitieuse et forte. Tu as choisi une maison isolée. Tu aimes rire. Tu te mets facilement en colère mais tu n'es pas rancunière.

Tandis qu'il parlait, l'expression de Brooke s'était insensiblement modifiée, passant de la colère à la méfiance. Parks avait l'impression qu'il était en train d'apprivoiser un oiseau qui pouvait s'envoler à tout instant.

— Tu es quelqu'un que j'admire et que je respecte, conclut-il. Et je voudrais en apprendre plus sur toi. Cela ne me semble pas complètement déraisonnable, tu ne crois pas ?

Brooke poussa un long soupir. Peut-être finirait-il par la laisser tranquille si elle lui livrait une ébauche de biographie, songea-t-elle.

— Si tu tiens tant à le savoir, ma mère n'était pas mariée, commença-t-elle d'un ton faussement détaché. Apparemment, au bout de six mois, elle en a eu assez de s'occuper de moi et m'a laissée chez sa sœur. Je ne me souviens pas très bien de cette époque. Je sais juste que j'avais souvent faim et froid. Lorsque j'ai eu six ans, ma tante m'a confiée aux services sociaux. Quelques semaines plus tard, j'ai été envoyée dans une première famille d'accueil. C'étaient des gens plutôt gentils mais je ne suis restée qu'un an. Ensuite, j'ai été transférée dans une autre maison. Entre six ans et quinze ans, j'ai vécu dans cinq endroits différents. Je ne me sentais jamais à ma place mais, rétrospectivement, je me dis que c'était en partie ma faute.

Brooke s'interrompit un instant et ses yeux se perdirent à l'horizon.

— Toutes les familles d'accueil ne font pas cela pour de l'argent, tu sais. Certaines aiment vraiment les enfants qu'elles hébergent. Mais je savais toujours que ce ne serait que temporaire, que je finirais par perdre de vue ces gens et les amis que je me faisais. Du coup, je suis devenue une enfant difficile. Je crois que je voulais simplement me faire remarquer, convaincre les gens qui m'entouraient que j'étais spéciale, que je méritais d'être adoptée. Je ne voulais pas qu'ils me voient comme une simple source de revenus complémentaires…

Brooke soupira et Parks posa doucement sa main sur la sienne, lui offrant un réconfort muet qui l'aida à poursuivre son récit.

— Durant les deux dernières années de lycée, je me trouvais dans une ferme de l'Ohio chez des gens adorables. Mais leur fils faisait tout son possible pour me rendre la vie infernale. Du coup, je suis partie dès que j'ai décroché mon diplôme. J'ai gagné ma vie en travaillant comme serveuse dans plusieurs Etats. Il m'a fallu quatre mois pour rallier la Californie…

Parks serra ses doigts dans les siens et elle lui décocha un regard réprobateur.

— Je ne veux pas que tu te sentes désolé pour moi, lui dit-elle.

— Ce n'est pas le cas, lui assura-t-il. En fait, j'étais en train de me dire que peu de personnes auraient eu le courage de prendre leur existence en main dès l'âge de dix-sept ans. A l'époque, je rêvais déjà de devenir joueur de base-ball professionnel mais, au lieu de cela, j'ai sagement pris l'avion pour aller étudier en Angleterre.

— Et tu as eu raison de le faire, déclara Brooke. Si je l'avais pu, moi aussi je serais entrée à l'université. Mais je n'avais pas précisément le choix.

— Cela ne t'a pas empêchée de faire ce que tu voulais de ta vie, remarqua Parks.

— Toi non plus.

— C'est vrai, acquiesça-t-il. Mais tu pourras continuer pendant des années alors qu'il ne me reste plus qu'une seule saison.

— Pourquoi ? demanda-t-elle, surprise. Tu n'es pas si vieux que cela.

— J'ai trente-trois ans, indiqua-t-il. Il y a dix ans, je me suis promis que j'arrêterais à trente-cinq. Je ne tiens pas à vivre une lente descente aux enfers en essayant de repousser l'inévitable.

— Je comprends, ironisa Brooke. Il suffit de te regarder jouer pour comprendre que l'on a affaire à un vieillard.

— C'est justement pour éviter cela que je compte mettre fin à ma carrière.

— Et arrêter pendant que tu es encore au sommet ?

— Exact.

— Mais tu ne crois pas que le base-ball te manquera ?

— Bien sûr que si. Mais j'ai bien l'intention de trouver quelque chose qui me passionne autant durant les années à venir. Et puis, j'aurai plus de temps pour profiter de la vie... Dis-moi, est-ce que tu aimes la mer ?

— Oui. Même si je n'ai que rarement l'occasion d'y aller.

— Voilà bien une réflexion de Californienne, ironisa Parks. En tout cas, j'ai une maison à Maui. Il faudra que je t'y emmène, un de ces jours.

Brooke était sur le point de protester mais il posa doucement ses doigts sur ses lèvres pour la faire taire.

— Nous avons promis de ne pas nous disputer, lui rappela-t-il. Allons plutôt nous promener.

— Parks, je pensais vraiment ce que je t'ai dit tout à l'heure…

— Je sais, répondit-il.

Et il se pencha vers elle pour l'embrasser tendrement.

Chapitre 5

Il s'écoula trois jours avant que Brooke ne reçoive des nouvelles de Parks. Elle savait que les matchs du championnat qu'il lui restait à jouer se déroulaient tous en dehors de la ville.

Elle-même avait été très occupée par le projet De Marco. Une première série de story-boards avait été dessinée et elle les avait passés en revue, effectuant toutes les corrections qu'elle jugeait nécessaires.

Claire avait décidé que le premier spot devrait être réalisé avant la fin de la saison de base-ball pour capitaliser sur l'exposition médiatique dont Parks faisait l'objet ces derniers temps. Cela ne laissait à Brooke que peu de temps pour le préparer.

Elle avait donc commencé les repérages et lancé les réunions de préproduction. Il s'agissait pour elle d'un nouveau défi qu'elle entendait bien relever avec brio. Enfermée dans son bureau, elle passait désormais la majeure partie de son temps à peaufiner le scénario de la publicité.

Elle ne comportait que très peu de dialogues et l'on y voyait surtout Parks en train de s'entraîner. Il serait vêtu d'une élégante tenue De Marco. La scène se finirait par un fondu enchaîné qui s'ouvrirait sur un autre plan dans lequel la star, habillée de la même façon, émergeait d'une Rolls Royce au bras d'une irrésistible brunette.

— En toute occasion, soyez De Marco, conclurait Parks en voix off.

C'était simple, efficace et élégant. Tout avait été minuté de façon précise et Brooke avait même pris soin d'enregistrer tous les sons dont elle aurait besoin en salle de montage. Il ne lui restait plus qu'à tourner les deux scènes et à prier pour que Parks se montre aussi naturel à l'écran qu'il l'était dans la réalité.

Comme elle passait en revue la liste du matériel dont elle aurait besoin pour ce tournage, Brooke entendit frapper à la porte de son bureau.

— Entrez ! cria-t-elle sans lever les yeux de la liste.

— Brooke ? fit la voix de sa secrétaire. Il y a un bouquet pour toi.

Surprise, la jeune femme considéra le magnifique bouquet de fleurs qu'elle venait de déposer sur son bureau.

— Jenkins m'a également demandé de te dire que Lardner avait fini le montage. Il attend ton coup de téléphone pour que vous puissiez le regarder ensemble.

— Merci, répondit Brooke.

Elle n'avait guère l'habitude de recevoir des fleurs. Il arrivait que l'un de ses clients lui envoie une caisse de vin lorsqu'il était particulièrement satisfait de son travail. Mais la plupart d'entre eux n'auraient pas pensé à offrir des fleurs à celle que l'on surnommait parfois par ironie la Vierge de fer.

Le seul qui avait osé le faire était un acteur qu'elle avait dirigé. Le fait qu'il soit marié ne l'avait pas empêché de faire la cour à Brooke et il lui avait envoyé chaque semaine un bouquet de roses rouges. Mais elle avait fini par le convaincre qu'il n'avait aucune chance et il avait renoncé, comprenant qu'il perdait son temps et son argent.

Cette fois, il ne s'agissait pas de roses mais de magnifiques lis qui exhalaient une fragrance subtile. Cette odeur entêtante ne tarda pas à se répandre dans son bureau. Effleurant les pétales du bout des doigts, Brooke réalisa qu'ils étaient plus doux que de la soie. Quelques-uns se détachèrent et tombèrent sur son bureau. C'est alors qu'elle aperçut la petite enveloppe qui était accrochée au bouquet.

Elle la décacheta et trouva un petit carton immaculé sur lequel était simplement écrit :

« Elles m'ont fait penser à ta peau. »

Il n'y avait aucune signature mais Brooke comprit aussitôt qui était le mystérieux envoyeur. Elle ne put s'empêcher de frémir tout en se reprochant cette attitude d'adolescente enamourée. Pourtant, elle ne put s'empêcher de relire trois fois la petite carte.

Personne ne l'avait jamais affectée à ce point. Les mots de Parks, à la fois simples et directs, avaient suffi à rallumer le feu qui couvait en elle chaque fois qu'elle se retrouvait en face de lui. Elle comprit alors combien ses illusions étaient dérisoires. Comment pouvait-elle espérer résister à une si douce insistance ?

Parks se trouvait à mille kilomètres de là mais il lui suffisait de fermer les yeux pour sentir ses doigts caresser délicatement sa joue. Et cette simple pensée éveillait en elle un désir fulgurant, incoercible. Elle réalisa brusquement qu'elle n'avait jamais eu la moindre chance et qu'elle n'avait jamais vraiment voulu lutter.

Immédiatement, elle décrocha son téléphone.

— Tâche de contacter Parks Jones, dit-elle à sa secrétaire. Lee Dutton, son agent, devrait avoir son numéro.

Sur ce, elle raccrocha avant d'avoir pu changer d'avis. Elle enfouit son visage dans le bouquet et se gorgea de cette délicieuse senteur. Comment avait-il deviné combien elle aimerait cette odeur ? Comment faisait-il pour toujours trouver les mots justes ?

Au fond, cela importait peu. Tout ce qui comptait, c'était qu'il existe et qu'il ait envie d'elle. Ramassant l'un des pétales qui étaient tombés sur son bureau, elle le fit glisser contre sa joue. Il était aussi doux que les premiers baisers de Parks.

La sonnerie du téléphone l'arracha alors à sa rêverie.

— Oui, fit-elle, le cœur battant.

— Parks Jones est sur la ligne deux. Tu as dix minutes avant de rejoindre le studio.

— Très bien. Essaie de trouver un vase pour les fleurs, d'accord ?

— Pas de problème, lui assura la jeune femme d'un ton entendu.

Brooke se demanda combien de temps s'écoulerait avant que les gens ne commencent à spéculer sur son compte. Ecartant cette pensée, elle pressa la touche qui la mit en contact avec Parks.

— Salut, Brooke.

— Merci, Parks, lui dit-elle d'une voix mal assurée.

— Il n'y a pas de quoi. Je me suis dit que j'aimerais beaucoup te voir avec ces fleurs dans les cheveux.

Brooke en glissa une derrière son oreille puis jugea que ce n'était pas très professionnel. Mieux valait se contenter de leur odeur.

— Je dois tourner dans quelques minutes, lui dit-elle. Elles risqueraient de se dessécher sous la chaleur des projecteurs.

— Je vois que tu gardes toujours l'esprit pratique, observa Parks en riant.

— Je suis bien obligée. Mais j'avoue que, lorsque j'ai reçu le bouquet, je me sentais aussi émue qu'une collégienne. Dis, où es-tu ?

— Dans ma chambre d'hôtel. Le match s'est terminé il y a une demi-heure. Cette fois, nous avons perdu. En partie à cause de moi, d'ailleurs.

— Je suis désolée.

— Je n'étais pas du tout dans le rythme, soupira-t-il. J'espère que cela me passera. Mais je pense beaucoup trop à toi, ces temps-ci.

Brooke sentit monter en elle un mélange de plaisir et de culpabilité.

— J'espère qu'il ne s'agit pas de l'une de ces mauvaises passes dont tu parlais l'autre jour. Je ne voudrais pas que tu sois forcé d'adopter l'un de ces remèdes miracles que tu évoquais.

Elle hésita.

— Un en particulier…, ajouta-t-elle d'une voix un peu tremblante.

Un long silence suivit ce demi-aveu.

— Tu n'es pas trop fatigué ? demanda-t-elle pour faire diversion.

— Epuisé serait plus juste. Le match d'hier a duré onze manches.

— Je sais, avoua-t-elle. J'ai regardé le journal, ce matin. Je vais te laisser te reposer. Je voulais juste te remercier pour les fleurs.

— Tout le plaisir est pour moi. Est-ce que je te reverrai à mon retour ?

— Bien sûr ! Nous devons tourner le premier spot vendredi et…

— Brooke, l'interrompit-il, est-ce que je te reverrai vraiment ?

Le cœur battant, elle resta un instant silencieuse.

— Oui, murmura-t-elle enfin. Même si je pense que je suis sur le point de commettre une énorme erreur.

— Tant mieux, répondit Parks. A vendredi, mon ange.

Sur ce, il raccrocha.

Le secret d'une bonne direction d'acteur était de se montrer précis sans jamais entrer dans les considérations techniques. Telle était du moins la conviction que s'était forgée Brooke depuis très longtemps. Il fallait aussi savoir scinder son esprit en plusieurs compartiments étanches pour pouvoir communiquer simultanément avec les comédiens et les techniciens selon des modes très différents.

C'était un art qu'elle maîtrisait à la perfection, peut-être parce qu'elle avait exercé la plupart des métiers qui étaient représentés sur un tournage. Tour à tour, elle avait été éclairagiste, scripte, assistante caméra, preneuse de son. Cela lui permettait de parler le langage de chacun, de connaître les petites habitudes de chacune de ces professions et de s'y adapter.

Rien ne lui échappait.

Mais ce qui monopolisait le plus son attention, c'étaient les états d'âme des acteurs. Elle savait que ceux-ci étaient en position de faiblesse, que, pour jouer, ils devaient s'exposer sans fard devant la caméra. Aussi se montrait-elle toujours très respectueuse de leur travail, prenant le temps de les encourager et de les guider chaque fois qu'ils en avaient besoin.

Tous ceux qui avaient tourné avec elle s'accordaient à dire qu'elle maîtrisait parfaitement son plateau. La confiance en soi dont elle faisait preuve était communicative et personne n'aurait osé remettre en cause ses instructions. Elle était respectée par les techniciens qui savaient qu'elle les comprenait parfaitement.

Ce jour-là, elle supervisa personnellement le réglage des lumières en compagnie d'E.J. En arrivant au stade, elle avait constaté que le terrain présentait un aspect très différent vu du marbre. On avait l'impression de se trouver dans une vallée étroite, au milieu des montagnes formées par les tribunes.

La distance qui séparait la zone qu'occupait le batteur de la clôture était impressionnante et l'on se rendait beaucoup mieux compte de l'exploit que constituait un home run. Peu de gens auraient été capables de propulser la balle en dehors des limites du terrain.

L'herbe avait été tondue récemment et une odeur agréable flottait dans l'air. Levant les yeux au ciel, Brooke constata que de lourds nuages y dérivaient et elle fronça les sourcils.

— Il me faut un après-midi ensoleillé, indiqua-t-elle à E.J.

Ce dernier hocha la tête et donna quelques instructions supplémentaires à son éclairagiste. Quelques instants plus tard, une belle et chaude lumière se répandait sur le marbre. E.J. entreprit alors de vérifier qu'aucune ombre intempestive ne viendrait dissiper l'illusion.

Parks, quant à lui, se tenait un peu à l'écart, près de l'entrée des vestiaires. Il observait attentivement Brooke tandis qu'elle s'activait sur le plateau. La femme qu'il découvrait aujourd'hui était très différente de celle qu'il avait emmenée au restaurant ou de celle qui lui avait raconté sa jeunesse difficile.

Ses cheveux étaient tirés en arrière et attachés en queue-de-cheval. Elle portait un jean délavé et un T-shirt arborant le logo d'un groupe de rock. Cela la faisait paraître plus jeune qu'elle ne l'était. Mais cette impression était contredite par l'aura d'autorité qui se dégageait d'elle.

L'assurance dont elle ne se départait jamais vraiment paraissait encore renforcée. Elle délivrait chacune de ses instructions sans la moindre hésitation et son équipe obéissait sans discuter. Personne ne remettait jamais ses ordres en question. Et il était évident qu'elle ne l'aurait pas toléré. Cela ne faisait que renforcer l'admiration qu'il éprouvait à son égard.

Par contre, lui-même se sentait vaguement ridicule. Qui aurait eu l'idée de s'entraîner dans une telle tenue ? Cela lui paraissait complètement absurde. Mais il n'était pas là pour donner son avis sur la question. Si Brooke estimait que ces vêtements convenaient, il se fierait à son intuition.

— Bigelow ! l'entendit-il s'exclamer tandis qu'il se mettait en marche vers le marbre. Cache-moi ces fils avant que quelqu'un ne se prenne les pieds dedans ! Libby, tâche de me trouver quelques bouteilles d'eau glacée. Nous allons en avoir besoin. Où est passé… ?

Elle s'interrompit brusquement en voyant Parks approcher.

— Ah, te voilà ! fit-elle.

Si elle éprouvait le moindre plaisir à le voir, elle se gardait bien de le montrer, songea Parks, un peu vexé.

— Pourrais-tu te placer sur le marbre pour que nous puissions finir de régler les lumières ? lui demanda-t-elle.

Sans un mot, Parks s'exécuta. L'idée de tourner cette publicité ne lui plaisait toujours pas beaucoup mais il avait décidé de faire contre mauvaise fortune bon cœur. Si Lee estimait que cela pouvait servir sa carrière, il devait savoir ce dont il parlait.

E.J. s'approcha de Parks en souriant et entreprit d'effectuer quelques relevés à l'aide de son photomètre.

— Alors ? fit-il. Est-ce que vous êtes prêt à réduire les Valiants en bouillie ?

— Telle est bien notre intention en tout cas, répondit Parks.

— Tant mieux. Parce que j'ai parié cinquante dollars sur votre victoire.

— Je ferai ce que je pourrai, promit Parks en riant.

— Génial, déclara E.J. avant de se tourner vers son chef éclairagiste pour lui donner de nouvelles instructions.

Brooke s'était approchée et elle observa attentivement Parks avant de hocher la tête d'un air satisfait.

— Tu es parfait, déclara-t-elle. La première partie ne devrait pas te poser trop de problèmes. Tu n'auras qu'à faire ce que tu fais le mieux.

— A savoir ? demanda Parks d'un ton lourd de sous-entendus.

— Renvoyer la balle, répondit Brooke sans se laisser déconcentrer le moins du monde. Ton entraîneur a accepté de lancer.

— Et je suppose que je n'ai pas le droit à un casque.

— Cela n'irait pas vraiment avec ta tenue, répondit Brooke. Et il serait dommage de gâcher un tel ensemble.

— J'aime beaucoup le tien, moi aussi, déclara-t-il. J'ai hâte de pouvoir détacher tes cheveux moi-même.

— Maquilleuse ! appela Brooke sans relever ses provocations. Parks a besoin d'un peu de fond de teint.

— Pas question ! protesta-t-il.

— Je ne tiens pas à ce que tu sois tout luisant à l'écran, expliqua-t-elle. Mais ne t'en fais pas, cela ne se verra pas. La poudre devrait juste absorber la transpiration.

Parks se soumit à contrecœur à une rapide séance de maquillage. Brooke en profita pour lui donner ses directives.

— Tout ce que je veux, c'est que tu te mettes en position. Là, tu effectues quelques mouvements de batte, comme pendant un match. Puis l'entraîneur te lance la balle et tu frappes. Ensuite, tu me fais l'un de ces sourires dont tu as le secret et tu lances la batte.

— De quel genre de sourire parles-tu ? demanda Parks.

Brooke lui décocha un regard enjôleur qui n'augurait jamais rien de bon.

— Tu vois très bien ce dont je parle. Ce sourire de play-boy décontracté dont tu abuses sans vergogne. Celui qui te donne de petites fossettes et d'adorables petites rides au coin des yeux.

Parks la fusilla du regard.

— Tu me le paieras très cher, le moment venu, lui souffla-t-il.

— Lorsque tu frappes, il est inutile d'envoyer la balle hors du stade. Tu dois juste réagir comme si tu l'avais fait. Compris ?

— Compris, soupira Parks, réalisant qu'elle ne se départirait pas de son professionnalisme pointilleux tant qu'ils seraient sur le plateau.

— Tu es vraiment mignon, tu sais, Jones, s'exclama alors l'entraîneur qui venait de les rejoindre.

— Garde tes sarcasmes pour toi, Friedman. Et tâche de viser le marbre, pour une fois. Est-ce que j'ai le droit à une batte ? ajouta-t-il à l'intention de Brooke. Ou est-ce que je suis censé renvoyer à la main ?

Brooke héla son accessoiriste qui apporta aussitôt l'objet demandé. Parks observa la batte avec horreur.

— Qu'est-ce qui ne va pas ? demanda Brooke.

— Elle est en aluminium ! protesta-t-il.

— Oui, et alors ?

— Les professionnels n'utilisent jamais de batte en alu ! s'exclama-t-il, choqué.

— Est-ce que nous avons une batte de bois ? soupira Brooke.

— Bien sûr, s'exclama l'accessoiriste en rougissant.

Il courut chercher un nouveau modèle qu'il tendit timidement à Parks.

— Désolé, s'excusa-t-il.

— Te faudra-t-il autre chose ? demanda Brooke.

— J'avais juste une question.

— Je t'écoute…

— Est-ce que tout le monde a l'habitude de t'obéir au doigt et à l'œil ?

— Bien sûr, répliqua-t-elle sur le ton de l'évidence. Et tu ferais bien de t'en souvenir durant les deux heures qui viennent. De cette façon, nous n'aurons aucun problème.

— D'accord, acquiesça-t-il d'un air légèrement menaçant. Tant que nous tournons, je suis à tes ordres.

— Bien, approuva Brooke avant de se détourner.

Elle se dirigea vers la caméra et E.J. s'écarta pour la laisser vérifier le cadrage.

— Parfait, conclut-elle. Nous restons en plan séquence. Pas de travelling, pas de pano, pas de gros plan. Ce qui nous intéresse, ce sont les vêtements. Parks, tu es prêt ?

Parks se plaça en position sur le marbre, les pieds bien plantés au sol et les genoux légèrement fléchis.

— Prêt ! s'exclama-t-il.

— Je te parie dix dollars qu'il tire sur le centre gauche, fit E.J. en reprenant sa place derrière la caméra.

— Tenu, répondit-elle. Parks, lorsque je crierai « action », je veux que tu fasses quelques mouvements de batte. Garde les yeux bien fixés sur le lanceur et quoi qu'il arrive, ne regarde pas la caméra. Tâche d'oublier que nous sommes là.

Brooke se tourna vers Friedman et lui sourit.

— Vous êtes prêt ? lui demanda-t-elle.

— Paré à tirer, mon cœur.

— Tâche de ne pas viser la tête ! s'exclama Parks. L'annonceur m'en voudrait si je me faisais défigurer maintenant.

— Ce n'est pas comme si tu avais grand-chose à perdre, ironisa son entraîneur.

Brooke prit une profonde inspiration et s'assura que tout le monde était bien en place.

— Silence ! s'exclama-t-elle. Moteur !

— Ça tourne, confirma E.J.

— Et… action !

Elle observa Parks qui effectuait quelques mouvements de batte avant de se remettre en position. La chemise qu'il portait soulignait sa silhouette élancée et révélait les muscles puissants de ses bras. Il était magnifique, songea-t-elle tout en comptant dans sa tête la durée du plan.

Brusquement, elle le vit se raidir tandis que la balle volait vers lui. Mais, au dernier moment, il retint sa batte et la laissa s'écraser derrière lui. Brooke retint à grand-peine un juron.

— Coupez ! s'écria-t-elle.

Elle se dirigea vers lui.

— Quel est le problème ? demanda-t-elle.

— La balle était hors cadre, répondit-il.

— Sûrement pas ! protesta vivement Friedman.

Aussitôt, une discussion passionnée s'engagea entre les membres de l'équipe de tournage. S'efforçant d'ignorer l'agacement qui montait en elle, elle se tourna de nouveau vers Parks.

— Qu'est-ce que ça peut faire ? demanda-t-elle. Au cas où tu n'aurais pas remarqué, il n'y a ni arbitres, ni fans, ni membres de la presse.

Parks posa l'extrémité de sa batte sur le sol et prit appui dessus.

— Il n'est pas question que je renvoie une balle hors cadre, déclara-t-il. Les connaisseurs trouveraient cela parfaitement ridicule.

Brooke faillit protester mais jugea préférable de s'abstenir. Parks était un acteur et elle devait le traiter avec les mêmes égards que ceux auxquels elle avait affaire en temps normal.

— Très bien, soupira-t-elle. Espérons que la prochaine te convienne mieux.

Elle retourna se placer près d'E.J.

— Deuxième prise ! annonça-t-elle. Moteur !

— Ça tourne.

— Action !

Cette fois, la balle était bonne et Parks la propulsa droit vers la troisième base.

— Coupez ! s'exclama Brooke. Combien de temps ? ajouta-t-elle à l'intention de la scripte.

— Douze secondes et demie, précisa celle-ci.

E.J. tendit à Brooke un billet de dix dollars froissé qu'elle glissa dans sa poche.

— C'était parfait, dit-elle à Parks. On recommence.

— Cette fois, je parie qu'elle sort du stade, déclara E.J.

— Tenu. Prise trois ! Moteur… Action !

Parks recommença et elle hocha la tête avec satisfaction. Il se prenait au jeu et paraissait à la fois plus décontracté et plus concentré. C'était exactement ce qu'elle voulait. Elle retrouvait l'intensité qu'elle avait pu observer dans ses yeux lors des deux matchs auxquels elle avait assisté et regrettait presque de ne pouvoir faire de gros plan.

Puis il frappa et elle sentit son admiration grandir encore. Il se dégageait de lui une impression de puissance étonnante. On aurait dit un félin bondissant sur sa proie. Tous ses muscles étaient tendus par l'effort et les vêtements de De Marco soulignaient admirablement ce mélange de tension et de contrôle.

Elle n'eut pas besoin de suivre la balle des yeux pour savoir qu'elle avait franchi la clôture. Le sourire presque carnassier qui se dessina sur les lèvres de Parks ne l'indiquait que trop clairement. Cette expression ne devait rien à sa direction d'acteur. C'était l'image même de la satisfaction qu'il éprouvait en cet instant.

Brooke laissa la caméra tourner tandis qu'il suivait

des yeux la trajectoire de la balle. Puis il se tourna vers elle et eut un petit haussement d'épaules qui exprimait autant de fierté que de modestie. C'était tout simplement parfait.

— Coupez ! s'écria-t-elle, ravie.

Elle ressortit le billet d'E.J. et le lui tendit tandis qu'une vague d'applaudissements résonnait dans le stade.

— Beau lancer, Friedman, commenta Parks.

— J'essaie juste de te mettre en valeur, Jones. Mais le lanceur des Valiants ne sera pas aussi amical que moi.

— C'était génial, déclara Brooke. Combien de temps ?

— Quatorze secondes, annonça la scripte.

— Parfait. J'aimerais faire une ou deux autres prises avant que la lumière ne commence à changer. De cette façon, nous serons couverts. Parks, quoi qu'il arrive, cette fois, refais exactement ce que tu viens de faire. Le sourire et le haussement d'épaules... C'était parfait !

— A votre service, m'dame, répondit-il.

Ils effectuèrent trois nouvelles prises avant que Brooke ne se déclare parfaitement satisfaite.

— On remballe ! s'exclama-t-elle enfin. Merci à tous et félicitations ! Nous avons rendez-vous devant le restaurant dans deux heures pour tourner la suite. Fred, ajouta-t-elle à l'intention de son assistant, vérifie que la Rolls est bien sur place et appelle l'actrice.

Brooke se dirigea vers l'entraîneur auquel elle serra cordialement la main.

— Merci pour votre aide, lui dit-elle.

— Tout le plaisir était pour moi, répondit-il gentiment. Vous savez, de mon temps, les joueurs de base-ball se contentaient de promouvoir des marques de rasoirs ou de bière.

Il jeta un coup d'œil à Parks qui dédicaçait ses balles aux techniciens de l'équipe.

— Jamais un créateur ne nous aurait demandé de porter ses vêtements, ajouta-t-il. Mais je suppose que c'est bon pour l'image de notre sport.

— Surtout quand c'est un homme comme Parks qui le représente, acquiesça Brooke. Ne lui dites surtout pas que je vous l'ai dit mais c'est un acteur-né.

Friedman éclata de rire et lui tapota affectueusement l'épaule.

— Ne vous en faites pas pour ça, je serai muet comme une tombe. Je n'ai pas envie que mon troisième base attrape la grosse tête. Il serait capable de demander une augmentation ! Au fait, je voulais vous dire quelque chose. J'ai vu la façon dont vous dirigiez votre équipe et je pense que vous feriez un sacré entraîneur.

— Merci, répondit Brooke en riant. Mais je pense que je manque encore un peu de technique.

Elle se dirigea ensuite vers Parks.

— Tu t'en es très bien tiré, lui dit-elle.

— Pour un bleu, compléta-t-il avec un sourire amusé.

Facétieusement, il lui tendit la main et elle la serra. Mais lorsqu'elle essaya de la retirer, il la retint et laissa courir son pouce sur son poignet. Il sentit son pouls s'accélérer à ce contact.

— J'étais certaine que tu serais parfait, lui dit-elle d'une voix légèrement rauque.

Autour d'eux, les techniciens commençaient déjà à démonter le matériel. Elle entendait vaguement E.J. parler d'une femme qu'il venait de rencontrer et avec laquelle il avait bien l'intention de tenter sa chance. Brooke s'efforça de se concentrer sur cette discussion pour faire abstraction de la sensation délicieusement troublante que faisaient monter en elle les caresses de Parks.

— La scène suivante ne devrait pas non plus poser trop de problèmes, ajouta-t-elle. As-tu des questions ?

— Juste une, répondit Parks. Suis-moi.

Il ne lui laissa pas le temps de protester et l'entraîna vers les vestiaires.

— Y a-t-il un problème ? demanda-t-elle, inquiète.

— Je voulais savoir si nous avions fini de tourner.

— Cela me paraît évident, répondit-elle en haussant les épaules.

— Tant mieux, déclara-t-il.

Refermant la porte d'un coup de talon, il la prit dans ses bras et l'embrassa. Il y avait dans ce baiser une certaine violence, comme s'il cherchait à effacer toute la frustration qui s'était accumulée en lui au cours des deux heures qui venaient de s'écouler.

Depuis plusieurs jours, il ne pensait qu'au moment où il lui serait enfin donné de sentir les lèvres de Brooke sous les siennes. L'envie qu'il avait d'elle n'avait cessé de croître, prenant des proportions qu'il commençait à trouver alarmantes.

Elle occupait chacune de ses pensées et figurait au générique de la plupart de ses rêves. Ceux-ci prenaient parfois une connotation si érotique qu'il se réveillait en sursaut, le corps brûlant et l'esprit enfiévré. Il avait donc attendu leurs retrouvailles avec impatience, ce qui n'avait rendu que plus douloureuse l'apparente indifférence de la jeune femme.

Respectant l'accord qu'ils avaient passé, il s'était pourtant forcé à lui obéir en tout point, se promettant qu'il l'embrasserait à la première occasion. Mais loin de l'aider à se défaire de sa frustration, ce baiser ne faisait qu'accroître le besoin incoercible qu'il avait d'elle.

Son odeur le rendait fou. Le contact de son corps souple et musclé faisait naître en lui des images torrides qui déclenchaient une réaction physique aussi violente qu'irrépressible. Plus il se faisait passionné et entreprenant et plus il réalisait qu'il ne trouverait jamais la paix tant qu'il n'aurait pas fait l'amour avec elle.

Il voulait la posséder corps et âme. Il voulait se fondre en elle et perdre tout contrôle. Il voulait qu'elle s'abandonne à lui sans retenue. Il voulait que tous deux ne fassent qu'un.

— Dis, Brooke, est-ce que tu veux que je t'emmène… ?

E.J. s'interrompit brusquement, réalisant ce qu'ils étaient en train de faire.

— Euh… Désolé, s'excusa-t-il en refermant la porte.

Brooke l'entendit s'éloigner en sifflotant et la passion qu'elle venait d'éprouver disparut brusquement pour faire place à de la colère. Furieuse contre elle-même autant que contre Parks, elle essaya vainement de s'écarter de lui. Mais il ne la laissa pas faire.

— Lâche-moi ! s'exclama-t-elle.

— Pourquoi ?

Elle lui décocha un regard noir mais cela parut plus l'amuser que l'inquiéter.

— Ne refais jamais une chose pareille alors que je suis en train de travailler ! s'écria-t-elle, hors d'elle.

— Je t'ai expressément demandé si nous avions terminé, lui rappela Parks.

— La journée n'est pas finie, protesta-t-elle. Et tant que nous sommes en tournage, je suis la réalisatrice et tu es un acteur ! Alors tu feras exactement ce que je te dis de faire !

— Je ne vois pas de caméra, objecta calmement Parks.

— Ce n'est pas la question ! Je ne tiens pas à ce que mon équipe fasse courir des rumeurs sur notre compte. Cela minerait ma crédibilité et mon autorité !

Parks réalisa avec stupeur que plus elle se mettait en colère et plus il avait envie d'elle.

— De quoi as-tu vraiment peur ? répliqua-t-il. Ne serait-ce pas plutôt de perdre ton sacro-saint self-control ? De savoir que, lorsque je t'embrasse, tu n'es plus maîtresse de la situation ?

Il se pencha vers elle et la regarda droit dans les yeux. Sa bouche n'était qu'à quelques centimètres de la sienne et Brooke sentait son souffle effleurer sa joue.

— J'ai obéi à tes ordres durant tout le tournage, lui dit-il. Maintenant, c'est à toi de le faire.

Du bout de sa langue, il effleura les lèvres de Brooke. Celle-ci parvint à grand-peine à réprimer un frisson de désir. Mais ni l'un ni l'autre n'étaient dupes : l'envie qu'ils avaient l'un de l'autre était si impérieuse qu'elle paraissait faire vibrer l'air confiné des vestiaires.

Ils persistaient néanmoins à se mesurer du regard, s'efforçant de se donner l'illusion qu'ils étaient parfaitement capables de maîtriser cette passion qui habitait chaque fibre de leur corps. Parks effleura de nouveau ses lèvres, comme pour la mettre au défi de l'arrêter.

— Nous avons une autre scène à tourner cet après-midi, articula Brooke en luttant contre elle-même de toutes ses forces.

— Et je te promets que je serai sage comme une image, lui assura Parks.

Il planta un petit baiser sur la bouche tremblante de la jeune femme.

— Mais je ne te promets pas qu'il en ira de même ce soir, ajouta-t-il gravement.

Chapitre 6

Brooke avait décidé de filmer la scène de la Rolls en fin d'après-midi. Il s'agissait seulement de quelques images mais elles devaient évoquer une ambiance terriblement glamour.

La voiture se garait devant un restaurant et Parks en sortait, vêtu des mêmes habits que ceux qu'il portait sur le terrain de base-ball et auxquels venait juste s'ajouter une veste assortie.

Galamment, il tendait la main à une brune aux jambes interminables qu'il aidait à sortir de la Rolls. Ils échangeaient un regard enamouré avant de se prendre par le bras et de disparaître à l'intérieur du restaurant. La porte se refermait alors sur eux et c'est à ce moment qu'on entendrait la voix off de Parks.

L'ensemble devait durer douze secondes, ce qui, ajouté à la scène du stade et au logo de la marque, devait représenter une longueur totale de trente secondes.

— Je veux un plan large de la Rolls de trois quarts, indiqua Brooke à E.J. Puis tu resserres pour révéler Parks qui en sort en légère contre-plongée. Ensuite, il se penche vers la portière et la jambe de la fille sort de la voiture. On coupera alors pour les retrouver en large.

— Pas de problème, répondit son chef opérateur. Au

fait, ajouta-t-il avec un sourire malicieux, je t'ai acheté un petit cadeau.

De son blouson, il tira une casquette frappée du logo des Kings et la tendit à Brooke. Celle-ci lui décocha un regard assassin et il éclata de rire.

— Très bien, déclara-t-il. Si tu n'en veux pas, je la garde.

Il enfila le couvre-chef et entreprit de positionner la caméra à l'endroit indiqué par la jeune femme. Celle-ci vérifia l'angle pendant qu'E.J. donnait ses instructions au chef éclairagiste. Quelques minutes plus tard, tout était prêt.

Brooke donna le signal et la Rolls se rapprocha lentement. Tout en observant la scène dans le moniteur, la jeune femme imaginait la musique qui serait ajoutée en cours de postproduction. Elle observa Parks qui descendait de voiture et tendait la main à la brunette et les regarda tous deux sortir du champ.

Quelque chose n'allait pas, c'était évident.

— Coupez ! s'exclama-t-elle.

Elle alla trouver Parks pendant que le chauffeur de la Rolls ramenait la voiture à sa position initiale. Le prenant par le bras, elle l'entraîna un peu à l'écart.

— Il faut que tu te détendes, lui dit-elle gentiment.

Elle avait l'habitude de s'occuper d'acteurs amateurs et savait qu'ils avaient besoin d'être rassurés.

— Je ne vois pas ce que tu veux dire, objecta Parks.

— Tu es nerveux, expliqua-t-elle. C'est parfaitement compréhensible. Tâche simplement de te convaincre que tu vends un bon produit…

— Si je n'en étais pas persuadé, je n'aurais jamais accepté de participer à cette campagne, répondit-il.

— Tant mieux. Mais je persiste à croire que tu ne te sens pas du tout décontracté. Pourtant, ce matin, tu étais parfaitement à l'aise. Essaie de retrouver cette sensation.

— Ecoute, Brooke, je ne suis pas un acteur…

— Mais qui te demande de jouer ? répliqua-t-elle en souriant. Ne me dis pas que tu ne t'es jamais retrouvé dans une telle situation : tu viens de remporter un match et tu t'offres une petite virée en ville avec une charmante jeune femme. Tout ce que j'attends de toi, c'est que tu donnes l'impression de t'amuser. Je sais que tu en es capable, Parks. Tâche de te détendre.

— Je n'ai pas l'habitude d'être observé par des dizaines de personnes lorsque je sors avec une fille, objecta-t-il d'un ton ironique.

— Ne me dis pas que c'est ce qui t'inquiète ! Tu joues chaque jour devant des milliers de spectateurs.

— Mais ce n'est pas la même chose, protesta Parks.

— C'est juste une question de point de vue. Essaie de retrouver la sensation que tu éprouves en marquant un home run.

— Malheureusement, sortir avec Nina est beaucoup moins motivant, soupira Parks. Elle doit avoir approximativement le même QI qu'un œuf à la coque.

— Tout ce qu'on te demande, c'est de jouer avec elle, pas de l'épouser. Ne sois pas si caractériel !

Parks fronça les sourcils. C'était la première fois qu'on l'accusait d'une telle chose. Il se faisait d'ordinaire un devoir d'obéir scrupuleusement aux instructions de son entraîneur. En entrant chez les Kings, il avait signé un contrat moral et il estimait qu'il était de son devoir de faire passer l'efficacité de son équipe avant ses petits problèmes d'ego.

Cette fois, il ne s'agissait pas de base-ball. Et les relations qu'il avait nouées avec Brooke étaient bien plus ambiguës que celles qu'il entretenait avec l'encadrement technique des Kings. Mais il s'était engagé à jouer dans ce spot publicitaire et devait donc s'efforcer de suivre ses indications. C'était une question de professionnalisme.

— Très bien, soupira-t-il. Je vais essayer de faire mieux.

Brooke lui sourit et le regarda rejoindre la Rolls qui stationnait non loin de là. Lors des prises suivantes, il tint parole et joua parfaitement son rôle. Paradoxalement, elle eut beaucoup plus de problèmes pour diriger l'actrice.

Il lui fallut expliquer trois fois que Nina n'était pas censée être en adoration devant Parks mais qu'elle devait se montrer sexy et légèrement distante. Cette attitude donnerait au spot publicitaire une atmosphère chic et glamour à laquelle Brooke tenait beaucoup.

La quatrième prise fut bien meilleure mais deux fans de Parks l'interrompirent en sautant la barrière qui protégeait le set du tournage pour venir lui demander un autographe. Brooke faillit prévenir le personnel de sécurité mais Parks lui fit signe de le laisser faire. Il signa l'autographe demandé avant de congédier ses admirateurs avec le charme et l'efficacité d'un diplomate expérimenté.

Enfin, ils purent filmer la scène sans être interrompus et Brooke s'estima parfaitement satisfaite du résultat. Elle félicita ses techniciens avant d'aller trouver E.J.

— Excellent travail ! lui dit-elle. Je commencerai à

monter dès demain. Si tu veux, tu pourras passer jeter un coup d'œil.

— Demain, c'est samedi, lui rappela E.J.

— Exact, acquiesça-t-elle. Et je commencerai dès 10 heures.

E.J. poussa un soupir résigné et la regarda s'éloigner en direction de ses acteurs.

— Nina, tu as été parfaite, dit-elle à la jeune actrice. Fred, ajouta-t-elle à l'intention du chauffeur de la Rolls, tâche de ramener cette voiture au loueur en un seul morceau. Bigelow, comment s'appelle ton nouvel électricien ?

— Silbey.

— Il est très doué, déclara Brooke en en prenant mentalement note.

Elle se tourna enfin vers Parks qui se tenait un peu à l'écart, les mains plongées dans ses poches.

— Félicitations, lui dit-elle. Tu as survécu à ton premier jour de tournage. Il ne nous reste plus qu'à enregistrer la voix off demain.

— Tu m'en vois ravi.

— Je ne devrais peut-être pas te dire que ce spot était le plus facile de tous.

— Peut-être pas, en effet, répondit Parks en riant.

— Où est ta voiture ?

— Au stade.

Brooke jeta un coup d'œil à sa montre. Elle était tentée de rentrer directement au bureau pour commencer le dérushage des images qu'ils avaient filmées durant la journée. Mais elle estima préférable d'attendre le lendemain matin. Elle aurait l'esprit beaucoup plus dispos.

— Je vais te ramener là-bas, déclara-t-elle. Personne n'a de question ? ajouta-t-elle à la cantonade.

— Demain, c'est samedi ! répéta E.J. d'un air de reproche.

— Tu n'es pas obligé de venir si tu n'en as pas envie, répondit-elle en sachant pertinemment qu'il serait là quoi qu'il arrive. Bonne nuit à tous !

Brooke et Parks se dirigèrent vers la voiture de la jeune femme qui était garée à quelques centaines de mètres de là.

— Dis-moi, est-ce que tu travailles tous les week-ends ? lui demanda-t-il, étonné.

Après une journée épuisante, elle paraissait toujours déborder d'énergie.

— Lorsque c'est nécessaire, acquiesça-t-elle. Je te l'ai dit, De Marco voudrait diffuser les premiers spots avant la fin de la saison sportive. Evidemment, l'idéal, ce serait que vous restiez en lice le plus longtemps possible.

— Je ferai ce que je peux, répondit Parks en riant. Est-ce que tu veux que je prenne le volant ?

Brooke l'observa d'un air suspicieux.

— Est-ce qu'E.J. t'a parlé de ma façon de conduire ?

— Non. Pourquoi ?

— Pour rien, éluda Brooke.

— Je me disais juste que tu avais travaillé plus de huit heures d'affilée et que tu avais peut-être besoin d'un peu de repos. Franchement, je n'imaginais pas que le métier de réalisateur puisse être si prenant.

— Ne t'en fais pas pour moi, je suis plus coriace que je n'en ai l'air.

— Je n'en doute pas, répondit Parks en souriant.

Tendant la main vers son visage, il effleura doucement la joue de la jeune femme. Celle-ci s'efforça de réprimer le frisson qu'éveillait en elle cette caresse et s'installa au volant.

— On dirait qu'il y a pas mal d'embouteillages, ce soir, remarqua-t-elle lorsque Parks se fut assis à son côté. Nous risquons de mettre pas mal de temps à rejoindre le stade.

— Je ne suis pas pressé. Dis-moi, est-ce que tu sais cuisiner ?

— Bien sûr, répondit Brooke en démarrant sur les chapeaux de roues.

La voiture bondit en avant, fit une embardée puis zigzagua à toute allure entre plusieurs véhicules. Parks s'abstint prudemment de tout commentaire désobligeant mais comprit les réserves d'E.J. à l'égard de sa conduite.

— Dans ce cas, nous pourrions passer chez toi avant d'aller récupérer ma voiture, déclara-t-il. J'ai une faim de loup !

— Et tu espères que je vais te préparer quelque chose à manger ?

— Pourquoi pas ? Après tout, je t'ai déjà invitée deux fois. Et puis, pour faire l'amour, nous serons bien mieux chez toi que dans un restaurant.

— Tu me parais bien sûr de toi.

— Je te l'ai dit : en dehors du tournage, c'est moi qui fixe les règles du jeu.

— Et si je ne suis pas d'accord ?

— Je ne compte pas te forcer la main, tu sais. Tout ce que je veux, pour le moment, c'est un bon dîner.

— Jamais je n'ai rencontré quelqu'un d'aussi arrogant.

— Voyons, Brooke, ne me dis pas que je te fais peur.

— Très bien ! Si tu y tiens tellement, tu n'as qu'à

venir manger à la maison. Mais ne t'étonne pas si je te ramène ensuite directement à ta voiture.

Parks hocha la tête. C'était un risque qu'il était prêt à courir. Mais il était bien décidé à faire tout ce qui serait en son pouvoir pour la faire changer d'avis.

— Tu sais que tu conduis comme une vraie psychopathe ? remarqua-t-il tandis que la jeune femme débouchait à fond de train sur une bretelle d'autoroute.

— On me l'a déjà dit, répliqua Brooke sans décélérer le moins du monde.

Malgré la colère presque palpable qui habitait Brooke, Parks fut frappé par le calme et la sérénité qui caractérisaient l'endroit qu'elle avait choisi pour vivre. Cette sensation lui paraissait presque plus aiguë que lorsqu'il était venu la fois précédente.

Peut-être était-ce à cause de l'odeur qui flottait dans l'air. Elle évoquait la mousse et les sous-bois en automne et éveillait en lui une vague nostalgie. Il était rare de sentir une telle fragrance à Los Angeles qui était plus connue pour ses palmiers, ses plages et son climat presque toujours estival.

Les arbres qui poussaient autour de la maison s'étaient parés de robes brunes, orange et rouges. Ces couleurs accentuaient encore l'impression que Parks avait de pénétrer dans un autre monde. Il remarqua alors que les plantes et les fleurs qui poussaient aux alentours paraissaient avoir été plantées au hasard. Les arbustes n'étaient pas taillés et poussaient librement sans qu'il puisse déterminer si c'était un choix conscient de la part de Brooke ou bien la preuve qu'elle n'accordait guère de temps au jardinage.

Quelles qu'en soient les raisons, ce manque d'entretien donnait l'illusion de se trouver en pleine nature, loin du monde civilisé. Et cette impression conférait à la maison l'aspect d'un refuge secret, d'un havre de paix niché au beau milieu des montagnes.

Sans un mot, Brooke immobilisa sa voiture devant le porche et descendit. Parks la suivit et lui emboîta le pas. Elle était toujours furieuse de la façon dont il lui avait imposé sa présence mais cela ne le dérangeait pas le moins du monde. Depuis qu'il la connaissait, il savait qu'il lui faudrait lutter pour la conquérir.

Brooke n'était pas une fille facile. Elle se battrait pied à pied pour ne pas perdre le contrôle qu'elle entendait exercer sur son existence. Mais la lutte qui les opposait ne faisait qu'ajouter au désir que Parks avait d'elle. Jamais il n'avait eu autant envie d'une femme.

Et il était parfaitement conscient du caractère réciproque de cette fascination. L'alchimie qui existait entre eux était incontestable. Il la lisait dans ses yeux, dans chacun de ses gestes et même dans la façon dont elle combattait cette attirance croissante.

Sans dire un mot, Brooke pénétra dans la maison. Elle n'invita pas Parks à entrer mais il la suivit à l'intérieur sans hésiter. La première chose qui attira son attention, ce fut la cheminée qui ornait le mur de la grande salle de séjour dans laquelle ils venaient de pénétrer.

Elle était construite en pierres massives et ornée de lourds chenets en fonte. Elle renforçait l'atmosphère intime et accueillante de la pièce et contrastait avec la vaste baie vitrée qui s'ouvrait sur la gauche.

Les meubles qu'avait choisis la jeune femme témoignaient d'un souci de confort plus que de style. On trouvait un profond canapé garni de coussins moelleux, une table basse couverte de numéros de l'*American Cinematographer*, et des chaises de formes diverses.

Les couleurs qui prédominaient étaient sobres mais quelques notes plus gaies offraient un habile contrepoint. Parks remarqua ainsi une urne de cuivre qui contenait des plumes de paon, un tapis afghan écarlate et un bouquet de fleurs jaunes qui dégageaient un parfum capiteux.

D'immenses étagères se dressaient face à la baie vitrée. Lorsqu'il s'en approcha, Parks découvrit au milieu des livres une série de bibelots qui représentaient divers animaux. Il y avait un petit papillon en cristal, une tasse en porcelaine qui avait la forme d'une tête d'ours, un singe mécanique, équipé de cymbales, et des dizaines d'autres babioles qui formaient une collection hétéroclite.

Au-dessus de l'étagère, on apercevait le palier du premier étage auquel on accédait par l'escalier qui se trouvait dans l'entrée.

Tout ceci en apprit long à Parks sur les goûts de Brooke. Elle affectionnait les espaces ouverts et les couleurs contrastées et choisissait les objets dont elle s'entourait au gré de ses coups de cœur, sans se soucier vraiment de la façon dont ils s'accorderaient entre eux. Comme la plupart des gens qui n'avaient pas de racines, elle avait l'âme d'une collectionneuse.

— Tu peux visiter à ta guise, déclara la jeune femme. Moi, je vais me servir un verre.

— Je prendrai la même chose que toi, si tu n'y vois

pas d'inconvénient, répondit-il avec une amabilité qui ne fit qu'accroître la colère qui bouillonnait en elle.

Pourquoi l'avait-elle laissé venir ici ? se demanda-t-elle. Et pourquoi se sentait-elle si nerveuse en le voyant passer en revue ses affaires ? Incapable de répondre à ces questions, elle se dirigea vers le bar.

Parks alla s'asseoir sur le canapé et observa la cheminée que tapissait une épaisse couche de cendres.

— Que dirais-tu d'un bon feu ? suggéra-t-il.

Elle lui tendit un verre d'un geste un peu brusque.

— Le bois est empilé derrière la maison, déclara-t-elle vivement.

— Merci, fit Parks en lui prenant le verre des mains. Tu devrais t'asseoir, tu sais. Tu es restée debout toute la journée…

— Ne t'en fais pas pour moi, répliqua-t-elle sèchement.

Mais Parks ne l'entendait visiblement pas de cette oreille. La prenant par la taille, il l'attira vers lui. Surprise, Brooke perdit l'équilibre et se retrouva assise à son côté.

— Mais pour qui te prends-tu ? s'exclama-t-elle, furieuse. Crois-tu vraiment que tu peux venir chez moi, te faire servir un bon dîner et m'entraîner au lit sans que je n'y trouve rien à redire ?

— Est-ce que tu as faim ? l'interrompit Parks.

— Non.

— Bizarre… D'habitude, c'est toujours lorsque tu es affamée que tu es d'aussi mauvaise humeur.

— Je n'étais pas de mauvaise humeur jusqu'à ce que tu décides de te montrer insupportable !

— Que dirais-tu d'un peu de musique ? Il paraît que cela adoucit les mœurs ?

Brooke prit une profonde inspiration, luttant désespérément contre l'envie qu'elle avait de le gifler. Parks se conduisait comme s'il était chez lui et qu'elle était une invitée difficile et cela la mettait hors d'elle.

— Je ne veux pas de musique, déclara-t-elle d'une voix sourde.

— Un petit massage, alors ? suggéra Parks en posant la main sur son cou. Cela t'aidera à te détendre…

— Je suis parfaitement détendue, mentit-elle en repoussant violemment son bras.

— Brooke, soupira Parks en posant son verre sur la table basse, lorsque je t'ai appelée, il y a quelques jours, tu paraissais avoir envie de me voir…

— De te *voir*, répéta-t-elle en insistant sur le dernier mot.

Elle fit mine de se lever mais Parks passa un bras autour de ses épaules.

— Tu savais très bien ce qui se passerait, murmura-t-il en la regardant droit dans les yeux. D'ailleurs, tu aurais très bien pu m'empêcher de venir ici, ce soir. Mais tu n'en as rien fait. Si tu me dis que tu n'as pas envie de moi, je te laisserai tranquille.

Brooke tenta vainement de lutter contre la fascination que faisait naître en elle le désir qu'elle lisait dans les yeux de Parks.

— Je n'ai pas à me justifier, déclara-t-elle d'une voix mal assurée. Je te rappelle que ceci est ma maison et que…

— De quoi as-tu donc si peur ? l'interrompit Parks d'une voix très douce.

— Je n'ai pas peur, protesta-t-elle.

— L'idée de faire l'amour avec moi te terrifie donc à ce point ? insista-t-il.

Cette fois, Brooke s'arracha à lui et se leva brusquement. Elle sentait bouillonner en elle un flot de sensations contradictoires : de la colère, du désir et une angoisse incoercible. Elle en voulait surtout à Parks de réveiller des doutes qu'elle avait cru dompter depuis de longues années. Mais il n'était pas dans sa nature de reculer devant un défi, quel qu'il soit.

— Tu veux vraiment que nous fassions l'amour ? lui dit-elle. Très bien. Dans ce cas, suis-moi.

Elle quitta la pièce et se dirigea vers l'escalier qui menait au premier étage. Sans prendre la peine de vérifier si Parks lui emboîtait le pas, elle traversa le palier et ouvrit la porte de sa chambre. Instantanément, son regard tomba sur le lit.

Puisque c'était la seule solution, ils feraient l'amour, décida-t-elle. Cela les aiderait peut-être à se débarrasser une fois pour toutes de cette ambiguïté qui entachait leurs rapports. Ensuite, ils pourraient repartir sur de nouvelles bases et établir une relation plus saine.

Lorsque Parks pénétra à son tour dans la chambre à coucher, il réalisa que Brooke était déjà en train de se déshabiller. Il faillit lui demander d'arrêter mais comprit que cela ne ferait que retarder l'inévitable. Pour le moment, mieux valait lui laisser l'impression que c'était elle qui conservait le contrôle de la situation. Il commença donc également à se débarrasser de ses vêtements.

Une fois nue, Brooke écarta le dessus-de-lit et le drap. Puis elle se tourna vers Parks, les bras croisés sur sa poitrine.

— Tu es prêt ? demanda-t-elle.

Il leva les yeux vers elle et sentit un brusque accès de

désir s'emparer de lui. Elle était plus belle encore qu'il ne l'avait imaginé. Son corps constituait un mélange irrésistible de force et de fragilité. Sa silhouette mince et svelte et sa peau très pâle suggéraient une douceur que démentait l'éclat assassin de son regard.

La gorge serrée par une émotion inconnue, Parks se promit de faire preuve de patience et de tendresse. Il ne prendrait rien qu'elle ne soit prête à donner. Lentement, il traversa la pièce et vint se placer devant elle. Brooke ne cilla pas mais il la vit avaler nerveusement sa salive. Il la prit par les épaules et la fit pivoter sur elle-même.

— Cette fois, c'est moi qui mets en scène, lui dit-il.

Brooke se raidit mais ne protesta pas tandis qu'il commençait à détacher ses cheveux. Il prit tout son temps pour démêler les mèches lorsqu'il les eut enfin libérées.

— Ils sont magnifiques, murmura-t-il en les caressant.

Il y plongea alors son visage, se gorgeant de leur parfum. Malgré elle, Brooke sentit ses genoux vaciller. Il s'écarta et lui fit de nouveau faire demi-tour. Elle garda les yeux rivés sur son visage, craignant que la vue de son corps n'accroisse l'irrésistible fascination qu'elle sentait monter en elle.

Pourtant, elle ne put s'empêcher de remarquer la médaille que Parks portait autour du cou. La considérant plus attentivement, elle vit qu'il s'agissait d'une pièce de cinq dollars en or que l'on avait percée pour pouvoir y enfiler une chaîne.

Avant qu'elle ait eu le temps de l'interroger à ce sujet, Parks se pencha vers elle et déposa un petit baiser au creux de son épaule. Ce simple contact la fit tressaillir de part en part et elle se raidit pour résister à cette sensation.

— Détends-toi, murmura Parks contre sa peau. Je ne ferai rien sans ton accord…

Lentement, il laissa ses lèvres remonter le long de son omoplate et de son cou pour se poser juste sous son oreille, lui arrachant un nouveau frisson. Ses mains s'étaient posées sur ses hanches et remontaient le long de ses flancs avant de redescendre. Craignant de perdre pied, Brooke posa ses mains sur sa poitrine et le repoussa.

Il se laissa faire et l'observa attentivement. Dans ses prunelles, elle devinait une pointe d'humour qui l'agaça prodigieusement.

— Est-ce que tu veux que nous arrêtions ? demanda-t-il d'un air de défi.

Elle réalisa que, quelle que soit sa réponse, elle ne pouvait que perdre.

— Le ferais-tu ? répliqua-t-elle.

Il lui décocha un sourire amusé.

— Tu n'as qu'à me le demander.

Brooke ouvrit la bouche pour le faire mais Parks posa ses lèvres sur les siennes. Son baiser était tendre et langoureux et elle sentit sa résistance vaciller. Sans même qu'elle s'en aperçoive, ses mains remontèrent de la poitrine de Parks à ses épaules sur lesquelles elles se posèrent.

Il l'allongea alors sur le lit sans cesser de l'embrasser et elle réalisa que c'était probablement sa dernière chance de le repousser. Mais elle fut incapable de lutter contre le désir irrésistible qu'elle sentait naître au creux de son ventre.

Son corps paraissait ne plus lui répondre, s'arquant de lui-même pour mieux s'offrir aux caresses de Parks. Il prenait tout son temps, évitant soigneusement les parties les plus sensibles de son anatomie. Mais ses lèvres et ses doigts éveillaient sur sa peau de délicieux frissons qui se répandaient en elle, alimentant l'envie sans cesse croissante qu'elle avait de lui.

Brooke réalisa alors qu'il était trop tard pour espérer lutter. Elle se détendit et s'abandonna à ces sensations extraordinaires. Il dut le sentir car sa bouche quitta sa gorge pour descendre jusqu'à l'un de ses seins. Du bout de sa langue, il entreprit d'agacer son téton qui se dressait déjà vers lui.

Brooke frémit, parcourue par un fulgurant éclair de plaisir qui lui arracha un petit gémissement de bonheur. Encouragé par cette réaction, Parks se fit plus audacieux. Délicatement, il mordilla son autre téton tandis que sa main effleurait l'intérieur de sa cuisse. Brooke gémit de nouveau, écartelée par le besoin qu'elle avait de le sentir en elle.

— Fais-moi l'amour, murmura-t-elle d'une voix si rauque qu'elle eut peine à la reconnaître.

— C'est exactement ce que je suis en train de faire, répondit-il avec un sourire.

Mais ses yeux ne riaient pas. Il avait le même regard que lorsqu'il se trouvait sur un terrain de base-ball, songea-t-elle. Il trahissait une concentration extrême et elle comprit brusquement combien il luttait pour résister à son propre désir.

— Viens en moi, supplia-t-elle.

— Pas encore. Nous ne faisons que commencer.

Il était bien décidé à prendre son temps, à rendre ce

moment mémorable, tant pour elle que pour lui. Lorsque Brooke fit mine de protester, il la fit taire d'un baiser qui exprimait mieux que des mots la promesse de leur plaisir à venir.

Capturant ses poignets, il redescendit ensuite le long de son corps. Ses baisers étaient incandescents et Brooke avait l'impression qu'il la marquait au fer rouge. Lorsqu'il se remit de nouveau à caresser ses seins, elle dut se mordre les lèvres pour ne pas crier.

La chaleur qui se répandait en elle était intolérable. Elle se communiquait au plus profond de son être, envahissant les replis les plus secrets de son corps. Elle avait l'impression de se liquéfier, de se disloquer entièrement.

Mais Parks ne lui laissait aucun répit. Abandonnant sa poitrine, il descendit le long de son ventre parcouru de spasmes incoercibles. Il le couvrit de baisers et elle craignit un instant de perdre la raison. Jamais elle n'avait désiré un homme à ce point. Jamais elle n'avait éprouvé une frustration aussi intense.

Parks descendit plus bas encore. Lorsque sa bouche se posa entre ses cuisses et qu'elle sentit sa langue entrer en elle, elle fut terrassée par un accès de plaisir si brutal, si intense, qu'elle ne put ravaler le cri de joie qui lui échappa.

Il entreprit alors d'explorer le cœur palpitant de sa féminité, découvrant les arcanes les plus secrets de son corps, se gorgeant de cette odeur qui le rendait fou.

Brooke n'était plus que gémissements et frissons. Elle perdit rapidement le compte des extases que Parks éveillait en elle. Elle ne vivait plus que pour la montée irrésistible de ce plaisir qui l'entraînait chaque fois un peu plus loin. La chambre dans laquelle ils se trouvaient avait depuis longtemps disparu, laissant place à des images d'un érotisme insoutenable qui se pressaient en elle.

Incapable de les supporter plus longtemps, elle laissa libre cours à sa passion et entreprit de répondre à chacune des caresses de Parks avec une audace dont elle ne se serait jamais crue capable. De ses lèvres et de sa langue, elle lui rendit chacun de ses hommages tandis que ses mains étreignaient ses hanches.

Sentant qu'il ne pourrait résister plus longtemps à ce délicieux supplice, Parks se dégagea doucement et embrassa Brooke avec une ardeur qui confinait au désespoir. Ils roulèrent sur le lit, enlacés, jusqu'à ce qu'il se retrouve de nouveau sur elle.

Elle le sentit alors entrer en elle et son corps se creusa pour venir à sa rencontre. Elle l'attira au plus profond d'elle-même, nouant ses jambes autour de lui et labourant ses épaules de ses ongles. Il commença à bouger de plus en plus vite alors que tous deux perdaient le contrôle de leurs corps qui se fondaient l'un en l'autre.

Brooke sentit monter en elle une dernière vague de plaisir, plus grande encore que toutes celles qui l'avaient précédée. Elle tenta vainement d'y résister, s'accrochant aux derniers lambeaux de sa raison. Puis elle fut balayée sans pitié par une extase qui dépassait tout ce qu'elle aurait cru pouvoir éprouver.

Chapitre 7

Brooke s'abandonna à la délicieuse sensation de satiété qui l'avait envahie. A mi-chemin entre le sommeil et l'éveil, elle avait l'impression de flotter entre deux eaux et laissait son esprit dériver librement. Elle aurait pu rester éternellement ainsi à ne rien faire, jouissant de la paix et de la sérénité qui l'habitaient.

Luttant pour rester éveillée, elle se remémora les heures qui avaient précédé. Elle avait peine à croire que tout soit arrivé aussi vite. Sa résistance initiale avait été littéralement balayée par l'intensité de son propre désir. Elle avait cédé le pas à un besoin impérieux de prendre et de donner, à une quête du plaisir dont la violence les avait tous deux pris par surprise.

Combien de fois avaient-ils fait l'amour, emportés par une passion si dévorante qu'elle ne leur laissait pas de répit, avant que, brisés, ils ne finissent par succomber au sommeil ? Jamais elle ne se serait crue capable d'une telle fougue. Jamais elle n'aurait pensé pouvoir inspirer une telle envie.

Elle se rappelait précisément chacun de leur geste et s'émerveillait rétrospectivement de la patience avec laquelle Parks avait su éveiller ses sens et faire naître en elle cette faim indomptable. Elle s'étonnait aussi de l'ardeur avec laquelle elle avait répondu à chacune de ses caresses et de l'audace dont elle avait fait preuve.

Mais ce qui la déroutait le plus, c'était ce besoin impérieux qu'elle avait éprouvé. Pendant des années, elle s'était convaincue qu'elle était parfaitement autosuffisante, que toute forme de dépendance ne conduisait qu'à une dangereuse vulnérabilité et que jamais elle ne tomberait dans un tel piège.

La nuit touchait à sa fin et l'aube laissait déjà entrevoir ses premières lueurs à travers les rideaux entrouverts. Dans cette douce pénombre, Brooke parvenait à distinguer le visage de Parks. Ses traits étaient détendus et un léger sourire flottait sur ses lèvres. Elle sentait son bras sur ses hanches, comme s'il avait craint qu'elle ne cherche à s'enfuir. Et son autre main était perdue au creux de sa chevelure.

Deux amants repus par une nuit d'amour, songea-t-elle. Mais cette pensée se doublait d'une légère inquiétude. Car si elle s'abandonnait à ce qu'elle ressentait en cet instant, elle risquait rapidement de perdre le contrôle de la situation. C'était son indépendance qui était en jeu et il était grand temps de réfléchir aux implications de ce qui venait de se passer entre eux.

Brooke s'efforça d'échapper à l'étreinte de Parks mais il raffermit son emprise.

— Non, murmura-t-il sans ouvrir les yeux.

Il laissa glisser sa main le long du dos de Brooke, lui arrachant un léger frisson de volupté.

— Il est trop tôt pour se lever, ajouta-t-il en se serrant un peu plus contre elle.

Elle sentit ses seins se redresser à ce contact tandis qu'une douce chaleur se répandait au creux de son ventre. Luttant contre le désir qu'elle sentait monter en elle, Brooke se répéta que la sécurité qu'elle éprouvait entre ses bras n'était qu'illusoire. Une fois de plus, elle tenta de s'arracher à lui mais il l'en empêcha.

— Parks…, protesta-t-elle faiblement.

Ses objections furent étouffées par un baiser auquel elle s'efforça vainement de résister. Mais le mouvement des doigts de Parks le long de sa colonne vertébrale se faisait plus insistant, démultipliant l'envie qu'elle avait de lui.

La lumière grise de l'aube avait pris une teinte rosée et l'air semblait avoir gagné en densité. Déjà, son corps semblait se mouvoir de sa propre volonté pour mieux s'offrir aux caresses de Parks. Son esprit lui cria qu'il était en train de commettre une folie, qu'elle regretterait amèrement ce qui était sur le point d'arriver. Mais il était déjà trop tard.

Ses protestations se muèrent en un gémissement de plaisir et Parks la fit rouler en arrière. Il laissa glisser sa main le long de son corps qui s'arquait pour l'accueillir en elle, admirant sa silhouette magnifique et savourant l'intensité du désir qu'il avait d'elle. Puis, lentement, il pénétra en elle, lui arrachant un cri d'extase.

Ils firent l'amour avec passion et leur plaisir se trouva décuplé par la connaissance intime qu'ils avaient à présent l'un de l'autre. Elle leur permettait d'anticiper chacune de leurs attentes et de les devancer, conférant à leur étreinte une harmonie si parfaite que, lorsqu'elle retomba pantelante sur le lit aux draps froissés, Brooke sentit une angoisse incoercible se mêler à sa joie.

— Que se passe-t-il ? lui demanda Parks auquel ce

brusque changement d'humeur n'avait pas échappé. Tu as des regrets ?

Il la vit hésiter avant de répondre et comprit qu'elle luttait autant contre elle-même que contre lui.

— Nous n'aurions pas dû faire ça, soupira-t-elle enfin.

— Pourquoi ? lui demanda Parks en s'efforçant de museler la déception qu'il sentait monter en lui.

— Parce que ce n'est pas ce que je veux.

— Disons que ce n'est pas ce que tu voudrais, précisa Parks.

— C'est vrai, reconnut-elle avec honnêteté. Nous allons être amenés à travailler ensemble pendant un certain temps. Et je doute fort que nous puissions à la fois être collaborateurs et amants.

— Il est un peu tard pour se poser la question, remarqua Parks.

— Non, répondit-elle. Nous pouvons très bien nous contenter de cette nuit et faire comme si rien ne s'était passé.

— Vraiment ?

Brooke hésita. La veille, elle était certaine qu'une fois qu'ils auraient apaisé le désir qu'ils avaient l'un de l'autre, ils pourraient repartir sur de nouvelles bases et nouer une relation amicale dénuée de toute ambiguïté. Mais Parks venait de lui prouver que leur envie, loin d'être satisfaite, avait pris une dimension nouvelle.

— Dis-moi une chose, Brooke, reprit Parks. Est-ce que tu t'accordes souvent du bon temps ?

— Eh bien… Comme tout le monde, j'imagine…

— Vraiment ? J'ai plutôt l'impression que tu travailles dix ou douze heures par jour. Je sais que tu adores ton métier et que tu es très douée mais la vie ne se limite pas à ça. Il faut savoir prendre le temps de jouer au Frisbee de temps à autre.

— Au Frisbee ? répéta-t-elle en riant.

— Bien sûr ! A ça ou à n'importe quelle autre activité dénuée de sens comme le bilboquet, les jeux vidéo ou la grande roue.

— Je ne vois pas très bien ce que la grande roue ou les jeux vidéo ont à voir avec notre relation, objecta Brooke.

— Eh bien, j'imagine que ce que j'essaie de te dire, c'est que notre relation n'est pas quelque chose de grave et de décisif. Nous pouvons passer du temps ensemble, profiter l'un de l'autre, nous laisser vivre sans que cela ne vienne bouleverser le cours de notre existence.

Tout en prononçant ces mots, Parks savait pertinemment qu'il ne s'agissait là que d'une demi-vérité. Tôt ou tard, leur liaison finirait par prendre un tour beaucoup plus sérieux. Il le sentait au plus profond de lui-même. Mais il comprenait aussi qu'il devrait se battre pour que Brooke l'accepte à son tour et ne tenait pas à lui faire peur.

— Contentons-nous de jouer au Frisbee ensemble et nous verrons bien où cela nous mènera, conclut-il.

Brooke sentit sa résistance vaciller.

— A t'entendre, cela a l'air si simple, soupira-t-elle.

— Ce n'est pas le terme que j'emploierais. Même les choses légères ne sont pas toujours simples. Mais je sais que j'ai envie de toi et que tu as envie de moi. Je sais que je ne veux pas renoncer à ce qui s'est passé entre nous cette nuit. Je sais que je veux passer du temps avec toi, apprendre à mieux te connaître, partager des bons moments et être là quand tu auras besoin de quelqu'un pour te soutenir.

Brooke sentit sa gorge se nouer. Les mots de Parks la touchaient bien plus profondément qu'elle ne l'aurait voulu. Ils éveillaient en elle un besoin dont elle n'avait pas eu conscience jusqu'alors. Avec une pointe d'angoisse, elle se demanda si elle serait vraiment assez forte pour vivre une telle relation sans perdre le contrôle.

Cela avait l'air si facile... Tout ce que Parks lui demandait, c'était de profiter de ce qu'il lui offrait. Il n'exigeait ni engagement, ni promesse, ni serments.

— Je ne peux pas me permettre de tomber amoureuse de toi, lui dit-elle gravement.

Parks réprima la frustration qui montait en lui, se répétant que Brooke avait besoin de temps. Pour une raison qu'il ignorait, la simple idée de se retrouver liée à quelqu'un la terrifiait et il ne servirait à rien de brusquer les choses.

— Règle numéro un, dit-il malicieusement, le contractant A ne tombera pas amoureux du contractant B.

— Tu te moques de moi, protesta-t-elle.

— C'est plus fort que moi, plaida-t-il d'un air faussement innocent.

— Je suppose que cela fait partie de ta définition du bon temps.

— Entre autres choses.

— Très bien, déclara-t-elle. Je te promets d'acheter un Frisbee.

Il éclata de rire et elle déposa sur ses lèvres un petit baiser qui avait un léger goût de victoire. Lorsqu'elle fit mine de se lever, il la retint contre lui.

— Il est trop tôt pour se lever.

— Je ne suis pas fatiguée, objecta-t-elle.

— C'est parce que tu n'es pas actrice, toi. C'est un métier épuisant !

Elle sourit et lui caressa doucement la joue.

— Je compatis, lui dit-elle. Dis-moi, je peux te poser une question ?

— Je t'écoute.

— Que représente la chaîne que tu portes autour du cou ?

Parks souleva la pièce d'or qui y était attachée.

— C'est un porte-bonheur, expliqua-t-il. Ma tante me l'a offert lorsque je suis parti pour le centre de formation en Floride. Elle a dit à mon père qu'il ne comprendrait jamais rien à son fils tant qu'il continuerait à ne penser qu'à ses courbes de résultat et de profit. Puis elle m'a donné cette pièce.

— Je ne te savais pas superstitieux, remarqua Brooke.

— La chance n'a rien à voir avec la superstition, déclara-t-il sentencieusement.

— Je vois, acquiesça-t-elle en caressant doucement sa poitrine. Est-ce que tu la portes tout le temps ?

— Je ne la quitte jamais.

Laissant ses doigts glisser jusqu'à son ventre, Brooke couvrit sa poitrine d'une pluie de petits baisers aussi légers que des papillons. Instantanément, Parks sentit s'éveiller l'envie qu'il avait d'elle.

— Tu vois, murmura-t-il d'une voix un peu rauque. On dirait bien que mon porte-bonheur a encore fait effet…

Brooke ne répondit pas, trop occupée à explorer le corps de son amant de ses lèvres et de sa langue. Et tandis qu'elle sentait monter en elle un nouvel accès de désir, elle décida que le moment était peut-être venu de ne plus se poser de questions et de profiter sans états d'âme de ce que la vie lui offrait.

A 10 heures précises, Claire pénétra dans la salle de montage. Ni E.J. ni les monteurs ne s'étonnèrent de la voir là. Tous les employés de Thorton Productions savaient qu'elle suivait de près chacun des projets de l'entreprise et venait très souvent s'assurer personnellement de leur bon déroulement.

Pas plus que Brooke, elle ne se souciait de savoir si c'était le week-end ou la semaine, le jour ou la nuit. Elle était là chaque fois qu'elle estimait sa présence nécessaire. Et, comme à son habitude, elle était d'une élégance irréprochable. Le tailleur couleur de jade qu'elle portait était parfaitement assorti à son chemisier perle et il émanait d'elle un parfum aussi subtil que délicat.

— Dave, Lila, E.J., les salua-t-elle d'un ton cordial avant de se diriger vers la cafetière qui trônait dans un coin de la pièce.

Personne ne se risqua à lui servir son café. Claire détestait ce genre d'actes de soumission qu'elle trouvait aussi embarrassants que déplacés. Tout ce qui comptait, à ses yeux, c'était que les gens qu'elle employait fassent preuve de professionnalisme et d'efficacité.

— Ne vous en faites pas, mademoiselle Thorton, c'est moi qui l'ai préparé, indiqua E.J. tandis que Claire remplissait sa tasse. Cela vous évitera d'avoir à supporter le jus de chaussette que boivent ces deux-là, ajouta-t-il en désignant les monteurs.

Claire sourit et avala une gorgée de liquide brûlant. Il était si fort qu'il la maintiendrait certainement éveillée jusqu'au beau milieu de la nuit si elle ne veillait pas à modérer sa consommation. Mais force était de reconnaître qu'E.J. n'avait pas son pareil pour préparer un bon café.

— J'ai entendu dire que le tournage s'était bien passé, remarqua-t-elle. Vous n'avez pas eu de problèmes particuliers ?

— Tout a marché comme sur des roulettes, répondit E.J. Et Parks nous a offert une série de coups de batte prodigieux. Son home run m'a même rapporté dix dollars.

E.J. s'abstint de préciser qu'en les gagnant, il n'avait fait que recouvrer ses pertes.

— Est-ce que Brooke est arrivée ?

— Je ne l'ai pas encore vue, répondit E.J.

Son sourire n'échappa pas à Claire. Visiblement, il soupçonnait la raison de ce retard inhabituel. Mais elle le connaissait suffisamment pour savoir qu'il était inutile de le presser de questions.

— Tout est prêt, Dave ? demanda-t-elle au chef monteur.

— Oui, mademoiselle. Vous voulez que je vous fasse voir les rushes ?

— Nous ferions sans doute mieux d'attendre Brooke.

Comme elle prononçait ces mots, elle entendit résonner la voix de la jeune femme dans le couloir qui menait à la salle de montage.

— Tant que tu acceptes le fait de n'avoir pas ton mot à dire sur ce que nous choisirons de garder ou de couper, cela ne me dérange pas, disait-elle.

— Qui sait ? Je pourrais faire une ou deux remarques intéressantes, répondit Parks.

— Je suis sérieuse !

Parks éclata de rire au moment où tous deux pénétraient dans la salle de montage.

— Bonjour, fit Brooke à la cantonade. Est-ce qu'il y a du café ?

— Oui, répondit Claire. Et c'est E.J. qui l'a préparé.

Elle observa attentivement Brooke tandis qu'elle allait s'en servir une tasse. Il y avait en elle quelque chose de différent, constata-t-elle. Se tournant vers Parks, elle réalisa brusquement ce dont il s'agissait.

— Bonjour, Parks, fit-elle en lui décochant son plus charmant sourire.

— Bonjour, Claire, répondit-il d'un ton plus mesuré.

L'expression de son regard indiquait clairement qu'il avait deviné ce qu'elle pensait et n'entendait pas confirmer ses doutes. Mais cette sobriété qui ne lui ressemblait pas suffit à convaincre Claire qu'elle avait vu juste.

— J'espère que ma présence ici ne vous ennuie pas, ajouta-t-il en se servant à son tour une tasse de café. Brooke ne paraissait pas très enthousiaste à l'idée que j'assiste au montage.

— J'ai souvent remarqué que les amateurs causaient plus de problèmes qu'autre chose, répondit la jeune réalisatrice avec une dureté qui parut à Claire un peu forcée.

— Moi, je suis ravie que Parks soit des nôtres, déclara Claire qui avait très envie d'en apprendre plus sur ce qui s'était passé entre eux et comptait bien profiter de cette occasion pour les observer tous deux très attentivement.

Se tournant vers E.J., elle constata que celui-ci retenait à grand-peine son hilarité.

— Vas-y, Dave, ajouta-t-elle. Montre-moi ces fameuses images.

Le chef monteur pressa une série de touches et Parks se vit apparaître simultanément sur trois grands moniteurs de contrôle. Il entendit la voix de Brooke hors champ puis vit apparaître le technicien qui présenta le clap et annonça la scène et la prise.

— Je crois que la troisième est la meilleure, déclara Brooke en s'asseyant sur l'accoudoir de la chaise dans laquelle Claire venait de prendre place. Notre star considérait que la première balle ne valait pas la peine d'être renvoyée.

Parks avisa le regard complice que lui lança Claire et comprit qu'elle les avait percés à jour.

— La lumière est très réussie, déclara-t-elle d'un ton parfaitement neutre.

— Merci, fit E.J. Je tiens à signaler que Silbey, notre nouvelle recrue, est un excellent éclairagiste.

Ils observèrent attentivement les deux premières prises.

— C'est celle-ci, précisa Brooke lorsque la troisième commença. Regardez la façon dont il bouge. C'est parfait ! Il a l'air sûr de lui, complètement à l'aise et très sexy…

Parks comprit qu'elle était redevenue la réalisatrice compétente et professionnelle qu'il avait appris à connaître la veille et qu'elle n'avait pas eu conscience que ce dernier commentaire pouvait paraître ambigu aux oreilles d'E.J. et de Claire.

— C'est celle-là que je compte utiliser, conclut-elle tandis que Dave la repassait. Et, surtout, ne coupe pas le petit sourire de la fin. Il a l'air de dire : « ce n'est pas si compliqué que cela » et il a quelque chose de modeste et d'orgueilleux à la fois… Pour moi, cette séquence, c'est du tourné monté. La suivante, par contre, est un peu plus complexe.

Parks alla s'installer au fond de la pièce. Pendant les deux heures qui suivirent, il revit des dizaines de fois les gestes qu'il avait effectués la veille. Chacun d'eux était consciencieusement commenté, comparé, jaugé, analysé.

Au départ, il se sentit un peu gêné de faire l'objet d'une telle attention. Puis il commença à comprendre ce que cherchaient les publicitaires. Leurs critères étaient très différents de ceux des sélectionneurs nationaux de base-ball mais, à leur façon, ils étaient aussi exigeants.

Il réalisa bientôt comment il pourrait améliorer ses prochaines prestations et finit par penser que cette première expérience médiatique d'envergure ne serait peut-être pas aussi désagréable qu'il l'avait imaginé initialement.

Par contre, la froideur dont Brooke faisait preuve à son égard le mettait vaguement mal à l'aise. Il comprenait le besoin qu'elle avait de se distancier de leur expérience de cette nuit mais il trouvait tout de même qu'elle en faisait trop.

Souvent, elle se montrait bien plus critique que les autres. Ses attentes dépassaient probablement celles de son propre entraîneur. Et il y avait quelque chose de très désagréable à l'entendre évoquer son corps, son visage ou son sourire comme s'il s'agissait de simples produits commerciaux. Après tout, ce n'était pas lui mais les habits qu'il portait qu'ils étaient censés vendre…

Claire écoutait attentivement les discussions de ses subordonnées, se contentant de quelques remarques dont tous prenaient bonne note. Elle suggéra notamment d'utiliser plus de plans rapprochés lors des tournages suivants, de capitaliser sur la façon dont Parks se déplaçait pour mettre en valeur la résistance de ses vêtements ainsi que leur polyvalence. Elle conseilla également de l'habiller en short si ses jambes étaient bien faites.

Brooke se tourna alors vers Parks et lui adressa un sourire complice auquel il répondit par une grimace dégoûtée. Il commençait réellement à plaindre tous les mannequins du monde qui devaient endurer ce genre de commentaires. Avisant son expression, la jeune femme réprima un fou rire qu'elle dissimula derrière une quinte de toux.

Puis elle lui décocha un clin d'œil terriblement sexy qui le prit complètement au dépourvu et éveilla en lui un irrésistible élan de désir. Même au milieu de cette réunion de travail, alors qu'elle parlait de lui comme elle aurait évoqué un animal de foire, il continuait à la trouver terriblement attirante.

— Nous avons enregistré la voix off ce matin même, précisa-t-elle. Parks a une très jolie voix. J'espère qu'il sera capable de jouer car nous pourrons alors inclure quelques dialogues au sein des publicités. Est-ce que tu as reçu le logo de De Marco, Lila ?

— Oui, le voici, répondit la jeune femme en pressant une série de touches.

Sur le moniteur, un magnifique lion noir apparut, se découpant sur un ciel nocturne piqueté d'étoiles. Au-dessous, une signature se forma progressivement. Elle demeura quelques instants à l'écran avant de disparaître.

— Ça ne manque pas d'une certaine classe, approuva Brooke. Bon, nous sommes tous d'accord sur les prises à retenir ?

Tout le monde hocha la tête.

— Nous vous avons fait gagner pas mal de temps, remarqua E.J. Vous ne devriez pas avoir trop de mal à monter tout ça.

— Faites-moi savoir quand ce sera terminé, intervint Claire. Félicitations à toute l'équipe pour le film et surtout à toi, E.J., pour ces lumières splendides.

— C'est mon métier, mademoiselle Thorton, répondit modestement le chef opérateur.

— Parks, reprit Claire, j'espère que vous n'avez pas trouvé tout ceci trop ennuyeux.

— Au contraire, répondit Parks avec ironie, toute cette discussion au sujet de mon anatomie a été des plus instructive.

Claire éclata de rire.

— Brooke, conclut-elle, j'aimerais que tu passes dans mon bureau dans une dizaine de minutes.

Elle jeta un coup d'œil à sa montre.

— A moins que vous ne vouliez aller déjeuner avec nous, Parks.

— C'est gentil mais j'ai des choses à faire.

— J'imagine. Tous mes vœux pour le championnat !

Sur ce, elle sortit, bientôt suivie par les deux monteurs et E.J.

— A cause de toi, je vais probablement me retrouver privée de déjeuner, remarqua Brooke. Si tu avais accepté son invitation, nous serions confortablement attablés chez Ma Maison.

— Désolé, répondit Parks en souriant. Dis-moi, est-ce que ce clin d'œil était une façon de me dire que tu appréciais mes jambes ?

— Un clin d'œil ? répéta Brooke d'un ton faussement scandalisé. Jamais je ne me permettrais une telle marque de familiarité au beau milieu d'une session de montage. Ce ne serait pas très professionnel de ma part.

— Oui, j'ai remarqué que lorsque tu parlais en professionnelle, tu parlais de moi comme si je n'étais qu'un produit.

— Mais tu es un produit ! s'exclama Brooke en riant.

— Non, répliqua Parks, vexé. Le produit, ce sont les vêtements que je porte.

La jeune femme perçut la colère qui l'habitait et recouvra son sérieux.

— C'est vraiment une question de point de vue, tu sais, lui dit-elle gravement. Pour De Marco, pour le consommateur ou pour toi, le produit, ce sont effectivement les habits. Pour le producteur, le réalisateur et le directeur de la photo, tu comptes autant que les vêtements. Nous ne pouvons vendre l'un sans vendre l'autre. Et si je ne parviens pas à te mettre en valeur, les spectateurs se soucieront comme d'une guigne de ce que tu portes.

— Peut-être. Mais je refuse d'être réduit à l'état de simple accessoire.

— C'est pourtant ce que tu es chaque fois que tu pénètres sur un stade. Tu es le rouage de cette machine qu'est l'équipe. Lorsque tu joues, tu n'existes plus comme individu. Et, que tu le veuilles ou non, tu fais vendre des billets pour les matchs, des casquettes et des T-shirts. Ce que nous faisons ici n'est pas si différent. Franchement, je crois que tu es mal placé pour jouer les moralisateurs.

— D'abord, tu me traites de caractériel et, maintenant, de moralisateur… Mais je suppose que je ne peux pas t'en vouloir : nous considérons probablement cette petite… aventure sous des angles très différents, toi et moi.

Brooke poussa un soupir désolé.

— Je t'avais dit que les choses seraient parfois difficiles, lui rappela-t-elle. Et je t'avais prévenu que le fait de nouer des relations plus personnelles envenimerait encore les choses.

Au ton de Brooke, Parks comprit qu'elle était prête à reprendre de la distance, à rétablir entre eux des rapports purement professionnels. Et, curieusement, cette idée lui fit peur. Tendant la main vers son visage, il lui caressa doucement la joue et se força à sourire.

— Et moi, je t'ai promis que tout se passerait bien, lui dit-il avec bien plus d'assurance qu'il n'en éprouvait réellement.

Il effleura ses lèvres d'un baiser.

— Il semble que nous ayons tous les deux raison, ajouta-t-il. Est-ce que je peux repasser te chercher un peu plus tard ?

— Si tu veux, répondit Brooke en se détendant légèrement. Mais je serai probablement coincée jusqu'à 5 heures.

— C'est parfait. Cela te laissera le temps de cuisiner ce dîner que tu m'as promis hier.

— Je n'ai rien promis du tout ! protesta-t-elle.

Elle sourit alors et hocha la tête.

— Mais je cuisinerai peut-être, ajouta-t-elle.

— Génial ! Je m'occupe du vin.

Parks planta un dernier baiser sur ses lèvres et fit mine de s'éloigner.

— Attends ! s'exclama Brooke. Tu n'as pas ta voiture.

— Je pensais appeler un taxi.

Il la vit hésiter quelques instants.

— Tu n'as qu'à utiliser la mienne, déclara-t-elle enfin en tirant son trousseau de clés de son sac à main.

Parks le prit et le glissa dans sa poche. Il connaissait suffisamment Brooke pour savoir que ce geste n'avait rien d'anodin. Le fait qu'elle lui prête son véhicule était déjà une marque de confiance de sa part.

— Merci, lui dit-il gravement.

Elle rougit légèrement, ce qui la rendait irrésistiblement touchante.

— Il n'y a pas de quoi, lui dit-elle. On se voit à 5 heures.

Sur ce, elle se dirigea vers la porte et sortit.

En quittant la salle de montage, Brooke se sentait légèrement embarrassée. Pourquoi avait-elle rougi de cette façon lorsque Parks l'avait remerciée ? « Parce qu'il te connaît mieux que tu ne le voudrais, lui répondit une petite voix moqueuse. Parce qu'il sait que tu as dû te faire violence pour lui prêter ta voiture. Parce qu'il sait combien tu as peur de toute forme d'engagement… »

Alors même qu'elle formulait cette pensée, Brooke sentait une étrange angoisse l'assaillir. N'était-elle pas en train de se laisser prendre au piège ? Ne paierait-elle pas chèrement l'abandon avec lequel elle s'était offerte à lui ?

Elle essaya de se rassurer. Parks ne savait pas tout d'elle. Il ignorait le fait qu'elle conservait précieusement l'exemplaire des *Quatre Filles du Docteur March* que lui avait offert la mère de la deuxième famille d'accueil qui l'avait accueillie. Il ne savait pas qu'elle avait été accablée par le divorce de ce couple pour qui elle s'était prise d'affection et par qui elle rêvait d'être adoptée.

Il ne connaissait pas la fillette détestable dont elle avait partagé la chambre durant ce qui avait été l'une des pires années de son existence. Ni les Richardson qui l'avaient traitée plus comme une servante taillable et corvéable à merci. Ni Clark, bien sûr…

Brooke poussa un profond soupir et se massa les tempes. Elle ne voulait plus se souvenir de cette période de sa vie. Mais sa liaison avec Parks lui rappelait douloureusement ses erreurs passées et le danger que lui faisaient courir ses propres sentiments.

Pourtant, elle ne pouvait se permettre de se complaire dans cet état d'esprit. Elle avait un travail à accomplir et des responsabilités à assumer. D'un pas décidé, elle se dirigea donc vers le bureau de Claire. Lorsqu'elle parvint en vue du bureau de la standardiste, celle-ci lui décocha un sourire chaleureux.

— Bonjour, mademoiselle Gordon.

— Bonjour, Sheila. Je crois que Claire m'attend.

— Allez-y, répondit la jeune femme qui vouait à Brooke une véritable adoration.

Celle-ci pénétra dans un couloir qui desservait une série de portes de verre dépoli. L'une d'elles était entrouverte. A l'intérieur, les deux secrétaires de Claire que tout le monde appelait « les jumelles » babillaient joyeusement.

— Bonjour ! s'exclama l'une d'elles d'une voix cordiale.

Brooke lui adressa un petit signe de la main et poursuivit son chemin jusqu'à la porte du fond. Elle entra et s'immobilisa sur le seuil, amusée. Claire était assise dans son grand fauteuil, les pieds posés sur son bureau, et dormait à poings fermés.

Incertaine, elle hésita quelques instants, se demandant si elle était censée la réveiller ou repasser ultérieurement. C'était bien la première fois qu'elle voyait son amie s'accorder une sieste de ce genre au beau milieu de la journée. Finalement, Brooke s'avança et toussota doucement pour signaler sa présence. Instantanément, Claire ouvrit les yeux.

— Salut, lui dit Brooke. Tu sais que tu ferais mieux d'utiliser ton divan.

— Je me reposais juste les yeux.

— Bien sûr…

Ignorant le ton sarcastique de la jeune femme, Claire se redressa et récupéra le dossier qu'elle lisait avant de succomber au sommeil et qui avait glissé à terre.

— Je voulais que tu jettes un coup d'œil au scénario du nouveau spot de De Marco.

Brooke tendit la main et récupéra le document.

— Tu es sûre que ça va bien ? demanda-t-elle.

— Pourquoi ? Je n'en ai pas l'air ?

Brooke l'étudia attentivement. Malgré la fatigue qui se lisait sur son visage, Claire paraissait plus radieuse que jamais.

— A vrai dire, tu as vraiment bonne mine.

— Tant mieux.

— Mais tu as l'air de manquer de sommeil.

— Je suis sortie tard, hier soir. En ce qui concerne le script…

— Tu es sortie avec Lee Dutton ?

Claire l'observa longuement avant de répondre et Brooke se demanda si elle n'était pas allée trop loin.

— Effectivement, répondit-elle enfin. Nous sommes sortis ensemble.

Quelqu'un frappa alors à la porte.

— Entrez ! s'exclama Claire.

Sheila pénétra dans la pièce en poussant devant elle une table roulante chargée de plusieurs plats.

— Votre déjeuner, mademoiselle Thorton, annonça-t-elle.

Une délicieuse odeur de rosbif se fit sentir.

— Claire, je t'avais mal jugée, s'exclama Brooke. Je pensais que tu allais me laisser mourir de faim.

— Je te connais trop pour te laisser travailler sans manger, répondit son amie en riant.

Elle quitta sa chaise pour aller prendre place sur le canapé.

— Il doit y avoir une salade et un café pour moi.

Brooke hocha la tête et les lui apporta.

— Claire, j'aimerais vraiment te parler de Lee Dutton…

— Pourquoi pas ? répondit son amie avec un sourire amusé.

Brooke se rassit et avala quelques bouchées de sandwich au rosbif.

— Est-ce que tu sors vraiment avec lui ? demanda-t-elle enfin.

— Je ne sais pas si le terme est très approprié pour des gens de notre âge.

— Ne sois pas ridicule ! Tu es encore assez jeune pour sortir avec qui tu veux. Mais j'avoue que je ne comprends pas très bien pourquoi tu as choisi Lee Dutton.

— Pourquoi cela ?

Brooke hésita sur la meilleure façon de formuler ce qu'elle pensait.

— Eh bien, reprit-elle, il est très gentil et c'est quelqu'un d'intelligent mais il est… très différent de toi. Ce que je veux dire, c'est que je l'imagine très bien jouant au bowling. Et pas toi…

— Je reconnais que nous n'avons pas encore essayé.

— Claire ! protesta Brooke. Tu sais très bien ce que je veux dire. Je ne veux pas me mêler de ta vie, mais…

Cette fois, Claire éclata de rire.

— Vraiment ? fit-elle.

— Tu comptes beaucoup pour moi, tu sais, insista Brooke.

— Je sais. Cela me touche, crois-moi. Mais je suis grande. Et j'ai déjà connu pas mal d'hommes, dans ma vie.

— Mais est-ce que c'est vraiment sérieux entre vous ?

— Je ne sais pas, avoua Claire. Nous n'avons pas encore couché ensemble.

Brooke ouvrit de grands yeux.

— A vrai dire, il ne me l'a pas proposé. C'est une chose que j'admire chez lui. Il est si poli, si prévenant, un peu vieux jeu, même. Cela lui donne un charme fou. Et il me fait me sentir si féminine. C'est une impression agréable pour quelqu'un qui passe sa vie à faire oublier qu'elle n'est pas un homme.

— J'imagine… Mais est-ce que tu es amoureuse de lui ?

— Je crois que oui, répondit Claire. Je n'ai été amoureuse qu'une seule fois dans ma vie. J'avais ton âge.

Elle sourit, les yeux perdus au loin, se replongeant dans cette époque regrettée.

— Depuis, je n'ai jamais rencontré personne qui m'ait suffisamment attirée, avec qui je me sois sentie suffisamment bien ou en qui j'aie eu suffisamment confiance pour imaginer l'épouser.

Brooke avala une longue gorgée d'eau gazeuse, comprenant où Claire voulait en venir.

— Tu penses vraiment au mariage ? demanda-t-elle enfin.

— Eh bien… J'ai presque cinquante ans. J'ai bâti cette compagnie de mes mains. J'ai une maison confortable, des amis que j'aime, et assez d'objectifs à réaliser encore pour être certaine de ne jamais m'ennuyer… Mais Lee me donne envie de me nicher contre lui devant un bon feu de cheminée. C'est une sensation que je n'aurais jamais pensé éprouver. Mais c'est loin d'être désagréable…

Elle regarda Brooke droit dans les yeux.

— J'espère que tu n'attendras pas vingt ans pour éprouver cela. Peut-être pas, d'ailleurs. Parks a vraiment l'air de ne pas être indifférent.

— Nous nous connaissons à peine ! protesta Brooke.

— Parfois, cela suffit.

— Cela peut suffire à se sentir séduite, acquiesça la jeune femme. Mais cela ne suffit pas à savoir si l'on peut faire confiance à quelqu'un. Que se passera-t-il si je me laisse aller à ce que je ressens et s'il se lasse ? S'il décide qu'il ne s'agit que d'une simple aventure ?

— Ne le compare pas avec d'autres, Brooke, objecta Claire. Ne l'accuse pas de crimes qu'il n'a pas commis, au nom de souffrances dont il n'est pas responsable.

— Ce n'est pas ce que je veux, soupira la jeune femme en se levant pour se diriger vers la fenêtre.

— Que veux-tu, alors ?

— Je ne sais pas. Je crois que, jusqu'à présent, je me suis toujours efforcée de n'avoir besoin de personne. Je ne voulais rien devoir à qui que ce soit. C'est un héritage de ma jeunesse, je suppose. Et c'est sans doute un peu absurde.

— Pas du tout, protesta Claire. C'est ce que nous voulons toutes. Mais cela ne suffit pas. Et dans certaines circonstances, il faut savoir prendre des risques.

— Peut-être. Mais j'ai terriblement peur d'être en train de tomber amoureuse de lui, soupira Brooke. Et plus je me sens proche de lui, plus j'ai peur. J'ai l'impression de devoir me protéger, de devoir garder le contrôle. Je me dis que si je baisse la garde, je risque de me retrouver au tapis. Mais j'imagine que je dois te sembler un peu paranoïaque…

— Mais non. Simplement, tu n'es pas le genre de femme à te donner sans demander quelque chose en retour. Tu l'as fait une fois, alors que tu n'étais encore qu'une enfant. Mais tu es une adulte, à présent. Il te faut un homme fort. Assez pour savoir prendre, mais capable de donner également. Prends ton temps. Souvent, il suffit de faire preuve de patience pour que tout se mette en place…

— Tu en es vraiment sûre ? demanda Brooke d'un ton dubitatif.

Claire lui décocha un sourire étincelant.

— Convaincue. Seulement, dans mon cas, cela a pris plus de vingt ans. Mais rien ne dit que ce sera ton cas.

Brooke éclata de rire.

— Espérons-le, répondit-elle. Parce que je ne suis pas certaine d'avoir ta patience.

Chapitre 8

Brooke était assise en tailleur sur le tapis oriental qui ornait le salon de Claire. Au beau milieu de la troisième manche, elle avait renoncé à son fauteuil pour se rapprocher du poste de télévision. A sa droite, Lee et Claire étaient installés sur le canapé. Ils venaient de finir le bœuf Wellington qu'avait préparé Billings.

Brooke n'avait fait que chipoter dans son assiette, trop nerveuse pour apprécier ce repas à sa juste valeur. C'était ridicule, bien sûr, mais elle savait que le match que les Kings disputaient contre les Valiants était capital.

Elle avait écouté la retransmission de la première partie à la radio tandis qu'elle se rendait sur le tournage de son dernier spot publicitaire. Sur place, l'un des techniciens avait apporté un poste sur lequel elle avait pu suivre l'évolution du score entre chaque prise.

Les Kings avaient remporté la première manche mais perdu la deuxième. Le temps qu'elle arrive chez Claire, la troisième avait déjà commencé.

— Bon sang ! s'exclama-t-elle, furieuse. Cet arbitre est aveugle ! Le joueur n'avait pas touché la base. N'importe qui pouvait s'en rendre compte !

— On dirait que Brooke est vraiment devenue accro, remarqua Claire à mi-voix.

— C'est bien ce qui me semblait, confirma Lee avant

de déposer un petit baiser affectueux sur la joue de sa compagne. Tu sais que tu sens délicieusement bon.

Claire se sentit rougir. Ce n'était pas la première fois qu'elle était ainsi courtisée mais jamais aucun homme ne l'avait fait se sentir aussi femme. S'ils s'étaient trouvés seuls, elle se serait certainement nichée contre lui mais Brooke était là et elle se contenta de lui serrer affectueusement la main.

— Reprends un peu de vin, suggéra-t-elle à la jeune femme. C'est excellent pour les nerfs.

— J'aimerais bien revoir le ralenti, remarqua Brooke.

— Ne t'en fais pas ! Tu le reverras au moins cinq fois avant la fin de la partie, lui promit Lee. Et sans doute dans tous les journaux télévisés de la soirée. Regardez ! Voilà ce que j'appelle un minutage des plus heureux !

De fait, le match venait d'être interrompu par une page de publicité. Et la première était celle que Brooke avait tournée avec Parks. Elle l'avait déjà vue des centaines de fois en salle de montage et à plusieurs reprises à la télévision. Comme à chaque occasion, elle ne put s'empêcher de chercher d'éventuels défauts. Mais elle n'en trouva aucun.

— C'est parfait, déclara-t-elle d'un ton réjoui. Cela ne pouvait pas mieux tomber.

— A ce propos, comment se présente la prochaine ? demanda Claire, curieuse.

— Eh bien, j'attends juste que Parks soit disponible. Si tout se passe bien, nous commencerons à tourner la semaine prochaine.

Lee passa un bras autour des épaules de Claire.

— Qui sait ? s'exclama-t-il. Nous les verrons peut-être passer le jour de la finale…

— Ils ont encore deux matchs à remporter pour se qualifier dans leur poule, lui rappela Claire. Et ils sont menés pour le moment…

— Il leur reste encore le temps de remonter au score, protesta Lee.

Brooke les observa attentivement. Claire était nichée contre Lee, son verre de vin à la main. Il lui caressait tendrement l'épaule, dessinant sur son chemisier de fantasques arabesques. Brusquement, elle songea qu'ils paraissaient réellement faits l'un pour l'autre.

— Tu sais, Lee, déclara-t-elle brusquement, je t'aime vraiment beaucoup. Beaucoup, répéta-t-elle en souriant.

Il la regarda avec étonnement puis sourit à son tour.

— Merci, Brooke, répondit-il, un peu désarçonné par cet aveu inattendu.

Claire lui serra doucement la main. Elle savait parfaitement qu'à sa façon, Brooke venait de leur donner sa bénédiction.

Avec détermination, Brooke se fraya un chemin à travers la foule qui se pressait dans l'immense hall de l'aéroport. En plus des voyageurs et des personnes venues les accueillir ou leur dire au revoir, un nombre impressionnant de supporters des Kings se trouvaient rassemblés là. Certains portaient des bannières peintes à la main, d'autres des fanions aux couleurs de l'équipe.

Brooke remarqua avec amusement que nombre d'entre eux étaient encore jeunes et avaient dû sécher les cours pour venir saluer leurs héros. Les adultes s'étaient sans doute fait porter pâle. Mais, de l'avis de la jeune femme, les Kings méritaient bien l'adulation dont ils faisaient l'objet. La victoire qu'ils avaient remportée était d'autant plus éclatante qu'elle avait été arrachée de haute lutte à leurs adversaires.

Par contre, elle commençait à se demander avec une pointe d'angoisse si elle parviendrait à attirer l'attention de Parks au sein de cette masse de fans en délire. En venant ici, elle avait cédé à une brusque impulsion sans vraiment se soucier de l'aspect pratique des choses. Mais elle ne parvenait pas à regretter d'avoir laissé parler son cœur. Cela faisait bien trop longtemps qu'elle ne l'avait pas fait.

Repoussant ses lunettes de soleil au sommet de son crâne, Brooke plissa les yeux pour lutter contre l'éblouissement. Comme des centaines d'autres personnes, elle attendit patiemment que l'avion des Kings atterrisse.

Un brouhaha se fit entendre et quelques fans commencèrent à pousser des hourras. Brooke vit un jet descendre lentement vers la piste et elle reconnut le logo de l'équipe qui était frappé sur la queue. Elle sentit alors grandir en elle une irrépressible nervosité.

Peut-être aurait-elle mieux fait de ne pas venir. Parks était probablement épuisé. Il ne devait aspirer qu'à rentrer tranquillement chez lui pour s'accorder vingt-quatre heures de sommeil d'affilée. La jeune femme passa une main dans ses longs cheveux roux. Elle aurait dû l'appeler et le prévenir qu'elle serait là. Mais il était trop tard pour le faire, à présent, et il ne lui restait plus qu'à espérer que sa présence lui ferait plaisir.

L'appareil glissa majestueusement le long du tarmac et s'immobilisa en bout de piste. Dès que la porte s'ouvrit, de vives acclamations retentirent. Elles prirent encore de l'ampleur lorsque les premiers joueurs apparurent et adressèrent des signes amicaux à la foule avant de descendre le long de l'échelle qui avait été positionnée contre l'avion.

Brooke les reconnut tous et trouva qu'ils paraissaient fatigués et étrangement vulnérables sans leurs tenues habituelles. Ce n'étaient que des hommes, songea-t-elle. Des hommes qui devaient souffrir du décalage horaire, du match éprouvant qu'ils avaient livré et de la fête qu'ils avaient dû faire pour célébrer leur victoire.

Mais, d'une certaine façon, cette marque touchante d'humanité ne rendait que plus admirable l'exploit qu'ils venaient d'accomplir. Brooke vit alors Parks sortir de l'avion. Il fut salué par une clameur plus assourdissante encore. Au côté de la jeune femme, une adolescente serra le bras de sa compagne.

— C'est Parks Jones ! s'exclama-t-elle. Regarde comme il est beau !

Brooke ne put s'empêcher de sourire. Elle partageait tout à fait cette opinion.

— Chaque fois que je le regarde, j'ai les genoux qui faiblissent, reprit la jeune fille en se pressant contre la barrière de sécurité. Tu l'as vu dans cette pub ? Chaque fois que je la regarde et que je vois ce sourire, je retombe amoureuse !

Brooke ne put que se féliciter de ce commentaire : c'était exactement ce qu'elle avait voulu réaliser en tournant la scène et il semblait bien que ses attentes avaient été comblées au-delà de ses espoirs.

La foule redoublait à présent d'enthousiasme. Elle acclamait ses héros. Et lorsqu'ils s'approchèrent enfin de leurs fans, ceux-ci tendirent le bras pour les toucher ou avoir la chance de leur serrer la main. Certains joueurs se contentèrent de leur adresser quelques signes mais d'autres s'arrêtèrent pour échanger quelques plaisanteries et signer des autographes. Lorsque Parks arriva à son tour, il était en pleine conversation avec Snyder, le première base. Brooke se demanda s'ils discutaient de leur stratégie à venir mais, lorsqu'ils furent à portée de voix, elle ne put s'empêcher de sourire.

— Il suffirait de vingt-cinq ou trente bombes de mousse à raser pour remplir son vestiaire, disait Snyder avec conviction.

— Cela prendrait trop longtemps, répondit Parks. Et la mousse s'évaporerait bien trop vite. Tu n'as pas l'esprit pratique, George.

Snyder poussa un juron tout en adressant un petit signe de la main aux supporters.

— Alors ? Puis-je connaître ton idée ? demanda-t-il.

— Du dioxyde de carbone, répondit Parks. C'est rapide et efficace.

— Excellent ! s'exclama Snyder en lui décochant une bourrade dans l'épaule. Je savais que ton cerveau finirait par nous servir à quelque chose, Einstein !

— J'avoue que mon idée n'est pas tout à fait désintéressée, reconnut Parks en riant. Tant que tu t'occuperas de son vestiaire, tu laisseras le mien tranquille.

— C'est promis, répliqua Snyder. Regarde-moi ce monde ! Tu ne trouves pas ça fantastique ?

Parks s'apprêtait à lui répondre lorsqu'il aperçut un visage familier dans la foule. Instantanément, il sentit refluer la fatigue qui l'habitait.

— Fantastique, murmura-t-il avant de se diriger droit vers Brooke.

La jeune fille qui se trouvait au côté de celle-ci émit

un petit gémissement d'émotion et serra convulsivement le bras de son amie.

— Il vient par ici, lui dit-elle. Je crois que je vais m'évanouir…

Brooke ne le quitta pas des yeux tandis qu'il se rapprochait.

— Salut, lui dit-il en posant doucement sa main sur la sienne.

Ce simple contact la fit frissonner des pieds à la tête.

— Salut, répondit-elle sans même chercher à réprimer ce brusque accès de désir. Est-ce que je peux te déposer quelque part ?

— Avec plaisir, lui dit-il.

Il souleva sa main et la porta brièvement à ses lèvres.

— Retrouve-moi à l'intérieur, je dois encore récupérer mes bagages.

Du coin de l'œil, Brooke voyait les deux adolescentes les contempler avec des yeux stupéfaits.

— Au fait, dit-elle, bravo pour cette réception.

— Merci.

Snyder lui agrippa alors le bras et Brooke disparut dans la foule.

— Moi, je trouve que tu es encore plus doué pour dégoter les jolies filles que pour rattraper les balles. Tu me la présenteras ?

— Désolé, cette fille est hors limites, répondit Parks.

— Voyons, nous sommes partenaires. Un pour tous et tous pour un, non ?

— Laisse tomber, Snyder.

— Le problème avec lui, déclara ce dernier à l'un de leurs fans, c'est qu'il est égoïste. Je fais en sorte que ses lancers paraissent moins ridicules qu'ils ne le sont réellement. A l'entraînement, je rattrape des balles dont un enfant de quatre ans ne voudrait pas. Et voilà comment il me remercie ! Franchement, Parks, tu pourrais au moins me présenter !

— Pas question ! insista Parks en s'emparant d'un morceau de papier que lui tendait un fan.

Il inscrivit une dédicace qu'il signa avant d'accepter une balle, un T-shirt et même l'épaule d'une jeune femme qu'il marqua de son paraphe. Il lui fallut une bonne demi-heure pour parvenir à s'arracher à la foule des supporters. Son impatience ne cessait de croître : le contact des doigts de Brooke avait éveillé en lui une faim qu'il brûlait de satisfaire.

Jamais il ne s'était senti seul lorsqu'il était en déplacement. Même lorsqu'il passait plusieurs jours loin de chez lui, il était entouré par son équipe. Il connaissait et appréciait chacun des joueurs. Certains étaient devenus des amis, d'autres faisaient pratiquement partie de sa famille. Ils passaient des dizaines de soirées ensemble, partageaient leurs joies et leurs déceptions et se soutenaient en toutes circonstances.

Mais, cette fois, les choses avaient été différentes. Il n'avait cessé de penser à Brooke, de regretter qu'elle ne soit pas là lorsqu'il rentrait à son hôtel après une dure journée d'entraînement ou après un match. Il aurait voulu lui parler de ses angoisses, de ses satisfactions et de ses attentes. Il rêvait qu'il faisait l'amour avec elle et se réveillait terriblement frustré.

Heureusement, il allait enfin pouvoir réaliser ce fantasme.

Lorsqu'il sortit enfin de la zone de transit, il la repéra aussitôt. Brooke était adossée contre un pilier de béton, non loin de la porte par laquelle sortaient les voyageurs. En l'apercevant, elle sourit mais resta immobile, attendant qu'il la rejoigne.

Le pouls de la jeune femme battait à tout rompre et elle brûlait d'envie de se retrouver dans ses bras.

— Tu voyages léger, remarqua-t-elle en désignant le sac à dos qu'il portait à l'épaule.

Sans répondre, il prit son visage entre ses mains et l'embrassa avec passion.

— Tu m'as manqué, murmura-t-il contre sa bouche avant de lui dédier un nouveau baiser.

Un petit groupe formé de plusieurs de ses coéquipiers fit entendre un concert de sifflements et de cris approbateurs.

— Excuse-moi, fit Snyder en tapotant l'épaule de Parks. Mademoiselle, ajouta-t-il à l'intention de Brooke, je crois que vous avez commis une légère erreur. C'est moi, George Snyder. Ce garçon n'est que notre ramasseur de balles, ajouta-t-il en tapotant l'épaule de Parks.

— Ravie de faire votre connaissance, répondit Brooke en serrant la main que lui tendait Snyder. Je suis désolée que vous vous soyez fait sortir deux fois au cours de la partie d'hier…

Snyder tiqua tandis que plusieurs de ses coéquipiers ricanaient ironiquement.

— En fait, c'était un choix tactique, répondit-il. J'essayais de rassurer les Valiants pour que nous puissions mieux les prendre par surprise.

— Vraiment ? répliqua Brooke, sardonique. On peut dire que vous étiez diablement convaincant !

Deux équipiers de Snyder le prirent par les bras pour l'entraîner à l'écart.

— Eh ! Attendez, les gars, j'essayais juste de donner un cours de stratégie à cette charmante jeune femme…

— Au revoir, George ! lui dit celle-ci avec un sourire désarmant.

— Nous ferions mieux d'y aller avant qu'ils ne se jettent tous sur toi les uns après les autres, soupira Parks.

Il lui prit la main et l'entraîna vers la porte vitrée la plus proche.

— Tu aurais quand même pu me présenter tes amis ! protesta-t-elle en riant.

— Je ne suis pas sûr que ce soit une bonne idée, répondit-il.

— Pourquoi ? Tu as peur de la concurrence ?

— Oh, oui ! Ces types sont de véritables prédateurs.

— Même celui qui avait un nouveau-né dans chaque bras ?

— Il y a des exceptions.

— Est-ce que tu en fais partie ?

— J'ai bien peur que non, répondit Parks en la prenant par la taille.

— Tant mieux. Que dirais-tu de venir à la maison pour me parler un peu de stratégie ?

— Je crois que c'est la meilleure proposition que l'on m'ait faite jusqu'à présent, répondit-il avec un grand sourire.

Ils avaient atteint la voiture de Brooke et Parks mit son sac dans le coffre avant de prendre place sur le siège passager. Il était habitué à la conduite de Brooke et ne s'étonna pas de la façon dont elle démarra en trombe ni de la vitesse déconcertante à laquelle elle s'engagea sur l'autoroute à la sortie du parking.

Il entreprit donc de lui raconter la façon dont il avait

vécu le match de la veille et Brooke l'écouta attentivement, heureuse d'avoir cédé à son intuition et d'être venue l'accueillir à son arrivée. Elle avait pris sa journée et se délectait à l'avance des heures qu'ils s'apprêtaient à passer ensemble.

— Tu sais qu'ils ont passé notre publicité trois fois, lors de la diffusion du match, remarqua-t-elle comme ils approchaient du centre-ville.

— Et alors ? Ça donnait quoi ? demanda-t-il en reposant sa tête contre le dossier de son fauteuil, heureux de pouvoir enfin se détendre en compagnie de cette femme dont il avait tant rêvé au cours de ces derniers jours.

— C'était fantastique ! s'exclama Brooke, retrouvant un enthousiasme presque enfantin. Et je sais de source sûre qu'elle a atteint son objectif.

— Vraiment ?

— Oui. Je me trouvais près d'une adolescente dans la foule qui vous attendait à l'aéroport.

Brooke entreprit d'imiter la jeune fille, prenant un malin plaisir à parodier son admiration enthousiaste.

— Je suis heureux de constater que j'ai la cote auprès des adolescentes de seize ans, déclara Parks avec une pointe d'ironie.

— Il ne faut pas mésestimer le pouvoir d'achat de cette tranche d'âge, remarqua Brooke en négociant avec une habileté diabolique une série de virages en épingle à cheveux. Peut-être pas directement, d'ailleurs. Mais je suis sûre qu'elles voudront toutes que leurs petits amis soient aussi sexy que toi. Elles les pousseront à acheter des jeans, des T-shirts, des pulls et toutes sortes d'accessoires estampillés De Marco. Et puis, je dois reconnaître que cette fille ne s'y est pas trompée : tu as vraiment un sourire irrésistible !

— Je sais, répliqua Parks avec un sourire faussement résigné.

Brooke venait de s'engager sur le chemin qui conduisait à sa maison. En arrivant devant la terrasse, elle freina violemment et Parks dut se retenir au tableau de bord pour ne pas heurter le pare-brise. Avant même qu'il ait pu protester, la jeune femme avait quitté la voiture.

Il descendit à son tour et alla chercher son sac dans le coffre.

— Franchement, déclara-t-il, tu ne mérites pas le cadeau que je t'ai rapporté !

Parvenue devant sa porte, Brooke se retourna. Son sourire malicieux avait laissé place à une expression étonnée.

— Tu m'as vraiment acheté un cadeau ? demanda-t-elle.

Parks songea qu'elle ressemblait à une enfant devant un sapin de Noël. Cela fit naître en lui une émotion si profonde qu'il préféra répondre avec légèreté, de peur de trahir ce qu'il ressentait vraiment.

— Oui, je t'ai acheté quelque chose, acquiesça-t-il. Mais j'envisage sérieusement de le garder pour moi.

— Qu'est-ce que c'est ?

— Est-ce que tu comptes ouvrir la porte ou rester éternellement sur le seuil ?

Brooke haussa les épaules, feignant une indifférence qu'elle était de toute évidence loin de ressentir. Elle ouvrit et s'écarta pour le laisser entrer.

— J'ai préparé la cheminée. Tu n'as qu'à allumer le feu pendant que je nous prépare du café.

— Pas de problème, répondit Parks en étirant ses

muscles endoloris par les heures qu'il avait passées dans l'avion.

En pénétrant dans la maison de la jeune femme, il remarqua qu'elle avait disposé des bouquets de fleurs un peu partout à l'intérieur.

Il se dirigea vers la cheminée du salon. S'emparant de la boîte d'allumettes qui était posée sur le manteau, il en craqua une et enflamma le morceau de papier journal qui était posé sous la petite pyramide de bois sec. Une flamme brillante s'éleva et ne tarda pas à crépiter joyeusement au cœur du foyer.

Cette image évoqua mille souvenirs dans l'esprit de Parks. Les flambées qui brûlaient dans la grande cheminée familiale. Les feux de camp qu'il allumait avec son oncle lorsqu'ils allaient camper dans les montagnes. Ceux qu'il construisait avec ses amis lorsqu'ils partaient ensemble à la découverte de l'Angleterre.

Il se prit à rêver qu'il ajouterait à cette collection d'images tous les souvenirs qu'il se forgerait aux côtés de Brooke. Il l'imagina étendue à son côté, nue et exposée à ses regards, la lueur des flammes se reflétant dans ses magnifiques cheveux roux.

Lorsqu'elle revint dans le salon, elle portait un plateau sur lequel étaient disposés deux verres et une bouteille.

— Je me suis dit que tu préférerais peut-être du vin, expliqua-t-elle.

— Volontiers, acquiesça Parks.

Il lui prit le plateau des mains et le posa sur la table basse. Soulevant la bouteille, il observa l'étiquette d'un œil appréciatif.

— Est-ce que nous célébrons quelque chose ?

— Disons qu'il s'agit plutôt d'une précélébration.

J'espère bien que vous gagnerez demain. Et si tel n'est pas le cas, nous aurons au moins profité du vin.

— Excellente philosophie, approuva Parks en remplissant leurs verres.

Il en tendit un à la jeune femme et trinqua avec elle.

— Au match ! déclara-t-il.

— Au match, répéta-t-elle en s'efforçant de dominer la nervosité qui montait en elle.

Il effleura tendrement ses cheveux et sourit.

— C'est grâce à eux que je t'ai repérée dans la foule, lui dit-il. Heureusement que nous étions séparés par une barrière. Sinon, je crois bien que je t'aurais sauté dessus, ce qui aurait sans doute fait la joie de tous les journalistes présents. Tu m'as manqué, tu sais.

Brooke hocha la tête et lui prit la main pour l'entraîner vers le canapé. Ils s'y assirent, serrés l'un contre l'autre.

— Tu as l'air tendue, remarqua-t-elle.

— Je crois que la pression du championnat commence à me rattraper, expliqua-t-il. Parfois, je regrette de ne pas avoir un jardin dont je pourrais m'occuper pour me détendre entre les matchs.

— Je ne t'imagine pas vraiment en jardinier, remarqua Brooke, amusée.

— Tu as sans doute raison, reconnut Parks.

L'essentiel, songea-t-il, était de ne pas penser au chemin qui restait à parcourir. Sur leur poule, seules trois équipes sur cinq seraient qualifiées. Pour le moment, c'était tout ce qui importait. Ensuite, il leur faudrait prendre les matchs les uns après les autres et faire de leur mieux.

En attendant, il était libre de se laisser aller et de profiter de la compagnie de Brooke. L'observant attentivement, il s'efforça de fixer dans sa mémoire le souvenir de cet instant. Elle était assise, un peu pensive, les yeux perdus au loin. L'odeur du feu de cheminée se mêlait à celle des fleurs coupées et à celle de son parfum.

— Est-ce que tu as été très occupée ? demanda-t-il enfin.

Brooke hocha la tête. Pas plus que Parks, elle n'avait envie de penser à son travail.

— Comme d'habitude, répondit-elle. E.J. m'a aussi emmenée voir l'un de ses films Z préférés. Une histoire ridicule de superhéros déguisés en dieux grecs et romains et qui lançaient des boules de feu.

— Tu parles de *Revanche sur l'Olympe* ?

— Je ne me rappelle plus le titre. Il y avait aussi un dragon à trois têtes qui parlait.

— C'est bien ça. Je l'ai vu à Philadelphie, le mois dernier. Il pleuvait des cordes et nous avions quartier libre pour la journée.

— C'était vraiment très mauvais. J'ai dû voir au moins trois perches rentrer dans le champ !

— Je pense que tu as été la seule. La moitié des spectateurs de la salle où je me trouvais dormaient à poings fermés.

— Je n'y peux rien. L'incompétence du réalisateur m'empêchait de faire la même chose.

Brooke posa sa tête sur l'épaule de Parks. Elle réalisa alors combien elle s'était sentie seule au cours des jours précédents. Rien ne lui paraissait plus naturel que de se retrouver à ses côtés. C'était une sensation troublante pour quelqu'un qui s'était toujours efforcé de n'avoir besoin de personne.

Le plus étrange, c'était que Parks lui semblait parfaitement à sa place dans cette maison. D'ordinaire, elle la considérait comme un refuge qui n'appartenait qu'à elle, un endroit où elle venait se ressourcer loin de la vie en société. Mais Parks avait su y trouver sa place comme il s'était déjà frayé un chemin jusqu'à son cœur.

— Toi aussi, tu m'as manqué, lui avoua-t-elle.

Il se tourna vers elle et leurs lèvres ne se trouvaient plus qu'à quelques centimètres. Elle sentait son souffle effleurer son visage.

— J'espérais que ce serait le cas, lui dit-il.

Se penchant vers elle, il déposa un petit baiser sur sa joue. Il la sentit frissonner mais ne chercha pas à pousser son avantage. Il voulait prendre son temps et savourer chaque minute de ces retrouvailles tant espérées.

— Peut-être vais-je te donner ce cadeau, en fin de compte, ajouta-t-il.

— Tu m'as vraiment acheté quelque chose ? demanda-t-elle d'un air dubitatif.

Parks se leva et prit un air offensé.

— Quel manque de confiance ! s'exclama-t-il en se dirigeant vers son sac à dos.

Il l'ouvrit et le fouilla à la recherche du paquet qui s'y trouvait. Il tendit alors une boîte blanche à la jeune femme qui s'en empara avec un mélange de curiosité et de méfiance.

— Qu'est-ce que c'est ? demanda-t-elle.

— Le meilleur moyen de le savoir est sans doute de l'ouvrir, déclara Parks, sentencieux.

Brooke examina attentivement le paquet. Elle le soupesa et le retourna à plusieurs reprises. Elle n'était pas habituée à ce qu'on lui offre des cadeaux et Parks lui en avait déjà acheté deux.

— Tu sais, tu n'étais pas obligé.

— Bien sûr que non. C'est tout l'intérêt, d'ailleurs.

— Je ne suis pas certaine de comprendre le raisonnement, remarqua la jeune femme.

Elle ouvrit la boîte et enleva les mouchoirs en papier que Parks avait disposés pour protéger son cadeau. Elle découvrit alors un superbe hippopotame en porcelaine.

— Il est magnifique ! s'exclama-t-elle.

— J'ai trouvé qu'il te ressemblait, remarqua Parks.

Brooke éclata de rire.

— C'est vrai, confirma-t-elle. Il a de très beaux yeux.

Elle caressa doucement l'animal.

— Il est vraiment adorable, lui dit-elle. Qu'est-ce qui t'a donné cette idée ?

— Je me suis dit qu'il compléterait ta ménagerie, répondit-il.

Brooke lui jeta un regard étonné et Parks désigna l'étagère sur laquelle trônaient déjà un singe en bois et un ours en bronze.

— Il y a aussi un cochon dans l'entrée, un lièvre sur ta table de nuit et un hibou en porcelaine dans la cuisine.

Brooke ouvrit de grands yeux. Sans même s'en rendre compte, elle avait effectivement accumulé un certain nombre d'animaux de toutes tailles qu'elle avait disposés dans la maison. Elle ne concevait pas vraiment cela comme une collection et était stupéfaite de découvrir que cette marotte n'avait pas échappé à Parks.

Celui-ci avisa avec stupeur les larmes qui roulaient le long des joues de la jeune femme. Sans réfléchir, il la prit dans ses bras pour la réconforter. Il ne savait pas vraiment ce qui avait causé une telle réaction mais avait suffisamment consolé ses sœurs pour savoir qu'il ne fallait pas toujours en chercher les raisons.

Vaguement honteuse, Brooke se dégagea doucement de ses bras.

— Laisse-moi juste une minute, s'excusa-t-elle. Je suis désolée.

Parks hésita puis se dirigea vers elle. Malgré sa résistance, il l'attira contre lui.

— Je ne supporte pas de te voir comme ça, murmura-t-il. Qu'est-ce qui t'arrive ?

— Je suis désolée, répéta-t-elle. C'est stupide…

— Brooke, protesta-t-il faiblement.

Il prit son menton au creux de sa main et le souleva. Elle pleurait toujours et il se sentit un peu dépassé. Finalement, il opta pour le seul remède qui lui venait à l'esprit et l'embrassa.

Sa bouche avait le goût des larmes et il sentit son cœur se serrer dans sa poitrine. Tendrement, il caressa ses longs cheveux roux, la sentant trembler contre lui comme un animal apeuré. Elle commença à répondre à son baiser avec passion, s'abandonnant à lui comme elle ne l'avait jamais fait auparavant.

Parks comprit que, sans le vouloir, il avait percé les dernières défenses qu'elle érigeait encore autour d'elle. Il se contraignit donc à maîtriser le désir impétueux qui montait en lui.

Brooke savait combien elle était vulnérable en cet instant. Pourtant, elle ne chercha pas à résister au besoin qu'elle avait de Parks. Elle l'accepta sans réserve, puisant en lui ce réconfort qu'il lui offrait. Curieusement, cela ne fit qu'alimenter l'envie qu'elle avait de lui.

Précautionneusement, Parks l'étendit sur le tapis qui

se trouvait devant la cheminée. Brooke sentait la douce chaleur des flammes sur sa peau et elle entendait le crépitement rassurant du feu. Mais ces impressions lui paraissaient très lointaines, presque abstraites.

Seul comptait ce baiser interminable dans lequel elle se noyait sans rémission. Elle avait l'impression de flotter quelque part entre rêve et réalité, dans un endroit qui n'appartenait qu'à eux et où elle était en sécurité.

Parks entreprit alors de la déshabiller. Il prenait tout son temps, comme s'ils avaient l'éternité devant eux, comme si plus rien n'avait d'importance en dehors de l'instant présent. Brooke glissa ses mains sous sa chemise et laissa ses doigts glisser sur sa peau, savourant la force et la chaleur qui émanaient de lui.

Elle se redressa ensuite légèrement pour lui ôter ses vêtements et tous deux se retrouvèrent nus l'un contre l'autre. Ils continuèrent à s'embrasser tout en se caressant l'un l'autre. La peau de Brooke était parcourue de frissons irrépressibles qui se communiquaient au plus profond de son âme et l'emplissaient d'une joie immense qui dépassait le simple plaisir physique.

Il y avait de la magie dans cet instant. Jamais elle ne s'était sentie si proche de Parks. Par moments, elle avait l'impression troublante que tous deux ne faisaient qu'un, qu'ils étaient deux moitiés d'un même être que leur étreinte réunissait en une même entité.

En d'autres circonstances, cela l'aurait probablement terrifiée. Mais cette fois, elle se sentait étrangement en confiance. Elle était intimement convaincue que Parks ne lui ferait jamais de mal, qu'il la comprenait mieux que personne avant lui.

Elle se laissa complètement aller entre ses bras,

goûtant chacune de ses caresses, chacun de ses baisers, le laissant alimenter le désir qui pulsait au creux de son ventre et grandissait à chaque instant.

L'abandon de Brooke faisait naître en Parks une merveilleuse exaltation. Bien décidé à profiter de cet instant de grâce, il redoublait de douceur, bridait sa propre passion pour mieux servir celle de la jeune femme. Ses doigts couraient sur son corps, effleurant sa peau soyeuse, repoussant sans cesse le moment de la rejoindre.

Brooke sentait sa raison vaciller. Ses pensées se disloquaient avant même de prendre forme, emportées par le torrent de sensations qui déferlait sur elle. Elle avait l'impression que ses sens étaient décuplés, que chaque effleurement se répercutait en elle à l'infini. Ses propres gémissements semblaient lui parvenir de très loin.

Craignant de ne pouvoir endurer cette délicieuse torture sans perdre l'esprit, elle noua ses jambes autour de la taille de Parks et le fit entrer en elle. Lorsqu'elle le sentit pénétrer entre ses cuisses, elle fut terrassée par un brusque accès de plaisir qui arqua son corps et lui arracha un cri inarticulé.

Mais Parks ne lui laissa pas le temps de recouvrer ses esprits. Déjà, il commençait à bouger en elle. La lenteur calculée de ses mouvements confinait au supplice, entraînant Brooke toujours plus haut, vers des sommets de désir qu'elle n'avait fait jusqu'alors qu'entrevoir.

Jamais elle n'aurait cru pouvoir éprouver un tel besoin. Il envahissait chaque parcelle de son corps et de son esprit et elle avait l'impression de se disloquer.

Le tressaillement continu qui l'agitait se communiquait à chacun de ses membres.

Mais Parks exerçait sur lui-même un contrôle presque parfait. Chaque fois qu'il sentait Brooke approcher du point de non-retour, il ralentissait le rythme de leur étreinte, lui laissant un peu de temps avant de l'entraîner plus loin encore.

Brooke avait depuis longtemps renoncé à comprendre ce qui était en train de lui arriver. Elle ne pouvait que se laisser porter en espérant que sa raison ne sombrerait pas sous l'effet de la joie sauvage et primitive qui s'était emparée d'elle.

A chaque instant, elle sentait son être se dissoudre et se reconstituer. Elle ne vivait plus qu'au rythme de ce plaisir qui montait encore et encore, faisant céder un à un tous les murs qu'elle avait bâtis pour se protéger, toutes les digues qui la séparaient encore de la folie.

Puis elle sentit les mouvements de Parks s'accélérer à mesure que lui-même succombait à la pression de cette extase. Elle se perdit alors corps et âme et, l'espace d'un instant, elle sut qu'elle ne s'appartenait plus.

Parks se réveilla en sursaut. Il n'avait même pas conscience de s'être endormi mais la lumière du soleil avait changé. Brooke était étendue à son côté et ses cheveux se répandaient sur sa poitrine. Les yeux grands ouverts, elle le regardait attentivement. Il lui sourit et posa un petit baiser sur son épaule dénudée.

— Désolé, lui dit-il. J'ai dormi longtemps ?

— Une petite heure.

Elle nicha son visage au creux de son cou. Elle se

sentait étrangement exposée, comme si l'emprise que Parks avait exercée sur elle tandis qu'ils faisaient l'amour s'étendait tant à son esprit qu'à son corps. C'était une impression à la fois effrayante et terriblement excitante.

— Tu devais être épuisé, dit-elle.

— Ça va beaucoup mieux, répondit Parks.

De fait, il se sentait ressourcé et plein d'énergie. Tendrement, il caressa le bras de la jeune femme.

— Il y a quelque chose que je voulais te demander avant que nous ne… changions de sujet.

Se redressant sur un coude, il la contempla gravement.

— Pourquoi pleurais-tu, tout à l'heure ? demanda-t-il.

Brooke haussa les épaules et fit mine de s'écarter de lui. Mais Parks la retint. Il réalisait qu'elle faisait un effort pour prendre de la distance mais n'entendait pas la laisser s'éloigner aussi facilement. Qu'elle le veuille ou non, il voulait qu'elle s'abandonne pleinement à lui.

— Brooke, ne me repousse pas, lui dit-il. Je ne te laisserai pas faire.

Elle faillit protester mais le regard de Parks l'en dissuada. Il était trop tard pour jouer l'indifférence ou rétablir entre eux un éloignement aussi artificiel qu'illusoire.

— Je ne sais pas, soupira-t-elle. Je crois que je n'ai pas l'habitude que l'on soit aussi gentil avec moi.

— Je sais, acquiesça Parks. Mais ce n'est qu'un aspect du problème. Il y a autre chose, n'est-ce pas ?

Brooke se redressa et croisa les bras comme pour se protéger.

— Je n'avais jamais réalisé que je collectionnais les animaux, avoua-t-elle enfin.

Nerveusement, elle passa une main dans ses longs cheveux.

— Je crois que j'ai mal réagi quand tu me l'as fait remarquer. Lorsque j'étais plus jeune, je rêvais d'avoir un chien, un chat, un oiseau ou n'importe quel animal avec lequel j'aurais pu grandir.

Elle se massa doucement la nuque.

— Je ne pensais pas que je continuais à compenser ce manque.

Parks sentit son cœur se serrer dans sa poitrine mais se garda bien de trahir la compassion qu'elle lui inspirait. Il savait que Brooke était trop fière pour se faire plaindre.

— Tu as ta propre maison et ta propre vie, déclara-t-il. Tu pourrais obtenir tout ce que tu veux. Il ne sert à rien de compenser, à présent.

— Tu as raison, soupira Brooke. Je t'ai dit que c'était ridicule.

Parks leur resservit du vin et lui tendit un verre.

— Quel genre de chien voudrais-tu avoir ? demanda-t-il.

Brooke avala une gorgée de vin avant de répondre.

— Un chien sympathique. Avec des yeux doux et un tempérament affectueux.

Elle tendit la main vers Parks et lui caressa doucement la joue.

— Je ne t'ai même pas remercié, remarqua-t-elle.

Parks la contempla gravement avant de lui retirer son verre des mains.

— C'est vrai, dit-il.

D'un geste, il la fit basculer au-dessus de lui.

— Mais il n'est pas trop tard pour me prouver ta reconnaissance, ajouta-t-il en souriant.

Chapitre 9

Claire descendit de son bureau pour inspecter le décor de la nouvelle publicité. Dans le studio était installée une salle à manger confortable et d'allure très masculine. Un profond canapé en cuir brun trônait près d'une table basse sur laquelle était posée une lampe Tiffany qui était censée diffuser une lumière intime et tamisée. Les techniciens s'activaient justement pour créer cette ambiance et Claire dut slalomer entre les projecteurs pour atteindre la scène.

L'ensemble donnait une impression de sobriété et de bon goût qu'elle ne pouvait qu'approuver. De Marco s'était dit très satisfait des photographies qui lui avaient été envoyées. Par contre, il avait insisté pour que sa maîtresse en titre joue un rôle dans le spot. Brooke avait protesté pour la forme mais toutes deux savaient pertinemment que le client était roi et qu'il leur faudrait sacrifier à cette lubie.

Au moins, la belle n'aurait aucune ligne de dialogue à prononcer, ce qui éviterait probablement de perdre un temps précieux.

La séquence de l'appartement devait apparaître en fin de publicité mais Brooke avait préféré la filmer en premier parce qu'elle serait probablement la plus difficile à jouer. Si les délais étaient respectés, le montage final serait prêt à temps pour la deuxième phase de la compétition. Et, si les Kings passaient le cap de la poule qualificative, l'impact n'en serait que plus grand.

A l'extérieur du studio, une grande table avait été installée pour accueillir le buffet réservé à l'équipe de tournage. E.J., le chef décorateur et le premier assistant caméra en profitaient pleinement tandis que Brooke se trouvait à l'intérieur, supervisant les derniers préparatifs techniques.

— Bon sang, Bigelow ! Ce spot est encore en train de clignoter ! Change l'ampoule ou répare le fil mais ne le laisse pas ruiner ma lumière ! Silbey, montre-moi ce que donnerait la nouvelle gélatine dont tu m'as parlé.

Silbey s'exécuta et plaça une fine couche de papier transparent devant l'un des projecteurs. Instantanément, la lumière qui baignait le set se fit plus douce et plus tamisée.

— Ce n'est pas mal, approuva Brooke. Tout va bien au niveau du son ?

Le perchiste se mit en place tandis que l'assistant de l'ingénieur son se plaçait près du canapé. Il commença à débiter une poésie enfantine bien connue dont il avait modifié les paroles pour en faire un sonnet très grivois. Une vague d'applaudissements salua sa performance tandis que l'ingénieur du son faisait signe que, de son côté, tout était parfaitement réglé.

— Tout le monde est arrivé ? demanda alors Brooke à sa deuxième assistante.

— Oui. Parks est en train de se changer. Et j'ai fait la connaissance de la petite amie de De Marco. Elle est vraiment superbe.

— Dieu merci. Est-ce que De Marco sera là ?

— Non, répondit Claire. Il m'a appelée pour me dire qu'il ne viendrait pas.

Brooke hocha la tête d'un air satisfait. Claire savait pertinemment qu'elle n'aimait pas voir les proches des acteurs assister aux tournages, estimant à juste titre que cela avait tendance à les déconcentrer.

— Gina lui a dit que sa présence la rendrait nerveuse. Mais il m'a fait promettre que nous la traiterions avec tact et gentillesse.

— Je ne la mordrai pas, promit Brooke. J'ai fait répéter à Parks son dialogue. Il le connaît sur le bout des doigts. J'espère juste qu'il ne sera pas trop impressionné par la caméra.

— Cela n'a pas l'air d'être son genre, opina Claire.

— Non. D'ailleurs je crois qu'il commence à trouver ce nouveau travail amusant, malgré tout le mal qu'il peut bien en dire.

— Tant mieux parce qu'il y a un script que j'aimerais lui faire lire. Il s'agit d'un tout petit rôle pour lequel il serait vraiment parfait.

— Dans un long métrage ? s'exclama Brooke avec étonnement.

Jamais elle n'avait imaginé que Parks puisse devenir acteur à part entière. Mais plus elle y réfléchissait, moins l'idée lui paraissait absurde. Au cours des derniers jours, il avait fait preuve d'un certain talent qui ne demandait sans doute qu'à se développer.

— Oui. Il s'agit d'un téléfilm destiné au câble. Le casting ne commencera pas avant un mois ou deux et il a encore tout le temps d'y réfléchir. J'aimerais aussi que tu y jettes un coup d'œil. J'aurai besoin d'un réalisateur de confiance sur ce projet.

— Tu es sérieuse ? fit Brooke, de plus en plus surprise.

— Pourquoi pas ? Je sais que tu aimes diriger des publicités. Tu m'as souvent dit que tu aimais les projets rapides et efficaces. Mais il est peut-être temps de t'essayer à d'autres techniques.

— Mais je n'ai jamais dirigé quoi que ce soit de plus élaboré que des spots de soixante secondes.

— Et alors ? Même Scorsese et Coppola ont commencé quelque part, non ? Tu es une réalisatrice brillante, Brooke. Le nombre de prix que tu as remportés le prouve. Cela fait un certain temps que je veux te mettre à l'épreuve sur quelque chose de plus ambitieux. Je ne voulais pas te pousser tant que tu ne t'y sentirais pas prête mais je crois que le moment est venu. Tu n'as pas à me donner une réponse immédiate. Lis simplement le scénario et dis-moi ce que tu en penses. D'accord ?

— Bien sûr, répondit Brooke, troublée. Je le lirai.

— Bien ! Mais voici Parks. On peut dire qu'il a fière allure ! On pourrait croire que ces vêtements ont été dessinés pour lui.

De fait, le pull-over en cachemire bleu pâle et le jean gris qu'il portait lui allaient à la perfection. Ils révélaient sa silhouette athlétique et soulignaient l'éclat de ses yeux bleus malicieux. Et ils lui conféraient un mélange de chic et de décontraction du meilleur effet.

C'était peut-être dû à l'élégance naturelle qui émanait du modèle, songea Brooke, admirative. C'était quelque chose qui ne pouvait être appris ou enseigné et qu'il possédait probablement depuis l'enfance. Où qu'il se trouve, il paraissait parfaitement à sa place, comme si son environnement s'adaptait instantanément à lui.

Il tenait à la main un verre de bière et aurait aussi

bien pu se trouver dans la salle d'un country-club au milieu de ses amis.

En réalité, Parks commençait à distinguer un certain ordre dans le chaos apparent qui régnait dans le petit studio. Il se sentait beaucoup plus à l'aise que lors du premier tournage, comprenant le rôle et la fonction de chacun des techniciens qui s'activaient autour du canapé et de la table basse où se déroulerait l'action.

Brooke paraissait parfaitement dans son élément, ici. A travers la pièce, il percevait la concentration qui émanait d'elle. Déjà, elle devait répéter dans sa tête le déroulement de la scène. Une fois de plus, il s'étonna du mélange de force et de douceur qui la caractérisait. Elle était à la fois cette enfant mal aimée qui collectionnait les animaux pour conjurer sa solitude et cette femme fière et décidée qui régnait d'une main de fer sur son plateau de tournage.

C'était peut-être pour cela qu'il était en train de tomber amoureux d'elle, songea-t-il. Car la nature réelle de ses propres sentiments ne faisait plus aucun doute à ses yeux. Mais il savait que, s'il ne voulait pas courir le risque de la perdre, il lui faudrait garder quelque temps encore cette information pour lui.

Car si elle l'apprenait, Brooke ne manquerait certainement pas de céder à la panique. Elle avait passé des années à se protéger, à cuirasser son cœur contre les sentiments qui risquaient de lui faire perdre son libre arbitre. Et elle n'était pas encore prête à s'y laisser aller.

Comme il se faisait ces réflexions, il la vit se diriger vers lui. Une fois de plus, elle fronçait les sourcils, lui donnant l'impression désagréable d'être un petit garçon pris en faute. Mais il savait que c'était son regard de réalisatrice, celui qui cherchait ses angles, construisait ses plans et cherchait le moindre défaut susceptible d'être corrigé.

— Alors ? demanda-t-il lorsqu'elle le rejoignit.

— Tu es superbe, lui dit-elle.

Tendant la main vers lui, elle lui ébouriffa légèrement les cheveux.

— Là, conclut-elle. C'est parfait. Nerveux ?

— Pas particulièrement.

Elle sourit.

— Alors ne fais pas la tête. Ce n'est pas l'état d'esprit de ton personnage.

Elle lui prit le bras et l'entraîna vers le décor.

— Tu connais tes répliques mais nous placerons un prompteur au cas où tu aurais un trou. Tu n'as donc aucun souci à te faire. Contente-toi de te détendre et de jouer les séducteurs. Rappelle-toi que cette séquence est la troisième, chronologiquement. Il y a d'abord celle qui se déroule au stade, puis celle des vestiaires et, enfin, celle-ci. Lumières tamisées, cognac et une jolie femme…

— Et dire que je dois tout ça à De Marco…

— Il te prête même sa petite amie ! C'est une marque de confiance, j'imagine. Il est vraiment convaincu que ton image est parfaite pour défendre ses créations. Et je suis certaine que les consommateurs seront du même avis.

Brooke le fit asseoir sur le canapé.

— Vas-y, relaxe-toi.

— Tu sais que cela ne se commande pas ? ironisa Parks.

— Tu en es tout à fait capable, lui assura la jeune

femme. Là… C'est parfait… Accoude-toi au coussin, comme ça. Très bien ! C'est exactement ce que je veux. Tu commences à devenir un véritable professionnel, tu sais.

— Merci.

— Cette fois, je veux que tu t'adresses directement à la caméra.

Elle désigna celle-ci qui trônait sur un chariot de travelling.

— La fille s'approchera de toi par-derrière et se penchera pour te tendre un verre de cognac. Ne la regarde pas. Contente-toi de toucher sa main et continue à parler comme si de rien n'était. Et n'oublie pas de sourire. Au fait, où est ta partenaire ?

A cet instant précis, Gina fit son entrée, suivie par une jeune femme blonde à l'apparence sévère et deux hommes en costume. Elle était tout simplement magnifique, réalisa Brooke, admirative. Même les photographies qu'elle avait envoyées à la production ne rendaient pas justice à la sensualité presque animale qui émanait d'elle. Elle devait avoir environ vingt-cinq ans et possédait un corps à la plastique parfaite que mettait en valeur la robe moulante qu'elle portait.

Brooke décida aussitôt que, cette fois, elle jouerait la carte de la sexualité. Il fallait tirer pleinement avantage de la grâce presque torride qui émanait de chacun de ses gestes pendant les cinq secondes et demie où elle serait présente à l'écran. Gina deviendrait l'icône par excellence de la femme De Marco.

Ignorant les commentaires appréciatifs de son équipe, Brooke se dirigea vers la jeune femme et lui tendit la main en souriant.

— Bonjour, lui dit-elle, je suis Brooke Gordon. C'est moi qui vous dirigerai.

— Gina Minianti, répondit la belle d'une voix rauque et terriblement sensuelle.

Brooke regretta aussitôt qu'elle n'ait pas la moindre ligne de dialogue à prononcer.

— Je suis ravie de faire votre connaissance, mademoiselle Minianti. Avez-vous des questions à me poser avant que nous ne commencions ?

— *Come ?* demanda Gina en italien.

— La *signorina* Minianti ne parle pas anglais, précisa la blonde qui l'accompagnait. Vous n'étiez pas au courant ?

Brooke la contempla avec stupeur.

— Voilà qui va être pratique, murmura-t-elle, ironique.

— Je suis la secrétaire personnelle de M. De Marco, précisa la jeune femme. C'est moi qui assurerai la traduction.

— D'accord, acquiesça Brooke, résignée. Tout le monde en place ! cria-t-elle à son équipe. La journée va être longue.

— Je suis sûr que tu t'en sortiras merveilleusement bien, lui souffla Parks.

— Tais-toi et va t'asseoir !

Il lui décocha un sourire malicieux et s'approcha de Gina pour lui serrer la main. Stupéfaite, Brooke l'entendit se lancer dans une tirade en italien, langue qu'il paraissait maîtriser à la perfection. Ravie, Gina lui répondit avec force mouvements de bras.

— Elle est très excitée par ce tournage, expliqua Parks.

— C'est ce que j'avais cru comprendre.

— Elle a toujours rêvé de tourner dans un film américain, ajouta-t-il.

Il adressa quelques mots de plus à Gina qui éclata de rire, renversant la tête en arrière, avant de faire signe à la secrétaire de De Marco qu'elle n'aurait pas besoin de ses services. Elle passa alors son bras sous celui de Parks et Brooke observa la belle Italienne aux cheveux et aux yeux de jais et son partenaire américain aux cheveux blonds et aux yeux d'azur.

Ils formaient indéniablement un couple magnifique. Le contraste qu'ils offraient ajouterait encore au caractère saisissant de cette publicité. Et les ventes de De Marco ne manqueraient certainement pas de décoller.

— On dirait que tu te débrouilles bien en italien, remarqua-t-elle à l'intention de Parks.

— J'ai quelques restes qui remontent à mon séjour à Oxford, répondit-il modestement. Elle a accepté que je joue les interprètes.

— Tant mieux. Ce sera plus pratique. Dis-lui que nous allons répéter la scène une fois pour qu'elle visualise ce qu'elle est censée faire.

Parks transmit ces instructions à Gina qui hocha la tête.

— Assieds-toi, Parks, demanda Brooke. Et demande à Gina d'observer attentivement ce que je fais. Elle devra imiter chacun de mes gestes.

Parks traduisit de nouveau.

— Bien, vas-y, lui dit alors Brooke. Fais comme si nous étions en train de filmer.

Il s'exécuta aussitôt, parlant avec autant d'aisance que s'il s'adressait à de vieux amis. Une fois de plus, elle put admirer la facilité avec laquelle il s'adaptait à toutes les situations. Elle s'empara alors du verre de cognac qui était posé sur une petite table et passa derrière le canapé.

Là, elle se pencha vers Parks pour le lui tendre, effleurant sa joue de la sienne. Il prit le verre sans détourner les yeux de la caméra et sans interrompre sa réplique. Puis il laissa sa paume glisser doucement le long du bras de Brooke qui avait posé sa main sur son épaule.

Elle se redressa alors et sortit du champ de la caméra tandis que Parks finissait de dire son texte.

— Parfait, commenta Brooke. Demande-lui si elle a compris.

Une fois de plus, Gina hocha la tête d'un air assuré.

— Dans ce cas, c'est parti, déclara Brooke. Tout le monde en place !

Elle-même alla se placer près d'E.J.

— Silence ! cria-t-elle. Moteur !

— Ça tourne, confirma E.J.

L'un des assistants caméra vint présenter le clap. Brooke laissa quelques secondes s'écouler avant de lancer l'action. Parks commença sa diatribe avec l'art consommé d'un comédien professionnel. Gina suivit à la lettre les instructions de Brooke et tendit le verre de cognac avec toute la sensualité que la réalisatrice avait espérée. Malheureusement, le mouvement de la caméra sur le rail de travelling la surprit et elle regarda l'objectif.

— Coupez ! ordonna Brooke. Parks, explique à Gina qu'elle ne doit jamais regarder la caméra, s'il te plaît.

Gina fit signe qu'elle comprenait et ils recommencèrent. Malheureusement, plus ils multipliaient les prises et plus Gina paraissait nerveuse, ce qui était parfaitement perceptible à l'image.

— On fait une pause ! annonça Brooke à la fin de la cinquième prise.

Les techniciens coupèrent les spots les plus aveuglants et se dirigèrent vers le buffet en discutant. Brooke alla s'asseoir près de Parks sur le canapé et fit signe à Gina de les rejoindre.

— Dis-lui que tout ce qu'elle a à faire, c'est de se montrer naturelle. Elle est magnifique et les quelques secondes où elle apparaîtra à l'écran feront un effet détonant.

Gina écouta la traduction puis sourit à Brooke.

— *Grazie*, fit-elle avant de prendre la main de Parks entre les siennes pour se lancer dans une longue diatribe.

Lorsque ce dernier traduisit, Brooke comprit que la jeune femme s'excusait platement pour sa maladresse et demandait quelque chose à boire pour se calmer les nerfs.

— Apportez un verre de jus d'orange à la *signorina*, demanda Brooke à son deuxième assistant. Dis-lui qu'elle n'est pas maladroite du tout, ajouta-t-elle à l'intention de Parks. Il est parfaitement normal de se sentir nerveux lors d'un premier tournage. Dis-lui qu'elle n'a qu'à faire abstraction de la caméra et imaginer que vous êtes amants.

Parks hocha la tête et traduisit les conseils de Brooke. Gina éclata de rire avant de répondre.

— Elle promet d'essayer, expliqua Parks. Mais elle ajoute que si Carlo l'apprend, il risque d'être furieux contre moi.

— Considère qu'il s'agit d'un sacrifice au nom de l'art, répliqua Brooke, moqueuse. Quant à toi, tâche de mettre un peu plus de passion. Cela l'aidera peut-être.

— Qu'est-ce que tu veux dire ?

— Eh bien, tout homme normalement constitué devrait sentir son sang bouillonner en sentant une femme comme Gina se pencher sur lui de façon si suggestive. Tâche de montrer que cela ne te laisse pas indifférent.

— Encore un sacrifice au nom de l'art, Brooke ? ironisa-t-il.

Cinq minutes plus tard, tout le monde était de nouveau en place.

— Espérons que ce soit la bonne, souffla Brooke à E.J.

— Franchement, je pourrais y passer la journée, répliqua ce dernier en souriant. Je crois que je n'ai jamais vu une fille aussi belle de toute ma vie !

— Je ne pense pas que De Marco serait ravi d'entendre que mon directeur de la photo fantasme sur sa petite amie.

— Tu sais très bien que l'on ne filme vraiment bien que ce que l'on apprécie vraiment.

— Eh bien, contente-toi de l'apprécier de loin. Silence ! Moteur !

La sixième prise fut nettement meilleure. Mais il manquait encore quelque chose.

— Parks, dis à Gina que c'était parfait. Je voudrais juste essayer quelque chose pour la suivante. Demande-lui de jeter un petit regard languide à la caméra avant de s'éloigner, d'accord ?

Ils recommencèrent. Mais lorsque Gina tendit son verre à Parks, ce dernier déposa un petit baiser sur sa main sans interrompre le flot de son discours. L'effet était saisissant mais il surprit l'actrice qui ne put s'empêcher de sursauter.

— Pourquoi as-tu fait ça ? demanda Brooke après avoir coupé.

— Je ne sais pas. Cela paraissait plus naturel que de l'ignorer comme je le faisais jusqu'à présent…

Brooke réfléchit quelques instants et hocha la tête.

— Essayons comme cela, dans ce cas, déclara-t-elle avant de reprendre place auprès d'E.J. Tout le monde en place !

Il fallut trois prises supplémentaires avant qu'elle ne se déclare pleinement satisfaite du résultat. Elle annonça alors la fin du tournage et Gina poussa un petit soupir de soulagement avant d'embrasser cordialement Parks sur les deux joues pour le remercier de sa patience. Elle se dirigea ensuite vers Brooke et lui dit quelques mots que celle-ci ne comprit pas.

— Dis-lui merci, conseilla Parks sans traduire.

— Merci, fit Brooke.

Gina lui prit la main et la serra affectueusement. Puis elle tourna les talons et quitta le studio, suivie par son aréopage.

— Pourquoi est-ce que je l'ai remerciée ? demanda Brooke en épongeant son front moite de transpiration.

— Elle te complimentait pour tes goûts.

— Quels goûts ?

— Eh bien, elle a dit que tu avais un amant magnifique.

Brooke ouvrit de grands yeux.

— Elle a vraiment dit ça ? articula-t-elle. Mais comment a-t-elle su… ?

— L'intuition féminine, je suppose, répondit-il en haussant les épaules.

Sur ce, il quitta à son tour le studio pour aller voir s'il restait quelque chose à manger sur le buffet. Les mains sur les hanches, Brooke le suivit des yeux, songeant que Gina avait parfaitement raison.

La suite de la journée confirma l'intuition de Brooke : la dernière scène du spot publicitaire avait été la plus ardue à réaliser. Par comparaison, les autres furent mises en boîte avec une facilité déconcertante. Ils commencèrent par ce qui serait la deuxième scène du film. L'action se déroulait dans les vestiaires des Kings et Claire avait réussi à obtenir la participation de plusieurs coéquipiers de Parks.

Une fois que Brooke fut parvenue à les convaincre de ne plus jouer avec son équipement et de respecter le script, le travail progressa à un bon rythme. Malheureusement, la jeune femme était taraudée par un mal de tête qui ne cessait de croître.

C'était peut-être en partie à cause du bruit qui régnait dans les vestiaires ou de l'odeur de transpiration qui flottait dans l'air et que renforçait la chaleur émise par les projecteurs. Mais cela ne suffisait pas entièrement à expliquer le malaise grandissant qui s'était emparé d'elle.

Au départ, elle s'efforça de l'ignorer purement et simplement et de se concentrer sur son travail. Hélas, cela ne chassa pas pour autant la migraine. Lorsqu'ils s'installèrent dans le stade, l'air frais l'aida à se ressaisir un peu. Comme elle finissait de vérifier que l'ingénieur du son était satisfait de son installation, elle sentit un bras musclé se poser autour de ses épaules.

— Salut, fit Snyder avec un sourire engageant.

Brooke le lui rendit, se demandant si tous les joueurs

de base-ball étaient des séducteurs aussi invétérés que Parks et lui.

— Vous êtes prêt pour la scène suivante, George ? lui demanda-t-elle. Vous ne serez pas à l'écran, cette fois.

— C'est ce que j'ai cru comprendre. Je tiens d'ailleurs à vous signaler que vous avez commis une erreur en choisissant Parks pour représenter cette ligne de vêtements. Il est beaucoup trop maigre.

Brooke observa la solide charpente du joueur et hocha la tête.

— C'est peut-être vrai, répondit-elle. Malheureusement, ce n'était pas moi qui étais chargé du casting.

— Dommage. Dites, maintenant que je suis une star, moi aussi, est-ce que vous viendrez me chercher à l'aéroport comme Parks ?

— Laisse tomber ! s'exclama Kinjinsky qui venait de les rejoindre. Brooke n'est pas ton type. Il s'est spécialisé dans les danseuses du ventre, précisa-t-il à l'intention de la jeune femme.

— Ce ne sont que de vils mensonges, protesta Snyder, feignant d'être révolté par tant de mauvaise foi.

— Lorsque ma fille sera plus grande, reprit Kinjinsky, je la mettrai en garde contre les hommes tels que lui.

Sur ce, il lança en l'air la balle qu'il tenait à la main et l'expédia au bout du terrain d'un coup de batte parfaitement ajusté.

— Kinjinsky est le meilleur batteur de l'équipe, déclara gravement Snyder. Du moins tant que ce n'est pas un lanceur qui lui envoie la balle…

— Au moins, je suis capable d'atteindre la première base en moins de deux minutes et demie, répliqua son ami d'un ton moqueur.

Snyder avait l'habitude que l'on raille ses capacités de coureur et il prit un air indigné.

— Tu n'as pas le droit de te moquer de moi, s'exclama-t-il. C'est un problème génétique, ajouta-t-il à l'intention de Brooke.

— Je suis vraiment désolée, répondit celle-ci d'un ton parfaitement sérieux.

— Un problème génétique que l'on appelle le Pied de plomb, commenta Parks.

En entendant le son de sa voix, Brooke sentit se réveiller le mal de tête qu'elle était presque parvenue à oublier. Elle se tourna vers lui et vit qu'il l'observait avec l'un de ces sourires irrésistibles dont il avait le secret. Il portait sa tenue de base-ball et la casquette abaissée sur ses yeux lui donnait un air terriblement assuré.

Son regard n'était pas départi d'une certaine possessivité et Brooke sentit s'éveiller en elle un mélange d'angoisse et de désir.

— J'aidais ta petite amie à passer le temps.

Parks hocha la tête, ne prenant même pas la peine de nier la relation qui l'unissait à Brooke.

— Lorsqu'elle verra la façon dont je crève l'écran, tu risques de te retrouver au chômage, ajouta Snyder.

— Je ne pense pas. De Marco n'est pas spécialisé dans les vêtements pour sumos.

— Messieurs, protesta Brooke, l'équipe est prête et n'attend que votre bon vouloir. George, pouvez-vous vous placer sur la première base pour servir de repère à Parks ?

— Avec plaisir. Tâche seulement de ne pas m'envoyer la balle en pleine tête, Jones ! Je ne tiens pas à être sur la liste des blessés, lors du prochain match.

— Mike, ajouta Brooke à l'intention de Kinjinsky, vous lancerez pour Parks. Ne le ménagez pas. Je veux qu'il donne l'impression de faire un effort.

— Je vais voir ce que je peux faire, répondit Kinjinsky.

— Parks, tu as des questions ?

— Non, je pense que je devrais pouvoir m'en sortir.

Il alla se placer sur la troisième base tandis que Brooke rejoignait E.J. près de la caméra. Lorsqu'elle regarda dans le viseur et vit Parks, elle sentit un nouveau frisson la parcourir.

— Tout va bien, Brooke ? lui demanda E.J., inquiet.

— Oui. Pas de problème. Tout le monde est prêt ? Moteur !

Tout se déroula à la perfection. Brooke aurait sans doute pu se contenter d'une prise mais elle la doubla pour plus de précautions. Chaque fois, Kinjinsky lançait la balle à Parks qui plongeait ou sautait pour la rattraper avant de la renvoyer vers Snyder en première base.

— Je crois que nous en avons plus qu'il ne nous en faut, déclara E.J. à la fin de la troisième prise.

— Oui, répondit Brooke en massant sa nuque douloureuse.

— Tu as vu la dernière balle ? Peu de joueurs seraient parvenus à la rattraper.

— Parks paraît s'être spécialisé dans les coups impossibles, acquiesça-t-elle.

— Tu es sûre que ça va ?

— Oui, mentit-elle de nouveau. Ce n'est rien…

Elle se tourna vers les trois joueurs qui discutaient non loin de l'endroit où se positionnait le lanceur. Une fois de plus, une sensation étrange l'envahit. Quelque chose chez Parks la troublait et il ne s'agissait pas seulement du désir qu'il lui inspirait d'ordinaire.

Elle essaya vainement de se convaincre qu'elle se faisait des idées, qu'elle était juste victime de la fatigue après une interminable journée de travail. Deux aspirines et une bonne nuit de sommeil l'aideraient peut-être à se remettre d'aplomb.

— Je vais y aller, annonça E.J. qui avait fini de superviser le rangement du matériel. Je dois repasser à la production et j'en profiterai pour déposer les bandes en salle de montage.

Brooke hocha la tête et se dirigea vers les trois joueurs de base-ball pour aller remercier Kinjinsky et Snyder. Comme elle approchait, elle entendit ce dernier suggérer de répandre des grenouilles sur le banc de touche de leurs prochains adversaires.

— Alors ? fit Parks. Tout s'est bien passé ?

— Parfaitement, répondit-elle en s'efforçant de dominer le malaise qu'il lui inspirait. Je voulais vous féliciter, tous les deux, ajouta-t-elle à l'intention de ses équipiers. Sans votre aide, nous aurions certainement perdu un temps précieux.

— Souvenez-vous de moi lorsque vous aurez besoin de quelqu'un pour vos publicités, répondit Snyder.

— C'est promis, George.

Parks attendit patiemment tandis que Brooke discutait avec ses amis. Il attendit que tous deux prennent congé et se dirigent vers les vestiaires avant de se tourner vers la jeune femme.

— Qu'est-ce qui ne va pas ? lui demanda-t-il gravement.

Brooke haussa les épaules.

— Qu'est-ce qui te fait croire que quelque chose

ne va pas ? répondit-elle en espérant ne pas trahir la nervosité qui l'habitait. Tout s'est bien passé et j'ai hâte de finir le montage de cette publicité. Ces deux spots devraient nous permettre de faire une pause. Je pense que le suivant ne sera pas tourné avant le mois de novembre.

Jetant un coup d'œil en direction de son équipe, elle constata que la plupart des techniciens étaient déjà partis. Sans trop savoir pourquoi, elle n'avait pas envie de rester seule avec Parks.

— Je vais devoir rentrer au bureau, lui dit-elle.

— Brooke, qu'est-ce qui te rend si nerveuse ?

— Je ne suis pas nerveuse ! s'exclama-t-elle d'un ton qui contredisait son affirmation.

Elle prit une profonde inspiration et s'efforça de recouvrer un semblant de calme.

— La journée a été longue et je suis fatiguée. C'est tout.

— Je ne suis pas convaincu, répliqua Parks.

— Fiche-moi la paix, lui dit-elle d'une voix tremblante.

Il comprit que les choses étaient plus graves encore qu'il ne l'avait imaginé : il n'était pas dans les habitudes de Brooke de perdre son sang-froid de cette façon. Lâchant le gant de base-ball qu'il tenait à la main, il la prit par les épaules.

— Brooke, nous pouvons parler ici ou trouver un endroit tranquille pour discuter de ce qui t'arrive. Mais je ne te laisserai pas partir sans savoir ce qui se passe.

Elle se dégagea brusquement et lui lança un regard noir.

— Je n'ai rien à dire, déclara-t-elle.

— Très bien, acquiesça-t-il. Dans ce cas, allons dîner. Ensuite, nous pourrons aller au cinéma.

— Je t'ai dit que j'avais encore du travail.

— Mais c'est un mensonge.

— Je n'ai pas besoin de mentir, rétorqua-t-elle durement. Il me suffit de te dire non.

— C'est exact, opina Parks. Mais puis-je au moins savoir pourquoi tu es en colère contre moi ?

Sa voix ne trahissait qu'une infinie patience mais, dans ses yeux, Brooke lisait un mélange d'exaspération et de désir.

— Je ne suis pas en colère contre toi ! s'exclama-t-elle, furieuse.

— Alors pourquoi est-ce que tu cries ?

— Je ne crie pas !

Parks ne prit pas la peine de répondre tant la mauvaise foi de la jeune femme était évidente. Brooke étouffa un juron, lui en voulant de la pousser ainsi dans ses derniers retranchements.

— J'ai peur d'être en train de tomber amoureuse de toi, déclara-t-elle enfin.

— Vraiment ? dit Parks en se rapprochant d'elle, le cœur battant à tout rompre.

Il savait combien cet aveu avait dû lui coûter et était presque surpris qu'elle ait trouvé le courage de le faire.

Brooke regarda autour d'elle, regrettant brusquement ce qu'elle venait de lui dire. Ils se trouvaient seuls, à présent. Seuls sur son territoire. Et son angoisse risquait à chaque instant de se muer en panique.

— Allons-nous-en, murmura-t-elle.

Parks lui emboîta le pas tandis qu'elle se dirigeait vers les vestiaires.

— Qu'est-ce qui te fait si peur ? lui demanda-t-il. Pourquoi une femme devrait-elle se sentir effrayée à l'idée de tomber amoureuse ?

— Parce que je sais parfaitement ce qui se passe ensuite, répondit Brooke en s'immobilisant pour lui faire face.

Ses yeux étaient si sombres qu'ils paraissaient presque noirs.

— Raconte-moi, l'encouragea-t-il.

— Si je tombe amoureuse, je serai incapable de réfléchir posément. Je perdrai toute prudence.

Elle passa nerveusement une main dans ses cheveux.

— Je donnerai sans compter et lorsque tout sera fini, je me retrouverai sans rien. C'est arrivé chaque fois que j'ai commis l'erreur d'aimer quelqu'un, ajouta-t-elle en songeant à ses parents adoptifs et à Clark. Et je ne tiens pas à réitérer l'expérience. Je suis désolée, Parks, j'ai vraiment essayé de profiter du bon temps que nous prenions ensemble. Mais je ne peux plus continuer.

Elle s'éloigna de lui et il remarqua qu'elle se dirigeait vers la troisième base. Sa base. Il décida que c'était un signe et comprit ce qui lui restait à faire. Lui emboîtant le pas, il se prépara à lutter pied à pied pour éviter qu'elle ne s'éloigne de lui.

— Ce n'est pas aussi simple, lui dit-il. Tu ne peux pas tirer un trait sur ce qui s'est passé entre nous.

Brooke l'observa attentivement et comprit qu'elle n'avait plus affaire à l'homme décontracté et plein d'humour. La lueur farouche qui brillait dans son regard lui prouvait s'il en était besoin que Parks était redevenu le gladiateur implacable qu'elle avait admiré tant de fois dans le stade.

— Pourquoi pas ? répliqua-t-elle durement.

— Parce que je ne te laisserai pas faire, répliqua-t-il en agrippant son chemisier pour l'attirer contre lui.

Brooke essaya vainement de se dégager. Elle se sentait terrifiée. Et ce n'était pas uniquement parce que Parks avait sur elle une supériorité physique évidente.

— Je ne veux plus sortir avec toi, déclara-t-elle. Si cela t'empêche de travailler avec moi, demande à Claire de choisir un autre réalisateur.

— Je n'ai aucun problème avec celui qui m'a été affecté, répondit-il posément. J'ai beaucoup de respect pour ton travail et c'est pour cela que je n'éprouve aucune difficulté à obéir à tes instructions. Mais je te l'ai dit : lorsque nous ne sommes pas sur le plateau, tu n'es plus la seule à prendre les décisions. Je ne te laisserai pas gâcher ce qu'il y a entre nous, Brooke. Tu peux essayer, bien sûr, mais je te préviens : je suis un adversaire tenace et je n'ai pas l'habitude de jouer pour perdre.

— Ce n'est pas du base-ball, Parks, protesta-t-elle.

— Peut-être pas, concéda-t-il. Au base-ball, on peut toujours compter sur ses équipiers pour compenser ses propres faiblesses. En amour, on est seul. Mais je ne me laisserai pas impressionner pour autant.

Il la regarda droit dans les yeux et elle sentit les battements de son cœur s'accélérer. Le sourire qui se dessinait sur ses lèvres était celui d'un prédateur s'apprêtant à fondre sur sa proie et elle savait qu'elle n'aurait probablement pas la force de lui résister.

— Moi aussi, je suis amoureux de toi, déclara-t-il avec assurance.

Il fallut plusieurs secondes pour que le sens de ces quelques mots pénètre l'esprit de la jeune femme. La tension qui l'habitait était à son comble et elle craignait à chaque instant de perdre tout contrôle et de fondre en larmes comme une enfant.

— Ne dis pas ça, murmura-t-elle.

— Pourquoi tairais-je ce que je ressens ?

— Ce n'est pas drôle, Parks ! protesta-t-elle.

— Non, c'est même très sérieux. Est-ce pour cela que tu as si peur ? Que crains-tu le plus ? D'aimer ou d'être aimée ?

Brooke secoua la tête. Elle s'était toujours efforcée de ne pas franchir cette ligne de démarcation qui séparait une aventure plaisante d'une liaison amoureuse. Les hommes avec lesquels elle était sortie avaient tous respecté cet accord tacite. Mais Parks n'était pas comme les autres. Et cela la terrifiait.

— Je ne pourrais pas te dire quand c'est arrivé exactement, reprit-il d'une voix pensive. Il n'y a eu ni coup de tonnerre, ni cloches, ni violons… Je ne peux pas non plus prétendre que je ne l'ai pas vu venir. Je savais que cela risquait d'arriver, tôt ou tard. Mais je n'ai rien fait pour l'empêcher. Et si c'était à refaire, je recommencerais. Alors il est trop tard pour lutter contre l'évidence, Brooke.

Sur ce, il se pencha vers elle et l'embrassa. Son baiser ne trahissait aucune urgence, aucune impatience. Il exprimait une passion profonde, la conviction inébranlable que tous deux étaient faits l'un pour l'autre et que rien ni personne ne pourrait s'interposer entre eux. C'était comme si Parks savait qu'il n'existait pour elle aucune échappatoire.

Bien sûr, elle aurait pu se battre, tenter par tous les moyens de le repousser. Mais elle comprit qu'il avait raison : il était déjà trop tard. L'amour de Parks l'enveloppait tout entière. Ce sentiment s'était glissé au plus profond d'elle-même sans même qu'elle s'en aperçoive. Il lui communiquait une exaltante sensation de richesse et de liberté.

Elle était aimée.

Parks sentit la transformation qui s'opérait en elle et s'arracha à ses lèvres. Il savait qu'il ne la conquerrait pas par la passion. D'ailleurs, il avait depuis longtemps dépassé ce stade de leur relation. Il voulait plus, beaucoup plus.

Lorsqu'elle passa ses bras autour de sa taille et nicha son visage contre sa poitrine, il comprit qu'il avait encore une chance de l'obtenir. A force de patience et de volonté, il était parvenu à gagner la confiance de Brooke. Et, sur ces fondations solides, il parviendrait peut-être à bâtir le couple dont il rêvait.

— Redis-le-moi, murmura-t-elle. Redis-le-moi encore une fois.

Il la serra contre lui, caressant tendrement ses cheveux plus doux que la soie.

— Je t'aime, murmura-t-il.

Brooke poussa un petit soupir et leva les yeux vers lui, le cœur battant. Pour la première fois depuis de longues années, elle était sur le point de franchir la ligne. Dans les yeux de Parks, elle puisa la douceur et l'assurance qui lui donnèrent la force de le faire.

— Moi aussi, je t'aime, lui avoua-t-elle d'une voix tremblante.

Puis elle posa ses mains sur les joues de Parks et se dressa sur la pointe des pieds pour sceller cette confession d'un baiser gorgé de promesses.

Chapitre 10

Partout, les vestiaires avaient exactement la même odeur. Une odeur de sueur, de baume contre la douleur, de talc et de café. Cette senteur si particulière faisait partie intégrante de la vie de Parks et il ne la remarquait même plus. Par contre, il percevait distinctement la tension qui alourdissait l'atmosphère.

Même les blagues vaseuses de Snyder ne parvenaient pas à la dissiper, cet après-midi-là. Car chacun des membres de l'équipe savait que le moment de vérité était arrivé. Les heures qu'ils avaient passées à s'entraîner, à travailler, à regarder des bandes vidéo, à affronter les meilleures formations du pays les avaient menés jusque-là.

Evidemment, si la chance avait été avec eux, ils seraient parvenus à oublier la fatigue, la nervosité, l'angoisse. Mais les Kings étaient sur le point d'affronter les Hérons lors de la finale tant espérée et redoutée. Et les deux derniers matchs qu'ils avaient disputés contre cette équipe s'étaient soldés par de cuisants échecs.

Ils avaient pourtant réussi autant de coups de batte que leurs adversaires. Mais ceux-ci avaient réussi à transformer les leurs en points alors que les Kings jouaient de malchance. S'ils voulaient l'emporter aujourd'hui, il leur faudrait produire leur meilleur jeu et ne commettre aucune erreur.

Quel que soit le résultat final, songea Parks, dans quelques heures, la saison prendrait fin et tous les joueurs se retrouveraient en vacances d'hiver. Snyder irait probablement pêcher en Floride, comme il le faisait chaque année. Kinjinsky partirait pour Puerto Rico où il participait régulièrement aux jeux d'hiver. Maizor, le nouveau lanceur, apprendrait le dur métier de père puisque sa femme devait accoucher au mois de novembre.

Certains participeraient à des campagnes de promotion pour le base-ball, d'autres seraient payés par leurs sponsors pour promouvoir leurs lignes de produits, d'autres encore entraîneraient des équipes de cadets.

Parks, quant à lui, tournerait de nouvelles publicités. Cette perspective ne le déprimait plus autant que lorsqu'il avait débuté. En fait, il s'était pris au jeu et commençait à apprécier le métier d'acteur. Il se demandait même très sérieusement s'il n'allait pas accepter le petit rôle dont Claire lui avait parlé.

Bien sûr, ce serait probablement Brooke qui le dirigerait. Et, s'il s'habituait à obéir à ses ordres, il éprouvait toujours un certain malaise en constatant la facilité avec laquelle elle paraissait lire en lui lorsqu'il se trouvait devant sa caméra. Elle paraissait si froide et si détachée, alors, comme s'il n'était qu'une matière première qu'elle s'apprêtait à modeler à sa convenance.

Force était de reconnaître qu'il n'avait pas choisi la femme la plus facile à aimer. Mais il n'y pouvait rien : chaque jour, il était un peu plus convaincu que Brooke était faite pour lui. Et il était plus décidé que jamais à la conquérir et à la garder.

Pourtant, il savait que ce pari était encore loin d'être gagné. Certes, elle l'aimait. Mais il sentait toujours en elle une certaine méfiance, comme si elle s'apprêtait à chaque instant à reprendre de la distance. Elle ne lui faisait toujours pas entièrement confiance.

Il ne lui en voulait pas, d'ailleurs. Tous deux étaient des battants : ils avaient toujours lutté pour survivre et se tailler une place dans un monde compétitif. Ils savaient qu'il existait peu de gens à qui ils puissent vraiment se fier. Il n'y avait dès lors rien d'étonnant à ce qu'ils fassent preuve de circonspection dans leur relation.

Par contre, il se sentait un peu vexé qu'elle n'ait pas repoussé son voyage à New York pour venir le soutenir ce jour-là. Lorsqu'il avait insisté, elle lui avait répondu froidement que son travail passait avant ses préoccupations personnelles.

Cela, il pouvait le comprendre. Mais il savait que rien ne la forçait à partir précisément le jour de la finale et regrettait qu'elle ne soit pas là pour le soutenir et l'encourager. Il aurait voulu savoir qu'il lui suffirait de lever les yeux vers les tribunes pour la voir et puiser en elle un peu de courage et de force. Il aurait voulu qu'elle soit là pour fêter la victoire avec lui ou le consoler en cas de défaite.

C'était peut-être égoïste de sa part mais il estimait qu'il ne s'agissait pas d'une exigence démesurée.

Réprimant un soupir, Parks alla chercher sa batte et son gant. Brooke lui avait dit que les choses ne seraient pas faciles. Pendant des années, elle avait lutté de toutes ses forces pour préserver son autonomie et se prouver qu'elle n'avait besoin de personne. Il lui était donc difficile de changer du tout au tout du jour au lendemain.

Elle lui avait souvent répété que sa vie lui avait appris à se méfier des autres. Parks lui avait demandé ce qu'elle voulait dire par là mais elle avait refusé de s'étendre sur les circonstances précises qui l'avaient conduite à cet état d'esprit.

Cette réserve agaçait Parks qui y voyait un signe de plus de défiance. Il en voulait à Brooke de ne pas partager avec lui ce passé qui paraissait l'avoir tant marquée. Il aurait parfois voulu la secouer jusqu'à ce qu'elle comprenne qu'il n'était pas son ennemi, qu'elle pouvait se fier à lui. Mais cela n'aurait sans doute pas été très productif.

Ce n'était pas le seul reproche qu'il faisait à Brooke, d'ailleurs. Il n'aimait pas plus l'ambiguïté à laquelle elle avait recours chaque fois qu'il faisait allusion à leur avenir. Et, même s'il s'était effectivement installé chez elle, elle refusait d'entériner cette vie commune. Pour elle, cette maison était toujours la sienne. Il n'y était que toléré.

Ainsi, tout en habitant ensemble, ils ne *vivaient* pas réellement ensemble. Et si cette situation paraissait rassurer Brooke, elle ne faisait qu'ajouter au désarroi de Parks. Il ne savait plus vraiment quoi faire pour lui prouver qu'il était là pour rester, pour percer cette dernière muraille dont elle continuait à s'entourer.

Il se demandait même parfois s'il aurait la patience d'attendre qu'elle veuille bien reconnaître l'évidence.

Réprimant un juron, Parks glissa son gant dans la poche arrière de son pantalon.

— Jones ! On y va ! s'exclama l'entraîneur.

— Je viens, répondit-il.

Chassant le visage de Brooke de son esprit, il se rappela qu'il lui restait un match à disputer et que ce serait probablement l'un des plus importants de sa carrière. Il ne pouvait s'offrir le luxe de laisser ses pensées vagabonder de la sorte.

Tout en pestant allègrement contre les autres conducteurs, Brooke cherchait une place disponible sur le parking du stade.

— Je savais que nous aurions dû partir plus tôt ! s'exclama-t-elle rageusement.

E.J. cessa de chantonner et se tourna vers elle.

— Il reste encore un quart d'heure avant le début du match, lui rappela-t-il.

— Peut-être. Mais je te rappelle que c'est moi qui t'ai offert ce billet. Tu aurais quand même pu être prêt à temps quand je suis passée te chercher. Ah ! En voilà une !

Brooke s'engagea à toute vitesse entre deux voitures et freina sèchement pour immobiliser son propre véhicule.

— C'est bon, E.J., tu peux ouvrir les yeux, lui dit-elle.

Il s'exécuta et constata avec soulagement qu'il était toujours vivant.

— Comment sommes-nous censés descendre ? demanda-t-il en désignant les deux voitures qui les entouraient.

— Il y a assez de place de mon côté, répondit Brooke en ouvrant sa portière. Tu n'auras qu'à passer par là.

E.J. soupira et attendit patiemment qu'elle se soit

faufilée dehors pour l'imiter, ce qui nécessita un certain nombre de savantes contorsions.

— Dépêche-toi ! s'exclama Brooke. Je ne veux pas rater leur entrée sur le terrain.

— C'est très étrange, ironisa E.J. Ton intérêt pour le base-ball semble avoir sensiblement augmenté, ces derniers temps. Je me demande bien pourquoi…

— C'est un sport passionnant.

— C'était le cas avant que tu ne rencontres Parks, tu sais.

— Fais attention, E.J. C'est toujours moi qui ai ton billet. Je pourrais très bien décider de le donner à quelqu'un d'autre.

— Allons, Brooke ! Pas la peine de faire des cachotteries. Je lis les journaux, tu sais…

Brooke fronça les sourcils. Plusieurs photographies de Parks et elle étaient effectivement parues dans les magazines consacrés à la vie des célébrités. Il y avait également eu un ou deux articles concernant leur liaison dans les pages des journaux sportifs. Cela n'avait rien d'étonnant, d'ailleurs : un champion de base-ball et une réalisatrice en vogue formaient une cible idéale pour les paparazzi.

— J'ai même lu quelque part que Parks allait peut-être se consacrer sérieusement au cinéma, ajouta E.J.

— C'est possible, admit-elle. Claire lui a proposé un rôle dans un téléfilm. Il s'agit d'un personnage secondaire mais il est assez intéressant. Je ne sais pas s'il compte vraiment accepter. Pour le moment, le plus important, c'est cette finale.

— Seulement la finale ? ironisa E.J. avec un sourire égrillard.

— Ton billet, E.J., lui rappela-t-elle.

— Tu sais, poursuivit-il sans se laisser intimider par ses menaces, je me suis toujours demandé si quelqu'un parviendrait à transpercer ta carapace.

— Vraiment ? fit Brooke, amusée. Et crois-tu que quelqu'un y soit parvenu ?

— Il suffit de vous voir ensemble pour comprendre qu'il y a de l'électricité dans l'air ! D'ailleurs, je me demandais si en tant qu'ami et principal collaborateur, je ne devrais pas m'enquérir des intentions de ce M. Jones.

— Si tu t'avises de faire une chose pareille, je réduirai personnellement tous tes objectifs en miettes, répondit Brooke en tendant leurs billets à l'employé chargé de les collecter.

Ils pénétrèrent dans le stade et se frayèrent un chemin jusqu'à leurs sièges.

— Commande-moi un hot dog, demanda Brooke.

E.J. fit signe à l'une des vendeuses.

— Que veux-tu comme garniture ?

— Tout ce qu'ils ont. J'ai une faim de loup.

E.J. acheta deux hot dogs ainsi que des boissons fraîches.

— Dis-moi, Brooke, reprit-il lorsqu'il eut payé la vendeuse, entre amis, est-ce que c'est sérieux, votre histoire ?

— Tu ne laisses jamais tomber, toi !

— Jamais. D'autant que tu ne peux plus me menacer de me priver de mon billet.

Brooke soupira et le regarda attentivement. Le sourire qu'il arborait n'était plus celui du farceur. Il paraissait réellement se faire du souci pour elle.

— Je suis amoureuse de lui, avoua-t-elle. Je suppose donc que c'est assez sérieux.

— C'est le moins qu'on puisse dire ! s'exclama E.J. Alors quel effet ça te fait ?

— Eh bien… J'ai parfois l'impression d'être en train de marcher au bord d'une falaise les yeux bandés. Je me demande si c'est normal.

— Je n'en ai aucune idée, avoua son ami en riant. Je n'ai pas la moindre expérience en la matière.

— Tu n'as jamais été amoureux ? s'étonna Brooke. Toi qui passes ton temps à courir après les filles ?

— Justement, pourquoi crois-tu que je continue ? J'espère toujours que je vais finir par trouver la bonne !

— Je ne sais pas si tu t'y prends vraiment de la meilleure façon, objecta Brooke en riant. Maintenant tais-toi, ils vont annoncer la composition des deux équipes.

Mais, tandis que le présentateur lisait la feuille de match des Kings et des Hérons, Brooke ne put s'empêcher de réfléchir à ce dont E.J. et elle venaient de parler. Cela faisait des années qu'elle n'avait pas été amoureuse. Et elle n'avait rien fait pour que cela change.

Depuis qu'elle avait mis des mots sur ses sentiments, elle essayait tant bien que mal d'adapter sa vie à cette nouvelle réalité. Mais elle manquait de repères et n'était pas certaine de s'y prendre de la bonne façon.

— En troisième base et quatrième à la batte, le numéro vingt-neuf, Parks Jones ! annonça alors l'animateur.

La foule déjà enthousiaste laissa échapper un hurlement retentissant qui résonna dans le stade. Parks traversa le terrain à petites foulées et alla se positionner près de Snyder. Il laissa errer son regard sur le public qui l'acclamait et aperçut alors Brooke. La surprise qui se peignit sur son visage fut bientôt remplacée par un sourire réjoui et il porta la main à la visière de sa casquette pour lui signaler qu'il l'avait repérée.

— Aujourd'hui, je suis bien décidé à réussir plus de coups de batte que toi, déclara Snyder. Comme cela, Brooke réalisera qu'elle a commis une erreur en te choisissant toi.

— Je ne pensais pas qu'elle viendrait, murmura Parks, toujours sous le coup de la surprise. Bon sang, cette fois c'est décidé ! Je vais l'épouser.

— Çà alors ! s'exclama Snyder, sidéré. C'est donc si sérieux que ça ?

— Oh, oui, murmura Parks tandis que les deux joueurs serraient la main de leurs adversaires.

— Il prépare quelque chose, murmura Brooke en avisant le regard étrange que lui lançait Parks.

Malgré la distance qui les séparait, elle avait senti son changement d'humeur aussi distinctement que si elle s'était trouvée juste à son côté.

— Qu'est-ce que tu dis ? demanda E.J.

— Rien, éluda-t-elle.

Les joueurs avaient fini de se serrer la main. Un chanteur de blues très connu s'avança sur la pelouse pour interpréter l'hymne national. Les deux équipes se découvrirent et un profond silence s'abattit sur le stade tandis que les premières notes retentissaient.

La tension qui régnait dans les tribunes était presque palpable. Brooke la sentait vibrer dans l'air frais de ce mois d'octobre. Elle atteignit son paroxysme alors que l'hymne s'achevait. Un concert de cris et d'applaudissements se fit entendre tandis que les deux équipes se mettaient en position. Les commentateurs avaient coutume de dire que la finale du championnat de base-ball constituait l'événement sportif par excellence. Pour les équipes en lice, c'était l'épreuve ultime et elle demandait un engagement collectif et personnel total.

Ce match ne fit pas exception à la règle. Dès les premières manches, les Kings et les Hérons se jetèrent dans la bataille et redoublèrent d'audace. Ni les coureurs ni les joueurs de champ ne ménagèrent leurs efforts et le public eut droit à une véritable démonstration technique qui déchaîna son enthousiasme.

A la fin de la quatrième manche, les deux équipes étaient à égalité. Brooke avait observé attentivement le jeu de Parks et son admiration n'avait fait que croître. Sa concentration et sa détermination étaient impressionnantes. Il se battait pour toutes les balles, refusant de s'avouer vaincu. Lorsque ce fut de nouveau son tour de batte, la jeune femme se pencha en avant, le cœur battant.

Parks se plaça sur le marbre et prit une profonde inspiration, s'efforçant de faire abstraction des cris de la foule et de retrouver le calme intérieur. Il jeta un coup d'œil à Brooke qui l'observait attentivement et sentit sa nervosité refluer.

Snyder se trouvait déjà sur la première base. Pour lui permettre de progresser, il allait donc falloir que Parks propulse sa balle le plus loin possible.

Parks se mit en position et regarda le lanceur droit dans les yeux. D'un geste vif, il se détendit et la batte entra en contact avec la balle. Un claquement sec se fit entendre et Parks ne prit pas la peine de vérifier dans quelle direction elle partait. Sans réfléchir, il se précipita vers la première base…

La foule fit entendre un hurlement de joie et un tonnerre d'applaudissements.

Brooke sentit E.J. la prendre dans ses bras et l'entraîner dans une petite valse improvisée.

— Il est génial ! s'exclama-t-il. Il est tout simplement génial !

Brooke ne put qu'acquiescer. En voyant Parks marquer ce point, elle avait senti une fierté immense l'envahir. C'était absurde, bien sûr. Après tout, cette victoire n'appartenait qu'à lui et elle n'y avait pris aucune part. Mais c'était plus fort qu'elle.

Parks massa ses côtes douloureuses. Le genou du receveur avait violemment percuté sa poitrine et il avait presque du mal à respirer. Priant pour qu'il ne s'agisse que d'une simple contusion, il se dirigea vers le banc de touche. Au passage, il jeta un coup d'œil en direction de Brooke. La jeune femme lui décocha un sourire radieux qui le réconforta quelque peu.

Fort heureusement, la blessure de Parks s'avéra être superficielle et il put reprendre sa position en troisième base dès la manche suivante.

Parks avait été copieusement arrosé de champagne. Le vin avait en partie fait disparaître les traces de sueur et de boue qui lui maculaient le visage. Il n'était d'ailleurs pas le seul à avoir pris une telle douche.

Snyder s'était positionné au-dessus de la porte des vestiaires et déversait des bouteilles de champagne sur tous ceux qui osaient pénétrer à l'intérieur, qu'il s'agisse des joueurs, des journalistes ou des huiles de la ligue nationale de base-ball.

Comme Parks opérait une retraite prudente, trois joueurs des Kings se jetèrent sur lui et le propulsèrent tout habillé dans le Jacuzzi. Faisant contre mauvaise fortune bon cœur, il se débarrassa de son T-shirt et décida de profiter de l'eau chaude qui calmait les crampes et les courbatures qui le faisaient souffrir.

C'est là que les journalistes vinrent l'interviewer tandis qu'il sirotait tranquillement une bouteille de champagne glacé. Il répondit à leurs questions jusqu'à ce que Snyder soit à son tour projeté dans le Jacuzzi. Il se mit à plaisanter avec les reporters sportifs, livrant des commentaires très personnels sur la saison qui venait de s'écouler.

Parks en profita pour fermer les yeux. Il savoura rétrospectivement l'instant de leur victoire. Les souvenirs de ce moment étaient gravés dans son esprit et il conservait une image très précise de ce qui s'était passé. Il revit le reflet du soleil sur le toit des tribunes, se rappela les cris des supporters et ceux de ses coéquipiers, se souvint de la façon dont il avait cherché Brooke des yeux.

Lorsque leurs regards s'étaient croisés, il avait senti une grande sérénité s'emparer de lui. Il avait songé alors que son triomphe paraissait bien futile au regard de la relation que tous deux avaient nouée au cours des mois précédents. Lorsqu'elle lui avait parlé, il avait été frappé par la tendresse et la douceur qui émanaient d'elle.

Et lorsqu'ils s'étaient embrassés, il avait compris qu'il ne pourrait plus jamais se passer d'elle. A présent, il était bien décidé à lui prouver que tous deux étaient faits l'un pour l'autre.

Malheureusement, il lui fallut patienter durant plus de deux heures, le temps que les reporters se décident enfin à quitter les vestiaires. La tension nerveuse des joueurs commençait à se dissiper et les manifestations de joie se faisaient moins intenses.

Progressivement, elles étaient remplacées par un calme qui se teintait d'une certaine nostalgie à mesure qu'ils réalisaient que la victoire était déjà derrière eux. La saison prenait fin et avec elle disparaîtraient tous les moments qui constituaient le quotidien des Kings : les entraînements journaliers, les voyages en avion à l'autre bout du pays, les parties de poker improvisées dans les hôtels, les fêtes organisées pour célébrer leur succès...

La vie des joueurs de base-ball était toujours centrée sur la prochaine rencontre, le prochain match à disputer. C'était cette perpétuelle succession de défis à relever qui donnait un sens à leur existence. A présent, il leur faudrait attendre plusieurs mois pour retrouver cette exaltation.

La plupart d'entre eux discutaient à mi-voix, cherchant à prolonger encore un peu la magie de cette journée, à retarder l'instant où ils retrouveraient la banalité déprimante du quotidien.

Parks avisa le regard mélancolique de leur plus jeune recrue qui n'avait toujours pas retiré son gant, comme si la simple idée de s'en séparer lui était insupportable. Il se sentit vieux, brusquement, et réalisa qu'il n'était plus aussi attaché qu'autrefois à cette existence étrange qu'il avait si longtemps considérée comme la seule digne d'être vécue.

Peut-être était-ce parce qu'il avait découvert auprès de Brooke qu'il y avait dans la vie des victoires bien plus importantes que celles que l'on pouvait remporter sur un terrain de base-ball.

— Comment vont tes côtes ? lui demanda Kinjinsky, le tirant brusquement de ses pensées.

— Je m'en remettrai, répondit Parks sans quitter des yeux le benjamin de l'équipe.

— Quand je pense que ce gosse est à peine en âge de boire de l'alcool, soupira son ami. J'ai déjà l'impression d'être un dinosaure !

— A qui le dis-tu !, répliqua Parks en riant.

— On se voit au printemps prochain, Jones. Ma femme m'attend.

Parks hocha la tête, espérant de tout son cœur qu'il pourrait un jour en dire autant. Mais il savait qu'il ne serait pas aisé de convaincre Brooke du bien-fondé de sa proposition.

S'emparant de son sac, il se dirigea vers la porte qui conduisait au parking. Là, il fut rejoint par Snyder qui venait enfin de se changer.

— Dis donc, Jones, fit-il. Tu comptes vraiment l'épouser ?

— Disons que je ferai tout ce qui est en mon pouvoir pour la persuader d'accepter, répondit Parks.

Snyder hocha gravement la tête.

— Appelle-moi dès que vous aurez fixé une date. Je serai ton témoin.

Parks sourit et serra la main que lui tendait son coéquipier.

— Tu peux y compter, George, promit-il.

Sur ce, il quitta les vestiaires pour la dernière fois de l'année et se prépara à prendre le chemin de la maison de Brooke. Mais quelques fans l'attendaient à la sortie et il dut encore prendre le temps de signer des autographes et de s'entretenir avec eux.

Tout en signant les casquettes, les maillots et les posters qu'on lui tendait, il décida d'acheter une bouteille de champagne en chemin pour fêter dignement sa victoire et, si les dieux étaient avec lui, la perspective de son prochain mariage.

Lorsqu'il parvint enfin à prendre congé de ses admirateurs, il se dirigea vers son véhicule. C'est alors qu'il la vit. Elle était assise sur le capot de sa voiture et ses cheveux roux brillaient à la lueur du soleil couchant. Avisant le sourire qui jouait sur ses lèvres délicieuses, il sentit son cœur déborder de l'amour qu'il éprouvait pour elle.

Le cœur battant à tout rompre, il se força à réprimer l'envie qu'il avait de courir vers elle et la rejoignit.

— Si j'avais su que tu étais là, je serais sorti plus tôt, lui dit-il.

— J'ai laissé ma voiture à E.J., expliqua-t-elle en posant doucement ses mains sur ses épaules. Mais je ne regrette vraiment pas d'avoir attendu. Félicitations, Parks.

Se penchant vers lui, elle l'embrassa tendrement. Parks lâcha son sac, plongea ses mains dans les cheveux soyeux de Brooke et lui rendit son baiser avec passion. L'intensité du désir qu'il éveilla en lui le prit de court. Il éclipsait la fatigue du match comme la nervosité qu'il éprouvait à l'idée de demander Brooke en mariage.

Plus rien ne semblait exister en dehors de ce besoin impérieux qu'il avait d'elle et qui se communiquait à chaque fibre de son être. La violence de cette sensation lui faisait presque peur. Se pouvait-il qu'il soit devenu l'esclave de cet amour qui grandissait chaque jour dans son cœur ?

Et s'il était incapable de le dominer et de prendre de la distance, comment pouvait-il espérer survivre au cas où Brooke refuserait d'unir son destin au sien ?

Effrayé par cette idée, il se dégagea doucement et la regarda droit dans les yeux.

— Je t'aime, lui dit-il.

Brooke ne répondit pas, se contentant de poser doucement sa joue contre sa poitrine et de se serrer contre lui. Elle inspira profondément l'odeur de savon et d'after-shave qui émanait de lui. Cette fragrance si masculine la faisait se sentir terriblement femme.

— J'imagine que tu es trop fatigué pour célébrer ta victoire, lui dit-elle enfin.

— Certainement pas !

— Tant mieux. Dans ce cas, je t'invite à dîner. Tu dois être affamé.

Parks réalisa que tel était effectivement le cas. Jusqu'à présent, il avait été bien trop tendu pour s'en rendre compte.

— Où m'emmènes-tu ? demanda-t-il.

— C'est toi qui choisis. Sans aucune limitation de budget.

— D'accord, acquiesça Parks en souriant. Dans ce cas, je sais exactement où je voudrais aller.

— J'aurais dû savoir que tu choisirais un endroit pareil, soupira Brooke en contemplant d'un air désolé le fast-food où Parks les avait conduits. Tu as un penchant incorrigible pour la malbouffe.

— Comment peux-tu dire une chose pareille ? protesta Parks en lui montrant son hamburger. De la salade, des cornichons, des tomates et du bœuf ! Qu'y a-t-il de plus naturel ?

— Si tu crois vraiment ce qui est marqué sur la nappe en papier, tu es plus naïf que je ne l'imaginais, railla Brooke.

— Et toi, tu es une incorrigible cynique.

— Je te préviens : si tu m'insultes, je ne te lirai pas la page des sports, répliqua la jeune femme en désignant le journal qu'elle venait d'acheter. Et tu ne sauras jamais ce que les journalistes ont pensé de ta merveilleuse prestation.

Parks hocha les épaules, songeant qu'en cet instant, c'était bien la dernière de ses préoccupations. Malgré cela, Brooke ouvrit le journal et commença à le feuilleter.

— Ah, nous y voici…

Elle s'arrêta brusquement et fronça les sourcils.

— Qu'y a-t-il ? demanda Parks, étonné.

Se penchant par-dessus son épaule, il découvrit les deux photographies qui illustraient la rubrique sportive. La première illustrait la façon improbable dont il avait rattrapé la balle dans les tribunes. L'autre le montrait en train d'embrasser Brooke, juste après le match. Le titre qui barrait la page proclamait :

« JONES FAIT COUP DOUBLE ».

Parks étudia attentivement l'article, relevant les éloges qui étaient adressés aux Kings aussi bien que les critiques.

— « Et Jones a conclu cette palpitante rencontre en rattrapant in extremis une balle très longue d'Hennesey, lut Parks, réalisant sans doute le plus beau geste de cet après-midi. Quelques minutes plus tard, il recevait une belle récompense de Brooke Gordon, la séduisante réalisatrice qui l'a dirigé lors du tournage de la récente campagne de publicité De Marco et avec laquelle Jones a déjà été vu à plusieurs reprises. »

— Je déteste ça, déclara Brooke avec une véhémence qui étonna Parks.

— Quoi donc ? demanda-t-il.

— Voir ma photo étalée de cette façon et faire l'objet de telles rumeurs. Et ce n'est pas la première fois que cela nous arrive : le *Times* a publié un article sur nous, il y a deux jours.

— Oui, je l'ai lu. Mais je ne vois pas pourquoi tu te plains : le journaliste disait que tu semblais tout droit sortie d'une peinture du Titien.

— Ce n'est pas drôle, protesta Brooke.

— Ce n'est pas tragique non plus…

— Ils devraient se mêler de ce qui les regarde au lieu de spéculer sur notre vie privée.

Parks la regarda attentivement avant de répondre.

— N'est-ce pas toi qui m'as dit un jour que j'appartenais à mon public ?

— Toi, peut-être, concéda-t-elle. Cela fait partie de l'existence que tu as choisie lorsque tu as décidé de devenir joueur de base-ball professionnel. Mais ce n'est pas mon cas. Je préfère être derrière l'objectif que devant !

— J'ai bien peur que, dans ce cas précis, tu ne sois victime de tes fréquentations, plaisanta Parks. Au moins, les spéculations des journalistes reflètent la réalité, pour une fois. Nous sortons ensemble et tu ressembles bien à une peinture du Titien.

— Je suis sérieuse, Parks, objecta Brooke. Je reconnais que j'ai toujours été un peu paranoïaque en ce qui concernait ma vie privée. Mais il n'y a pas que cela. Ce que nous vivons est trop important pour que nous le partagions avec tous les lecteurs de ces journaux.

— Ça, c'est gentil, répondit Parks, touché par sa remarque.

Il se pencha vers elle et lui prit doucement la main pour la porter à ses lèvres.

— Je ne veux pas que nous nous cachions comme si nous étions coupables de quoi que ce soit, reprit Brooke. Mais je n'ai aucune envie que le moindre de nos rendez-vous fasse les gros titres du journal du soir.

Parks hocha la tête, réalisant qu'il tenait peut-être l'occasion rêvée d'aborder le sujet qui lui brûlait les lèvres depuis qu'il l'avait retrouvée sur le parking du stade.

— Tu sais, lui dit-il, les aventures sont toujours très commentées. Ainsi que les divorces…

— Et cela ne s'arrangera pas si nous tournons de nouvelles publicités pour De Marco ou si tu acceptes le rôle dont Claire t'a parlé. Plus tu seras célèbre et plus les journalistes se passionneront pour ta vie privée. Cela me rend folle !

— Je pourrais rompre le contrat qui me lie à De Marco.

— Il n'en est pas question ! protesta vivement Brooke. Tu ne vas pas compromettre ta réputation à cause de ces sangsues.

— Je me doutais que tu dirais cela. Mais il y a peut-être une autre solution…

— Laquelle ? demanda Brooke, curieuse.

— Nous pourrions nous marier. Tu es sûre que tu ne veux pas un peu de sel sur tes frites ?

Brooke le contempla fixement, incapable de croire à ce qu'elle venait d'entendre.

— Qu'est-ce que tu as dit ? parvint-elle enfin à articuler.

— Je t'ai demandé si tu voulais du sel, répondit Parks en lui tendant un sachet. Je t'ai aussi proposé que nous nous mariions.

— Toi et moi ? balbutia Brooke.

— Oui, pourquoi pas ? Les couples mariés n'intéressent pas autant les journalistes que les amants. Je suppose que c'est dans la nature humaine.

Parks repoussa les restes de son sandwich et se pencha vers Brooke.

— Alors ? Qu'en penses-tu ? lui demanda-t-il.

— Je pense que tu es complètement fou. Et je ne trouve pas cela drôle du tout.

Elle fit mine de se lever pour quitter le restaurant mais Parks la retint par le bras.

— Je ne plaisante pas, déclara-t-il.

— Tu serais vraiment prêt à m'épouser juste pour éviter que notre photo apparaisse dans le journal ?

— Personnellement, je me moque complètement de ce genre d'articles.

— Et tu penses vraiment que j'accepterais de me marier pour une raison aussi futile ?

— Pas du tout, soupira Parks. Je veux t'épouser parce que je t'aime et parce que je suis certain de vouloir passer le reste de ma vie avec toi.

Brooke resta sans voix. Jamais elle n'aurait imaginé

que Parks puisse vouloir s'engager de façon aussi radicale. Bien sûr, elle savait que leur relation finirait par évoluer et qu'il serait peut-être un jour question de mariage. Mais cette échéance lui avait toujours paru si lointaine qu'elle ne s'était jamais imaginé lier son destin à celui de Parks de façon aussi irrémédiable.

— Tu n'es pas obligée de me répondre maintenant, reprit ce dernier d'un ton amusé. De toute façon, tôt ou tard, tu finiras par accepter.

— Vraiment ? répliqua-t-elle, agacée par l'assurance dont il faisait preuve. Et qu'est-ce qui te fait croire que j'aurai envie d'épouser quelqu'un comme toi ?

Parks lui jeta un regard malicieux.

— Je suis assez décidé pour deux, répliqua-t-il avec un sourire charmant.

— Ah oui ? Et tu t'imagines peut-être que c'est suffisant ?

— Pour moi, oui.

Brooke croisa les bras sur sa poitrine et lui décocha un coup d'œil réprobateur.

— Tu sais qu'un consentement ne suffit pas ? Il en faut deux pour qu'un mariage soit reconnu comme valable.

— Je n'aurai qu'à te tordre le bras jusqu'à ce que tu donnes le tien.

Brooke le considéra avec méfiance. Elle savait parfaitement que, malgré ses boutades, il était terriblement sérieux et qu'il ferait tout pour la persuader d'accepter sa proposition. Loin de la mettre en colère, cette idée éveillait en elle un mélange d'excitation et de joie. Mais elle était bien décidée à ne pas lui faciliter les choses pour autant.

— Je pense que le fait d'avoir remporté la finale

t'est monté à la tête, Parks, déclara-t-elle posément. Il te faudra plus que des menaces pour me convaincre.

— Très bien. Que veux-tu ? De la musique douce ? Des lumières tamisées ? Une bouteille de champagne ? A vrai dire, c'est exactement ce que j'avais en tête pour ce soir. Mais tu n'es pas le genre de femme à te laisser influencer par une telle mise en scène. Après tout, tu es réalisatrice…

— Alors laisse-moi diriger la scène. Tu connais tes motivations. Cette fois, tâche de formuler ta proposition avec un peu plus de finesse et de sentiments. Demande et n'ordonne pas.

Parks sourit et lui prit doucement les mains, réalisant qu'elle n'était peut-être pas aussi résolument opposée à ses projets qu'il l'avait imaginé au départ.

— Brooke, fit-il en portant ses doigts à ses lèvres, me feras-tu la joie et l'honneur de devenir ma femme ? Alors ? ajouta-t-il. C'était mieux ?

— Un peu exagéré, peut-être, répondit-elle en riant. Mais ça fera l'affaire.

Chapitre 11

Brooke contempla son reflet dans le miroir en pied et sentit une vague de panique la submerger brusquement. Qu'était-elle donc en train de faire ? Comment sa vie avait-elle pu changer si brusquement ? Six mois plus tôt, elle n'avait jamais entendu parler de Parks Jones. Et voilà que, dans moins d'une heure, elle deviendrait sa femme. Ils se promettraient l'un à l'autre, se jureraient amour et fidélité pour le reste de leur vie.

Elle se demanda si elle ne ferait pas mieux de fuir pendant qu'il en était encore temps. C'était certainement la seule façon de recouvrer un semblant de contrôle sur son existence.

— Cessez de gigoter comme cela, mademoiselle Gordon ! protesta Billings. J'ai encore une bonne dizaine de boutons à accrocher.

Brooke contempla la robe de satin couleur ivoire qu'elle portait. Elle était magnifique et mettait parfaitement en valeur sa silhouette. Mais le simple fait de se voir habillée en mariée lui paraissait complètement surréaliste.

— Tenez-vous tranquille, insista Billings.

— Je crois que je vais être malade, murmura Brooke.

Billings leva les yeux et observa le visage de la jeune femme qui se reflétait dans la glace. Elle était très pâle, ce qui faisait ressortir ses grands yeux gris qui étaient si sombres en cet instant qu'ils paraissaient presque noirs. Le maquillage qu'elle portait ce jour-là cachait mal les cernes qui trahissaient les nuits sans sommeil qu'elle avait passées depuis le soir de la finale.

— Ne soyez pas ridicule, répondit Billings, vous êtes nerveuse. C'est parfaitement naturel.

— Justement ! s'exclama Brooke. Je ne suis jamais nerveuse, d'habitude. Je me sens parfaitement ridicule...

— D'habitude, vous n'êtes pas sur le point de vous marier, lui rappela patiemment Billings. La plupart des femmes doivent réagir de la même façon lorsque le grand jour arrive.

— Le grand jour, répéta Brooke d'un ton ironique.

Billings préféra ne pas relever et acheva d'attacher les derniers boutons.

— Et voilà, s'exclama-t-elle enfin. C'est fini.

— Dieu merci, soupira Brooke en se dirigeant vers la chaise la plus proche.

Billings s'interposa et l'empêcha de s'asseoir.

— Pas question que vous froissiez votre belle robe juste avant la cérémonie ! s'exclama-t-elle.

— Mais cela fait plus d'une heure que je suis debout.

— Vous connaissez le proverbe : il faut souffrir pour être belle.

Brooke étouffa un juron que Billings accueillit d'un haussement de sourcils réprobateur.

— Je vous rappelle que la robe que vous portez est un symbole de pureté et de grâce, déclara-t-elle d'un air très digne, avant d'aller chercher une brosse à cheveux sur la coiffeuse.

— Je ne me sens pas particulièrement pure ou

gracieuse, déclara Brooke. J'ai vingt-huit ans et j'ai passé l'âge de jouer les mariées rougissantes. Franchement, je dois être complètement folle. Aucune femme dotée d'un tant soit peu de sens commun n'accepterait une demande en mariage faite au beau milieu d'un fast-food.

— L'important, c'est que le mariage ait lieu dans les jardins de Mlle Thorton. Et nous avons de la chance : le beau temps est au rendez-vous.

— Je n'aurais jamais dû accepter de me marier ici, soupira Brooke.

— Qu'est-ce qu'il ne faut pas entendre ! s'exclama Billings en brandissant sa brosse d'un air menaçant. Personne ne vous a forcé la main. Vous êtes la jeune femme la plus décidée, têtue, et butée que je connaisse. Simplement, vous n'arrivez pas à admettre que vous avez trouvé un garçon encore plus décidé, têtu et buté que vous. Au fond, je crois que l'idée d'avoir trouvé quelqu'un à votre mesure vous fait peur.

— Je n'ai pas peur ! s'écria Brooke, offusquée.

— Vous mourez de peur, insista Billings sans se laisser impressionner le moins du monde.

— Si vous croyez que je vais me laisser impressionner par quelqu'un comme Parks Jones…

— Ce n'est pas de lui que vous avez peur mais de vous-même, répliqua Billings. Mais cela n'a rien de si extraordinaire, vous savez. La plupart des femmes tremblent de tous leurs membres et se mettent à balbutier quand vient le moment de prononcer leurs vœux.

— Je n'ai jamais balbutié de ma vie, déclara Brooke. Et rien ne m'a jamais fait trembler.

— Nous verrons bien. Maintenant, approchez-vous

et laissez-moi remettre un semblant d'ordre dans votre tignasse.

Brooke obéit à contrecœur et Billings commença à la coiffer. Avec une habileté consommée, elle démêla les lourdes boucles rousses qu'elle tressa ensuite. Elle attacha les cheveux de la jeune femme au moyen d'une broche sur laquelle étaient piquées des fleurs d'hibiscus. Billings était convaincue que des boutons de rose ou des brins de muguet auraient été plus appropriés mais elle dut bien reconnaître que l'effet final était plutôt réussi.

— Où sont les boucles d'oreilles que vous a offertes Mlle Thorton ? demanda-t-elle.

— Là, répondit Brooke en désignant la boîte à bijoux posée sur la table de nuit.

Elle commençait vraiment à regretter de ne pas s'être mariée discrètement, comme Parks l'avait suggéré. Comment avait-elle pu laisser son amie la convaincre qu'elle voulait un grand mariage en blanc ? D'ailleurs, pourquoi avait-il fallu qu'elle accepte la proposition de Parks ? Quel besoin avait-elle de se marier ?

— Tenez, mettez-les, fit Billings en déposant au creux de sa main les deux boucles d'oreilles faites de superbes perles rosées en forme de gouttes d'eau. Je trouve que M. Jones a fait preuve de beaucoup de goût en vous envoyant des fleurs assorties à ces boucles.

— Si vous l'aimez tant, vous n'avez qu'à l'épouser vous-même, répliqua Brooke avec humeur.

D'une main bien moins assurée qu'elle ne l'aurait voulu, elle accrocha les deux perles.

— Qui sait ? répondit Billings d'un air malicieux. Si vous continuez à perdre vos moyens de cette façon, il finira peut-être par choisir quelqu'un d'autre…

Maintenant, arrêtez de dire des bêtises et laissez-moi vous regarder.

Billings fit lentement le tour de Brooke qui ne pouvait détacher ses yeux du miroir, sidérée par sa propre apparence.

— Je suppose que cela ira, conclut la gouvernante. Evidemment, une traîne et un voile auraient encore amélioré l'effet d'ensemble…

Elle hésita un instant à déposer un baiser d'encouragement sur la joue de Brooke mais la tension qui habitait la jeune femme l'en dissuada. Elle ne tenait pas à rajouter à la charge émotionnelle de ce moment.

— Allons-y, se contenta-t-elle de dire après avoir consulté sa montre. Le moment est venu.

D'un pas hésitant, Brooke suivit Billings dans le couloir. Il était toujours temps d'annuler, songea-t-elle, le cœur battant à tout rompre. Personne ne pouvait l'obliger à aller jusqu'au bout. A chaque pas qui la rapprochait du jardin, elle sentait croître ses doutes et ses incertitudes. Ses mains étaient moites, sa respiration oppressée. Ce n'était certainement pas ce que l'on était censé éprouver à quelques minutes de son mariage.

Tout était allé beaucoup trop vite. Cela faisait à peine quatre jours que Parks avait fait sa demande. Et elle avait commis l'erreur d'en parler à Claire. A partir de là, la situation lui avait complètement échappé. Son amie avait pris les choses en main et s'était lancée à corps perdu dans des préparatifs de plus en plus extravagants.

Car, pour Claire, il n'était pas question que Parks et Brooke se contentent d'une petite cérémonie discrète. A ses yeux, c'était tout juste bon pour les adolescents qui se mariaient contre la volonté de leurs parents. Il fallait une célébration digne de ce nom, avec des invités soigneusement choisis, un repas délicieux, une robe de rêve et un cadre adéquat.

Brooke s'était laissé convaincre et, à partir de ce moment-là, elle avait été prise dans un tourbillon d'activités qui ne lui avaient pas laissé un seul instant pour réfléchir au sens profond de l'engagement qu'elle s'apprêtait à contracter.

Mais il n'était pas trop tard, songea-t-elle alors que Billings et elle atteignaient le grand hall de la villa. Elle pouvait encore tourner les talons, sortir par la porte de derrière, rejoindre sa voiture et rentrer chez elle. Evidemment, cela n'aurait pas été très glorieux. Et Brooke était bien trop fière pour se contenter de fuir de cette façon.

Mieux valait aller trouver Parks et lui expliquer qu'elle s'était trompée, qu'elle avait répondu trop précipitamment et qu'elle avait changé d'avis. Elle s'efforcerait de faire preuve à la fois de douceur et de fermeté.

— Brooke, tu es adorable ! s'exclama Claire qui les attendait au bas de l'escalier.

Elle portait une magnifique robe bleue et ses yeux brillaient de larmes d'émotion qu'elle s'efforçait de contenir.

— Claire, je…

— Si seulement tu m'avais laissée engager cet orchestre pour jouer la marche nuptiale !

— Mais je…

— Enfin, cela n'a aucune importance. L'essentiel, c'est que tu sois heureuse.

Claire la prit dans ses bras et la serra affectueusement contre elle.

— Je me sens complètement idiote, s'exclama-t-elle. Lorsque je te regarde, j'ai l'impression que c'est ma propre fille qui est sur le point de se marier ! Il faut croire qu'il n'est jamais trop tard pour développer un instinct maternel…

— Oh, Claire…

— Non, ne dis rien ! Je ne veux pas courir le risque de fondre en larmes et de ruiner mon maquillage. Après tout, ce n'est pas tous les jours que je suis témoin.

— Claire, justement, je voulais te dire…

— Les invités attendent, mademoiselle Thorton, remarqua Billings.

— Oui, bien sûr, acquiesça celle-ci.

Elle serra une dernière fois la main de Brooke dans la sienne avant de se diriger vers la terrasse.

— Ça va être à vous, déclara alors Billings.

Brooke hésita, se demandant si la solution la plus lâche n'était pas parfois la meilleure. Il lui paraissait brusquement bien plus facile de prendre ses jambes à son cou que d'affronter la déception de Parks. Mais Billings la prit par le bras et l'escorta jusqu'à la terrasse. Là, son fiancé l'attendait. En le voyant, Brooke sentit ses jambes vaciller légèrement.

Il était vêtu d'un magnifique costume gris perle, bien plus élégant que tout ce qu'elle l'avait vu porter jusqu'à ce jour. Il souriait, paraissant parfaitement à l'aise et sûr de lui. Ses yeux trahissaient la même concentration, la même intensité que lorsqu'il s'apprêtait à recevoir la balle d'un lanceur.

Sans même s'en rendre compte, elle se dirigea vers lui et il lui prit la main qu'il porta à ses lèvres. Tous deux se trouvaient à présent devant l'autel qui avait été dressé au milieu de la terrasse couverte de fleurs exotiques. Les regards de tous les invités étaient braqués sur eux.

Brooke s'efforça de trouver ses mots, de prononcer les paroles qui mettraient fin à cette cérémonie. Mais, avant qu'elle ait pu retrouver l'usage de la parole, le pasteur commença à parler.

La jeune femme n'entendait pas vraiment ce qu'il disait. L'odeur des fleurs coupées lui donnait le vertige et elle gardait les yeux fixés sur ceux de Parks, y puisant la force de résister au flot d'émotions qui la submergeait.

Elle l'entendit répéter les mots du pasteur et comprit qu'il était en train de s'engager à l'aimer jusqu'à la fin de ses jours. Elle avait dû écouter ces paroles des centaines de fois et, pourtant, elle avait l'impression de les entendre vraiment pour la première fois.

Elle sentit Parks lui glisser son alliance au doigt mais n'osa pas le quitter des yeux de crainte de perdre le peu de contrôle qu'elle exerçait encore sur elle-même. Au loin, elle entendit un oiseau lancer un trille joyeux.

Puis, sans même s'en rendre compte, elle récita ses propres vœux. Sa voix était bien plus assurée qu'elle ne l'aurait cru possible. Et lorsqu'elle enfila à son tour l'alliance de Parks, ses mains ne tremblaient pas.

Il se pencha sur elle et, lorsqu'il l'embrassa, elle lui rendit son baiser avec passion, scellant ainsi les promesses qu'ils venaient de se faire.

« Et dire que j'ai failli m'enfuir », songea-t-elle, fascinée.

— Je t'aurais rattrapée, lui souffla Parks.

Stupéfaite, Brooke lui jeta un regard hésitant. Se pouvait-il vraiment qu'il soit capable de lire en elle aussi facilement ? Cette idée avait quelque chose de très déstabilisant et, à la grande surprise des invités, elle ne put retenir un juron. Puis elle éclata de rire et se jeta dans les bras de Parks.

L'idée que Claire se faisait d'une petite fête informelle était bien digne de la productrice qu'elle était. Elle avait déclaré qu'elle n'inviterait qu'un nombre réduit de personnes mais Brooke compta plus d'une centaine d'invités. Il y avait aussi une fontaine de champagne, une gigantesque pièce montée de cinq étages, assez de petits fours pour nourrir une armée en campagne et un groupe qui jouait les airs préférés de Brooke et de Parks.

Malheureusement, tous deux n'eurent guère le temps de profiter de ce festin. Ils furent assaillis par des dizaines de gens qui tenaient à les féliciter et leur souhaiter tout le bonheur du monde.

A cette occasion, Brooke fit la connaissance de sa belle-famille. Elle rencontra d'abord la mère de Parks, une petite femme très élégante qui fondit en larmes en la serrant dans ses bras. Son père lui serra la main avec enthousiasme avant de déclarer que, maintenant qu'il était marié, son fils retrouverait peut-être un semblant de bon sens et viendrait travailler pour l'entreprise familiale.

Brooke fut ensuite présentée à de nombreux oncles, tantes, cousins et cousines qui la pressèrent de questions, comme s'ils voulaient prendre la mesure de cette nouvelle venue dans la famille. Finalement, elle fut sauvée de cet interrogatoire par une vieille dame aux cheveux gris qui écarta tout le monde d'un geste impérieux.

— Laissez-la un peu tranquille ! s'exclama-t-elle. Ils sont insupportables, ajouta-t-elle à l'intention de Brooke. Je suis Tante Lorraine.

Elle tendit la main à Brooke qui la serra, comprenant instinctivement que ce geste avait plus de valeur que tous les baisers qu'elle venait de recevoir. Brusquement, elle sut à qui elle avait affaire.

— C'est vous qui avez offert la pièce d'or à Parks.

Lorraine lui sourit.

— Alors il vous a raconté ça ? fit-elle en s'efforçant de dissimuler son émotion. C'est un bon garçon. J'espère que vous serez heureux, tous les deux.

— Moi aussi, répondit Brooke en souriant.

— Venez me voir dans six mois. C'est généralement le temps qu'il faut à de jeunes mariés pour s'adapter à la vie de couple. Maintenant, si vous voulez mon avis, vous devriez aller retrouver votre mari et filer en douce avec lui.

Sur ce, Tante Lorraine tourna les talons et se dirigea vers le buffet. La suivant des yeux, Brooke songea qu'elle avait au moins trouvé une parente de Parks avec laquelle elle s'entendrait bien.

Suivant ses conseils, elle se mit à la recherche de son époux. Elle le trouva en pleine discussion avec un groupe d'invités qui le pressaient de questions au sujet de la finale qui avait opposé les Kings aux Hérons.

En fait, il leur fallut encore patienter près de deux heures avant de pouvoir s'éclipser discrètement. Alors que Brooke avait regagné sa chambre pour se changer, Parks la rejoignit et, la prenant par la main, il l'entraîna jusqu'à sa voiture.

— Nous avons réussi ! s'exclama-t-il en démarrant.

— Ce n'était pas très poli, remarqua Brooke en riant.

— Non.

— Mais je vois que tu n'es pas parti les mains vides, ajouta-t-elle en désignant la bouteille de champagne qu'il venait de poser à ses pieds.

— C'est l'avantage des troisièmes bases. Nous sommes plutôt habiles de nos mains…

Brooke éclata de nouveau de rire.

Moins de vingt minutes plus tard, Parks se gara devant la maison de Brooke et tous deux remontèrent l'allée main dans la main. Alors qu'ils atteignaient la porte d'entrée, la jeune femme s'immobilisa brusquement.

— C'est malin ! s'exclama-t-elle. Tu m'as kidnappée sans te soucier de savoir si j'avais pris mon sac à main. Du coup, je n'ai pas mes clés.

Parks plongea la main dans sa poche et tira le jeu qu'elle lui avait confié. Malgré elle, Brooke ne put s'empêcher de froncer les sourcils. Comment était-il parvenu à occuper si rapidement une place si importante dans sa vie ?

Parks remarqua sa réaction mais s'abstint prudemment de tout commentaire. Il savait pertinemment qu'en demandant Brooke en mariage, il avait un peu brusqué les choses. Il faudrait encore un moment à la jeune femme pour s'habituer à la vie à deux. Mais il était prêt à patienter le temps qu'il faudrait.

Après avoir ouvert la porte, il souleva la jeune femme entre ses bras pour la porter à l'intérieur.

— Je ne savais pas que tu étais aussi traditionaliste,

remarqua-t-elle en nichant son visage au creux de son cou. Mais je trouve ça plutôt…

Brooke fut interrompue par un joyeux aboiement. Surprise, elle baissa les yeux et découvrit un petit chiot au pelage brun qui tournait autour de Parks et essayait de lui mordiller les mollets.

— Qui est-ce ? demanda-t-elle, stupéfaite.

— C'est mon cadeau de mariage, expliqua Parks en repoussant les assauts de l'animal.

— Oh, Parks ! s'exclama-t-elle, luttant pour retenir ses larmes. Il est superbe !

— J'avais chargé E.J. de passer le déposer il y a une heure, pour que tu puisses le trouver à ton retour. Le propriétaire du chenil m'a pris pour un fou lorsque je lui ai dit que je cherchais « un chien sympathique avec des yeux doux et un tempérament affectueux ».

— Merci, Parks ! Je t'adore.

Brooke se serra contre Parks et couvrit son visage de baisers. Puis il la déposa à terre et elle s'agenouilla auprès du chiot qui lui fit fête.

Parks observa son épouse vêtue de sa robe de mariée qui jouait avec le petit animal. Elle paraissait si jeune, en cet instant, qu'il sentit une étrange émotion l'envahir. Chaque fois qu'elle baissait la garde, il distinguait cette profonde vulnérabilité qu'elle s'efforçait d'ordinaire de dissimuler soigneusement.

C'était peut-être ce contraste qui le fascinait tant. Il était probablement l'un des seuls à savoir que, derrière le masque de la réalisatrice ambitieuse et décidée, se cachait une femme fragile et touchante.

— C'est notre premier enfant, déclara Brooke sans cesser de jouer avec le chiot.

— C'est vrai, acquiesça Parks. Il a ton nez.

— Et tes pieds, renchérit-elle en riant. A en croire leur taille, d'ailleurs, il sera immense !

— Qui sait ? Tu pourras peut-être l'engager dans l'une de tes publicités.

Parks prit les mains de Brooke et l'aida à se relever. Il déposa une pluie de petits baisers sur sa joue, sur ses lèvres et sur son front.

— Nous devrions ouvrir cette bouteille de champagne avant qu'elle ne soit chaude.

— Je n'ai pas très soif, répondit Brooke en le regardant droit dans les yeux.

Le désir qu'il y lut éveilla instantanément le sien. Sans un mot, il la reprit dans ses bras et la souleva de terre pour l'emporter vers la chambre à coucher.

— Je ne comprends pas, murmura Brooke d'une voix légèrement haletante.

Elle était allongée auprès de Parks qui caressait doucement sa cuisse nue. Tous deux savouraient le lent reflux du plaisir qui continuait à faire courir sur leur peau d'irrépressibles frissons.

— Qu'est-ce que tu ne comprends pas ? demanda Parks.

— J'ai l'impression de te désirer un peu plus chaque fois…

— J'imagine que c'est bon signe.

Brooke n'en était pas tout à fait aussi sûre. Elle se voyait toujours comme la maîtresse de Parks et avait du mal à se considérer comme son épouse. C'était peut-être parfaitement naturel, songea-t-elle. Après tout, il s'agissait pour elle d'une expérience inédite.

Levant la main, elle considéra son alliance. L'anneau d'or incrusté de saphirs et de diamants brillait doucement à la lueur de la lampe de chevet.

— Est-ce que tu crois que les choses vont changer entre nous ? demanda-t-elle avec une pointe d'angoisse.

— Tout change, répondit Parks. C'est dans l'ordre des choses. Tu te mettras en colère lorsque je viderai le ballon d'eau chaude en restant trop longtemps sous la douche. Je t'en voudrai lorsque tu finiras le café sans penser à m'en laisser une tasse.

— C'est tout ? demanda Brooke en souriant.

— C'est beaucoup, tu sais. La vie de couple est constituée de dizaines de petits riens, de gestes quotidiens qui constituent le fondement même d'une relation. Un monde nouveau s'offre à nous, madame Jones.

— Madame Jones, répéta pensivement Brooke. Je n'avais pas pensé à cela… Pour moi, ce nom est associé à ta mère.

— J'ai vu que tu avais fait sa connaissance, à la réception. Qu'as-tu pensé d'elle ?

— Je l'ai trouvée très gentille, répondit Brooke, diplomate.

Parks éclata de rire.

— Ne t'en fais pas. De toute façon, mes parents vivent à plus de quatre cent cinquante kilomètres d'ici.

— Ne crois pas que je ne veuille pas les voir…

— Ne t'inquiète pas, Brooke. Je sais très bien qu'il ne doit pas être facile pour toi d'hériter brusquement d'une famille par alliance. Je ne te forcerai jamais à les fréquenter si tu n'en as pas envie.

— Je crois que j'ai juste besoin de temps pour m'habituer à l'idée, acquiesça Brooke. En tout cas, je suis heureuse que nous ayons décidé de rester ici plutôt que de partir en voyage de noces.

— Moi aussi. Par contre, j'aimerais bien que nous partions un peu tous les deux. Nous pourrions aller à Maui pour Noël. Je voudrais te montrer la maison que j'ai achetée là-bas.

Brooke hocha la tête, songeant que Claire lui devait bien une semaine ou deux de vacances. Cela faisait des mois qu'elle n'en avait pas pris. Elle ferma les yeux et se concentra sur le mouvement hypnotique et rassurant des doigts de Parks qui caressaient ses cheveux.

— Tu sais que je t'ai trouvée vraiment irrésistible quand Billings t'a poussée presque de force sur la terrasse, lui dit-il soudain.

— Je ne savais pas que tu nous voyais de l'endroit où tu te trouvais, répondit Brooke, légèrement embarrassée.

— C'est étrange. Je ne pensais vraiment pas que tu serais aussi terrifiée que moi, remarqua Parks, pensif.

Brooke le contempla avec étonnement.

— Tu avais vraiment peur ?

— Bien sûr ! s'exclama-t-il en riant. Une demi-heure avant la cérémonie, je pensais encore à toutes les raisons pour lesquelles nous ferions mieux d'annuler ce mariage.

— Il y en avait donc tant que cela ?

— Tellement que je ne parvenais plus à les compter, acquiesça Parks. Par contre, je n'avais qu'une seule raison d'aller jusqu'au bout.

— Vraiment ? Puis-je savoir laquelle ?

— Le fait que j'étais amoureux de toi.

Brooke posa doucement son front contre celui de Parks et le regarda droit dans les yeux.

— Tu crois que c'est aussi simple que cela ? demanda-t-elle.

— Je ne sais pas, avoua-t-il. Mais, sur le moment, cela m'a paru suffisant. A présent, je commence à voir d'autres avantages à notre situation.

— Le fait que ce soit bon pour la campagne publicitaire de De Marco, par exemple ? suggéra malicieusement Brooke.

— Bien sûr. Tu sais que c'est pour moi une priorité absolue. Comme le fait d'avoir quelqu'un pour plier mes chaussettes.

— Tu peux toujours rêver ! s'exclama Brooke en lui décochant un coup de coude. Par contre, je trouve très malin de ta part de t'être acoquiné avec la réalisatrice du téléfilm dans lequel tu dois jouer.

— Je ne suis toujours pas sûr d'accepter la proposition de Claire, objecta Parks. Mais toi, tu as l'air d'avoir fait ton choix.

— Je ne suis pas encore absolument certaine mais je crois que je vais dire oui, reconnut Brooke. Et je pense que tu devrais faire de même.

— Pourquoi ? s'étonna Parks.

Brooke hésita.

— Je ne devrais pas te le dire, lui dit-elle enfin.

— Pourquoi pas ? demanda-t-il, surpris.

Elle soupira avant de hausser les épaules.

— Parce que tu n'as vraiment pas besoin d'une personne de plus pour flatter ton ego.

— Ne t'en fais pas, répondit-il en riant. Je suis capable de le supporter.

Brooke le regarda droit dans les yeux et il réalisa que ce n'était plus à la femme mais à la réalisatrice qu'il avait affaire.

— Je pense que tu es vraiment très doué, lui dit-elle gravement.

— Je crois que tu dois être sous le choc du mariage, ironisa-t-il. C'est bien la première fois que je t'entends me faire un compliment !

— Ne te fais pas d'illusions, répliqua Brooke. Je ne voulais pas dire que tu savais jouer.

— Ouf ! Me voilà rassuré !

— Par contre, reprit-elle, tu as une excellente présence à l'image. Sais-tu combien d'acteurs sont devenus célèbres sans jamais se risquer au moindre rôle de composition ? Ils se jouent eux-mêmes, cultivent leur propre image mais le font avec brio. Je crois que tu en serais parfaitement capable. Et si tu te cantonnes dans un premier temps à des rôles qui te correspondent, je suis persuadée que tu pourrais très bien te faire très rapidement une place au soleil. Toi qui te demandes souvent ce que tu feras lorsque tu arrêteras le base-ball, tu tiens peut-être déjà la réponse à ta question…

Parks fronça les sourcils et étudia attentivement la jeune femme.

— Tu es vraiment sérieuse ? demanda-t-il.

— Oui. Je sais que je ne devrais pas te dire cela et que je le regretterai probablement la prochaine fois que je devrai te diriger mais tu as vraiment du talent. Et je suis convaincue que tu devrais réfléchir très sérieusement à la proposition de Claire.

Parks réfléchit quelques instants à la question puis hocha la tête.

— Je te promets que j'y penserai, déclara-t-il. Je sais que j'ai souvent affirmé le contraire mais l'idée de ne rien faire lorsque je quitterai les Kings me terrifie. Je ne sais pas si je suis fait pour ce genre de carrière mais j'avoue que ce que j'ai appris à tes côtés m'a plutôt plu.

— Tant mieux. En tout cas, je te promets une chose : si tu deviens une star du cinéma, tu pourras toujours compter sur moi pour te remettre à ta place chaque fois que tu attraperas la grosse tête !

— Tu me le promets ? fit Parks en riant.

— Je te le promets, acquiesça-t-elle. Mais, pour le moment, j'ai d'autres projets en tête.

— Puis-je savoir lesquels ?

En guise de réponse, elle se pencha vers lui et l'embrassa avec passion.

Chapitre 12

Novembre était arrivé mais la chaleur qui pesait sur Los Angeles était digne d'un mois d'août. Du coup, la plupart des gens se sentaient nerveux et fébriles. Brooke ne faisait pas exception. Parks et elle avaient passé dix jours entiers cloîtrés chez elle.

Cette lune de miel n'avait pas été exempte de tensions. Elle essayait de se convaincre que c'était dans l'ordre des choses. Après tout, deux individus ne pouvaient espérer rester enfermés vingt-quatre heures sur vingt-quatre ensemble sans que surgissent des causes de dispute ou d'incompréhension. Et c'était doublement vrai de gens dotés d'un tempérament aussi tranché que le leur.

C'était peut-être ce que Parks avait voulu dire lorsqu'il avait parlé des petits riens, de ces gestes qui constituaient le quotidien d'un couple. Le fait de vivre à deux requérait un certain nombre d'ajustements et de concessions qui n'allaient pas toujours de soi.

Brooke avait renoncé à son nom pour prendre celui de Parks. Quant à lui, il avait abandonné son appartement pour s'installer chez elle. Aux yeux de la jeune femme, il s'agissait d'une sorte de troc, d'un échange qui ne cadrait guère avec la vision romantique et idéalisée qu'elle gardait du mariage.

Peut-être était-ce en elle qu'il fallait chercher l'origine de cette contradiction. Cette opposition entre un idéalisme qu'elle s'efforçait de réprimer et un cynisme dont elle se cuirassait creusait en elle un fossé qu'elle était incapable de combler.

Ainsi, au lieu d'être épanouie et rayonnante de bonheur comme devaient l'être la plupart des jeunes mariées, elle se sentait mal à l'aise, angoissée et frustrée. Elle avait une conscience d'autant plus aiguë de cette réaction que Parks, au contraire, paraissait s'adapter avec une facilité déconcertante à son nouveau statut d'homme marié.

Elle s'était pourtant bien gardée de lui faire part de ses états d'âme, estimant préférable de régler ces problèmes de son côté. Malheureusement, le jour du tournage de la nouvelle publicité arriva avant qu'elle ait pu trouver la moindre solution.

— J'aimerais vérifier l'angle de prise de vues, déclara Brooke en montant sur le plateau de la grue que les techniciens venaient d'installer sur la plage.

E.J. hocha la tête et actionna le levier. La plate-forme s'éleva lentement dans les airs. Brooke inspira une profonde bouffée d'air marin. Le soleil brillait de tous ses feux et la chaleur était écrasante.

Le doux bruissement des vagues qui venaient s'écraser sur le rivage constituait un véritable supplice de Tantale pour l'équipe qui travaillait d'arrache-pied depuis le début de la matinée.

— Très bien, déclara-t-elle lorsque la grue s'immobilisa en position. Nous commencerons par un plan d'ensemble. Ensuite, tu te rapproches légèrement de lui et tu termines en plan large sur Parks et son cheval. Vérifie bien ta vitesse. Je veux que l'on ait un maximum de détails : les muscles de la monture, la texture de sa robe, les mouvements du cavalier…

— Qu'est-ce qui t'intéresse le plus ? demanda E.J. L'homme ou l'animal ?

— Les deux, répondit Brooke en essuyant les gouttes de sueur qui coulaient le long de son front.

Elle se pencha pour observer Parks qui attendait patiemment près de son cheval que tout soit en place. Il ne portait qu'un jean De Marco et était torse nu, ce qui le rendait terriblement sexy.

— Tout est prêt ! lui cria-t-elle enfin.

— D'accord, répondit-il en se forçant à sourire.

Cela faisait plusieurs jours qu'il s'efforçait d'ignorer la tension croissante qui s'était installée entre eux. Il l'avait sentie monter progressivement sans en comprendre vraiment les raisons. Chaque matin, il espérait que l'orage finirait par éclater, que Brooke choisirait la confrontation et lui exposerait clairement ce qui n'allait pas. En vain.

— Que veux-tu que je fasse ? demanda-t-il.

— Tu as lu le script, non ? rétorqua Brooke.

— Bien sûr. Je voulais juste savoir si tu n'avais pas d'instructions particulières à me donner…

— Ne joue pas au plus malin, Parks ! s'exclama-t-elle. Je ne suis vraiment pas d'humeur.

— Eh, ne le prends pas sur ce ton ! protesta-t-il. Je tiens juste à éviter que nous ayons à tourner la scène dix fois.

C'était sans doute une préoccupation parfaitement

légitime mais Brooke était de bien trop mauvaise humeur pour le reconnaître.

— Nous tournerons autant de fois que je le déciderai, répliqua-t-elle durement. Maintenant, monte sur ce cheval et galope le long de la plage. Et tâche de montrer que tu y prends plaisir.

— C'est un ordre ? demanda Parks, vexé.

— Dois-je te rappeler que je suis metteur en scène et que tu es acteur ?

— Très bien, acquiesça-t-il d'un air sombre.

Se demandant une fois de plus ce qui pouvait bien mettre Brooke dans un tel état de nerfs, Parks se détourna et se dirigea vers son cheval.

— Tu as entendu ce que veut le boss ? lui demanda-t-il en flattant son encolure.

D'un geste, il monta en selle.

Brooke contempla l'homme à demi nu qui se tenait juché sur le bel étalon à la robe dorée. Il émanait de lui une assurance qui éveillait en elle un mélange de fierté et d'agacement. Si seulement elle n'avait pas eu tant de mal à se laisser aller à ses propres sentiments, soupira-t-elle intérieurement.

Pourquoi était-elle donc incapable de se laisser aller et de lui faire pleinement confiance ? Chaque fois qu'elle était sur le point d'y parvenir, le souvenir de Clark lui revenait à l'esprit et elle sentait ses doutes et ses angoisses resurgir.

— Tout le monde en place ! cria-t-elle en s'efforçant de repousser ces pensées qui parasitaient sa concentration.

Les techniciens s'écartèrent tandis que Parks allait se mettre en position.

— Silence ! Moteur !

— Ça tourne, confirma E.J.

Brooke prit une profonde inspiration et fit le vide dans son esprit.

— Action ! s'exclama-t-elle soudain.

Parks talonna sa monture et s'élança au galop. Les yeux fixés sur le moniteur, Brooke ne put s'empêcher d'admirer le mélange de grâce et d'élégance qui émanait de lui. Il ne semblait faire qu'un avec son cheval et leurs gestes s'accordaient parfaitement.

La caméra capturait à merveille cette complicité, soulignant l'éclat doré du pelage du cheval et des cheveux de son cavalier, la flexion de leurs muscles, la joie que leur procurait cette course. Et Brooke n'avait pas besoin de table de montage pour imaginer le rendu final du ralenti.

— Coupez ! s'exclama-t-elle enfin. Qu'en penses-tu, E.J. ?

— C'était fantastique ! s'exclama son chef opérateur avec enthousiasme. Je crois qu'avec ça, les ventes de De Marco devraient augmenter d'au moins dix pour cent.

— Fais-nous descendre.

E.J. s'exécuta et Brooke descendit de la nacelle pour se diriger vers Parks. En la voyant approcher, ce dernier interrompit sa discussion avec le dresseur du cheval et se tourna vers elle.

— Alors ? fit-il.

— C'était très bien, déclara-t-elle. J'aimerais refaire une prise.

— Pourquoi ?

— Cette fois, j'aimerais que tu gardes les yeux fixés au loin pendant que tu galopes, lui dit-elle.

— Pourquoi ? répéta Parks en la regardant droit dans les yeux.

Il paraissait avoir parfaitement conscience de l'inutilité de cette seconde prise, ce qui ne manqua pas d'agacer la jeune femme.

— Contente-toi de monter ce cheval, répliqua-t-elle vertement. Et laisse-moi m'occuper de la mise en scène.

Avec une lenteur délibérée, Parks descendit de cheval. Le dresseur, percevant la tension qui opposait la réalisatrice à son acteur, parut brusquement se rappeler qu'il avait quelque chose de très important à faire à l'autre bout du plateau. Les techniciens détournèrent les yeux, embarrassés.

— Est-ce que cela t'ennuierait beaucoup de demander, au lieu d'exiger ? demanda Parks d'une voix très douce qui cachait mal la colère qui l'habitait.

— Est-ce que cela t'ennuierait beaucoup de suivre mes directives ? rétorqua-t-elle en le fusillant du regard.

— J'ai l'impression que l'on ne t'a jamais appris les mérites de l'esprit d'équipe.

— Nous ne sommes pas dans un stade de base-ball. Ici, chacun a un travail à faire. Le tien est d'obéir à mes instructions.

Parks serra les dents. Ses yeux trahissaient une rage difficilement contenue. Le moment était peut-être venu de percer l'abcès une fois pour toutes, songea Brooke. Les mains sur les hanches, elle se prépara à contre-attaquer. Mais lorsque Parks lui répondit, sa voix ne trahissait qu'une froideur glacée.

— Tu te trompes, déclara-t-il. Mon travail, c'est de représenter la marque De Marco.

— Et c'est exactement ce que je te demande de faire,

répliqua-t-elle, résistant à la tentation qu'elle avait de crier. Si tu veux jouer les divas, je te conseille d'attendre que nous ayons fini de tourner. Et si tu as des griefs, parles-en à ton agent !

Sur ce, elle fit mine de s'éloigner mais Parks l'attrapa par le bras.

— J'aimerais parler à ma femme, articula-t-il, hors de lui.

— Je suis désolée mais tant que tu te trouves sur mon plateau, c'est à ta réalisatrice que tu as affaire. Mes techniciens meurent de chaud, Parks, et j'aimerais que nous finissions cette scène avant que l'un d'eux n'attrape une insolation !

Parks serra les dents, comprenant qu'il ne pouvait faire payer à l'équipe une scène de ménage qui ne regardait que Brooke et lui.

— Très bien, lui dit-il. Mais je te préviens : le sujet est loin d'être clos. Nous en rediscuterons en privé.

Il se détourna alors et remonta à cheval. Brooke le suivit des yeux tandis qu'il s'élançait au galop pour conjurer sa frustration. Puis, lentement, elle se dirigea vers la grue.

Parks était furieux.

Il ne savait pas vraiment ce qu'il allait dire en arrivant dans le bureau de Brooke. Mais il était sûr au moins d'une chose : il ne pouvait plus supporter le silence dans lequel elle se drapait. Il voulait connaître les raisons de la tension qui s'était installée entre eux. Il voulait surtout savoir si elle regrettait leur mariage et si leur relation était condamnée.

Bien sûr, il aurait préféré en discuter alors qu'ils se trouvaient chez eux. Mais Brooke avait développé l'art de fuir la discussion et d'éviter ses questions. D'ailleurs, après ce qui s'était passé sur la plage le matin même, il ne pouvait plus se permettre d'attendre en espérant que les choses finiraient par rentrer dans l'ordre.

Sans tenir compte de la secrétaire de Brooke, Parks se dirigea droit vers la porte de cette dernière et l'ouvrit. Malheureusement, le bureau était désert.

— Je suis désolée, monsieur Jones, s'excusa la secrétaire qui avait remarqué l'éclat assassin qui brillait dans son regard. Mlle Gordon… Je veux dire Mme Jones n'est pas là…

— Où est-elle ?

— Je ne sais pas… Peut-être dans le bureau de Mlle Thorton. Si vous voulez bien patienter, je peux l'appeler pour vérifier.

Mais Parks s'était déjà mis en route vers le bureau de Claire. Il lui fallut moins de cinq minutes pour l'atteindre. Une fois de plus, il évita les assistantes qui essayaient de s'interposer et ouvrit la porte.

— Où est Brooke ? demanda-t-il sans même prendre la peine de saluer Claire et Lee qui se trouvait avec elle.

— Bonjour, Parks, fit la productrice avec un sourire charmant. Voulez-vous du thé ?

Elle continua à remplir la tasse de Lee. Parks comprit qu'il était peut-être allé un peu loin. Gêné, il s'efforça de dominer la colère qui l'habitait et de s'exprimer avec un minimum de civilité.

— Je cherche Brooke, expliqua-t-il.

— J'ai bien peur que vous ne l'ayez manquée de peu, répondit Claire en tendant à Lee une assiette de petits macarons. Elle est partie, il y a une demi-heure. Un petit gâteau ?

— Non, merci. Savez-vous où elle est allée ?

Claire prit le temps de grignoter un macaron et de s'essuyer précautionneusement les doigts.

— Je crois qu'elle est rentrée chez elle.

— C'est ce qu'elle a dit, acquiesça Lee. Et elle paraissait être d'aussi bonne humeur que toi.

— C'est exact, acquiesça Claire. Doit-on en déduire que vous avez eu une querelle d'amoureux ?

— En quelque sorte, acquiesça Parks.

Ce n'est qu'alors qu'il réalisa que son agent et sa productrice étaient assis côte à côte sur le canapé du bureau.

— Dites, qu'est-ce que vous faites ici, tous les deux ? demanda-t-il.

— Cela ne se voit donc pas ? répondit Claire avec un sourire parfaitement innocent. Nous prenons le thé.

— Tu devrais t'asseoir un moment, le temps de te calmer un peu, lui conseilla Lee. Tu as l'air aussi à cran que si tu venais de disputer neuf manches d'affilée.

— J'aurais préféré jouer deux matchs coup sur coup plutôt que d'avoir à supporter ce tournage.

— Est-ce que tout s'est bien passé ?

— Brooke avait l'air satisfaite du résultat, remarqua Lee. Cela aurait dû vous aider à vous détendre un peu.

— Qu'est-ce que tu veux dire ? demanda Parks en fronçant les sourcils.

— Que je n'ai jamais vu deux personnes passer tant de temps à se chamailler !

— Se chamailler ? répéta Parks.

— Oui, opina Claire. Je pense que le terme est bien

choisi. Bien sûr, je sais que ce genre de petits jeux de pouvoir est inévitable entre deux personnes dotées de personnalités aussi fortes. Mais il serait peut-être temps d'admettre que vous n'êtes pas seulement rivaux et que vous formez une famille, à présent.

Claire s'était exprimée d'une voix détachée, comme si ce qu'elle disait constituait une évidence. C'était en partie vrai, d'ailleurs. Parks et Brooke avaient des tempéraments très affirmés et c'était l'une des raisons pour lesquelles ils éprouvaient tant de respect et d'admiration l'un pour l'autre.

Mais c'était la première fois que Parks envisageait leur couple comme une famille. Jusqu'à présent, il s'était surtout soucié de conquérir le cœur de la jeune femme et de la convaincre de devenir son épouse. Il n'avait pas pensé à ce que cela signifiait vraiment.

D'une certaine façon, la remarque de Claire lui permettait de mieux appréhender ce qui le troublait dans leur relation. En s'installant chez Brooke, Parks n'avait pas eu l'impression de fonder un foyer. Il vivait dans *sa* maison, entouré de *ses* affaires et se faisait plus l'effet d'être un invité de marque qu'un membre de sa famille.

— Je ne sais pas si Brooke est prête à fonder une famille, remarqua-t-il.

Mais l'était-il lui-même ? se demanda-t-il brusquement. N'avait-il pas agi exactement comme elle en lui parlant de *sa* maison à Maui ?

— Je crois que vous vous trompez, déclara Claire. Brooke a cherché toute sa vie la famille qu'elle n'avait jamais eue. Vous devez le savoir si vous la connaissez vraiment. Que vous a-t-elle dit au sujet de son enfance ?

— Pas grand-chose, avoua Parks, un peu penaud.

— Lui avez-vous au moins posé des questions ? Et ne me dites pas que vous ne vouliez pas la mettre mal à l'aise. Vous êtes son mari. Vous avez le droit de connaître ces choses-là. Si vous ne le faites pas, vous risquez de ne jamais comprendre ce dont Brooke a besoin, ce qu'elle attend réellement de la vie…

— Je sais déjà qu'elle tient à avoir un endroit bien à elle. Elle est très attachée à ses possessions matérielles et accorde beaucoup d'importance à la notion de propriété.

— C'est vrai, concéda Claire. Mais c'est parce qu'elle n'avait rien lorsqu'elle était enfant. Et elle en souffre encore aujourd'hui. Pourtant ce n'est qu'un substitut, un symbole de ce qu'elle désire vraiment. Lorsque je l'ai engagée, Brooke n'avait que dix-huit ans et elle n'avait que quelques dollars en poche. L'homme qu'elle aimait venait de la quitter en lui dérobant le peu de choses qu'elle avait. Elle s'est juré alors qu'elle ne laisserait plus personne abuser de sa crédulité. Aujourd'hui, c'est à vous de lui prouver qu'en vous aimant, elle n'a pas à craindre ce genre de choses.

— Mais c'est absurde ! protesta Parks. Je ne veux rien lui voler…

— Vous voulez qu'elle se donne à vous.

— Bien sûr ! N'est-ce pas le cas de tous les amoureux ?

— Si. Mais dans le cas de Brooke, les choses sont un peu plus compliquées. Elle s'est battue toute sa vie pour construire quelque chose, pour donner un sens à son existence. C'est pour cela qu'elle est si ambitieuse. C'est pour cela qu'elle a accumulé tant de biens matériels. Et si vous voulez qu'elle les partage, qu'elle partage avec vous ce qu'elle est, il faut que vous ayez quelque chose de très spécial à lui offrir en échange. Et l'amour ne suffit pas.

— Alors que lui faut-il ? demanda Parks avec une pointe d'exaspération.

— C'est à vous de le découvrir, répliqua Claire d'un air de défi.

Parks prit une profonde inspiration et s'efforça de chasser sa colère qui ne le mènerait nulle part. Il ne servait à rien de reporter sur Claire la frustration que lui inspirait sa propre incapacité à comprendre la femme qu'il avait choisie pour épouse.

— Très bien, déclara-t-il enfin. Je suppose que vous avez raison.

Sur ce, il se détourna et quitta le bureau de la productrice. Claire le suivit des yeux avant de pousser un profond soupir. Lee passa alors un bras autour de ses épaules et la serra contre lui.

— Tu sais que c'est la première fois que je te vois perdre ton sang-froid, observa-t-il.

— Cela ne m'arrive pas souvent. Mais je dois reconnaître que ces deux-là me mettent hors de moi !

— Je te comprends, acquiesça Lee en souriant. Ils ont tout pour être heureux et ne semblent même pas s'en rendre compte. C'est assez désespérant. A ce propos, j'avais une question à te poser…

— Je t'écoute.

— Eh bien… Que dirais-tu de passer le reste de ta vie avec un agent qui a quelques kilos en trop ?

La colère qui brillait dans les yeux de Claire disparut brusquement, remplacée par un sourire radieux qui illumina tout son visage.

— Lee, répondit-elle gravement, je commençais

vraiment à me demander si tu te déciderais un jour à me le proposer.

Parks se dirigeait vers la maison de Brooke lorsqu'il entendit à la radio le bulletin d'information qui annonçait l'incendie qui faisait rage dans les collines de Los Angeles. Instantanément, les pensées qu'il ruminait depuis qu'il avait discuté avec Claire disparurent pour laisser place à une irrépressible inquiétude.

Le feu avait pris dans Liberty Canyon qui se trouvait à moins d'une heure de route de chez Brooke. Si les pompiers ne parvenaient pas à le maîtriser, il s'étendrait très rapidement aux collines environnantes et risquait d'atteindre la maison de la jeune femme.

Parks accéléra, se demandant avec angoisse si Brooke était toujours chez elle. Même si tel était le cas, elle pouvait très bien ne rien savoir de cet incendie. Peut-être était-elle même en train de faire la sieste sans se douter du risque qu'elle courait. Cette simple idée le terrifiait.

Alors qu'il se rapprochait de chez elle, il perçut une odeur caractéristique de brûlé qui flottait dans l'air. A l'est, un épais nuage de fumée maculait le ciel d'azur. Au jugé, Parks estima que les flammes ne devaient plus se trouver qu'à une demi-heure de chez Brooke. Quarante minutes s'ils avaient de la chance.

Le cœur battant à tout rompre, il s'efforça de maîtriser l'envie qui le tenaillait d'accélérer encore. S'il avait un accident, il ne serait d'aucune aide à la jeune femme. D'ailleurs, Brooke était probablement déjà partie. Il observa donc attentivement les véhicules qui venaient en sens inverse, s'attendant à tout instant à repérer son coupé sport. Il pourrait alors faire demi-tour et la suivre jusqu'à un hôtel où tous deux pourraient attendre que le sinistre soit maîtrisé.

Ils en profiteraient pour discuter de ce qui n'allait pas dans leur couple. Parks était bien décidé à suivre les conseils de Claire et à apprendre tout ce qui concernait Brooke. Lorsqu'il saurait tout de son passé, il comprendrait peut-être enfin ce qu'elle attendait de lui.

L'odeur de la fumée se faisait plus âcre à mesure qu'il se rapprochait de la maison. Il aperçut même plusieurs animaux qui traversaient la route, fuyant devant l'avance des flammes. L'incendie était donc plus proche qu'il ne l'avait cru, songea-t-il avec angoisse.

Alors pourquoi n'avait-il toujours pas croisé Brooke ? Se pouvait-il qu'elle soit partie bien avant qu'il ne s'engage sur la route qui menait chez elle ? C'était peu probable. Luttant pour conserver un semblant de calme, Parks parcourut les derniers kilomètres qui le séparaient de sa destination.

Lorsqu'il s'engagea enfin dans l'allée de la jeune femme, il aperçut sa voiture garée devant la maison. Coupant le moteur, il descendit de son propre véhicule et courut jusqu'à la porte d'entrée.

Elle devait être endormie, songea-t-il. Dans le cas contraire, elle n'aurait pas manqué de remarquer cette fumée qui flottait dans l'air et lui piquait les yeux.

L'intérieur de la maison était complètement silencieux. Parks escalada quatre à quatre les marches de l'escalier pour gagner la chambre de Brooke. Il entendit alors leur chien aboyer quelque part au-dehors. Le lit de la jeune femme était vide. Parks l'appela à plusieurs reprises sans que personne ne lui réponde.

Comme il s'apprêtait à explorer les autres pièces, il entendit un crépitement et vit la fenêtre de la chambre se couvrir brusquement de gouttes d'eau. Surpris, il s'en approcha et aperçut Brooke dans le jardin. Son soulagement se mua brusquement en colère lorsqu'il comprit ce qu'elle était en train de faire.

Il ouvrit la fenêtre et se pencha vers elle, furieux.

— Brooke ! s'écria-t-il. Qu'est-ce que tu fabriques ?

Elle sursauta et leva les yeux vers lui.

— Oh, Parks ! Dieu merci, tu es là. Ferme la vitre et viens m'aider à arroser la maison ! Il ne reste plus beaucoup de temps. Dépêche-toi !

Parks serra les dents et referma la fenêtre. Il quitta la chambre et dévala l'escalier, bien décidé à lui faire entendre raison, même s'il devait pour cela l'assommer et la conduire de force en lieu sûr.

Mais lorsqu'il la rejoignit enfin, il ne put s'empêcher de la serrer dans ses bras. Il se rendait compte seulement à présent qu'il avait failli la perdre. S'il n'avait pas entendu les informations à la radio, si Brooke s'était endormie, si le vent avait soufflé plus fort...

Ecartant toutes ces suppositions, il l'embrassa. Mais au moment où leurs lèvres se touchaient, une brusque saute de vent fit courir un frisson le long de sa colonne vertébrale.

— Il faut absolument que nous partions d'ici ! s'exclama-t-il en l'entraînant vers sa voiture.

Mais Brooke ne se laissa pas faire.

— Je reste ! s'écria-t-elle en se dégageant de son étreinte.

Elle ramassa le tuyau qu'elle avait lâché lorsqu'il l'avait prise dans ses bras.

— Bon sang, Brooke ! protesta Parks. Il nous reste à peine un quart d'heure !

Il lui prit le bras mais elle s'éloigna de nouveau de lui.

— Je sais parfaitement combien de temps il reste, répliqua-t-elle.

Sur ce, elle se remit à arroser la maison. Le vent qui venait de se lever redoublait à présent d'intensité, charriant des cendres qui retombaient en pluie autour d'eux. Parks remarqua alors que Brooke ne portait qu'un peignoir de bain. Elle devait se trouver sous sa douche lorsqu'elle avait appris l'existence de l'incendie.

Il réalisa aussi que la jeune femme avait consciencieusement arraché toutes les plantes du jardin dans l'espoir de priver le feu de combustible lorsqu'il atteindrait sa propriété. Ses bras couverts d'éraflures et ses mains noires de terre témoignaient des efforts qu'elle avait dû déployer.

Mais Parks savait pertinemment combien ils étaient dérisoires : si l'incendie se propageait vraiment jusqu'ici, il aurait accumulé suffisamment de puissance pour sauter les taillis environnant la maison. Et le fait qu'elle soit mouillée ne retarderait probablement sa destruction que de quelques minutes.

— Brooke, tu es complètement folle ! s'exclama-t-il, partagé entre admiration et colère. Ce que tu fais ne changera rien…

— Ecoute, répliqua-t-elle d'une voix glacée, si tu ne veux pas m'aider, va-t'en. Je dois encore humidifier la moitié de la maison.

— Mais c'est absurde ! protesta-t-il en lui prenant la main. Viens ! Je ne te laisserai pas risquer ta vie pour rien !

Il recommença à l'entraîner vers la voiture. Cette fois, Brooke ne se contenta pas d'essayer de se dégager. Elle assena à Parks un coup de poing au visage. Stupéfait, il la libéra et massa sa mâchoire douloureuse.

— Je t'ai dit de me laisser tranquille ! s'écria-t-elle, au bord de l'hystérie.

— Tu es complètement folle ! s'exclama Parks, partagé entre colère et angoisse. Comment comptes-tu combattre un incendie avec un simple tuyau d'arrosage ? Ce n'est que du bois et du verre, Brooke ! Rien de plus ! Tu ne vas quand même pas mourir pour ça !

— Non. Mais je vais me battre pour ça ! répliqua-t-elle. Je ne laisserai pas les flammes me prendre tout ce que j'ai !

— Mais nous n'avons plus le temps !

— Cet incendie ne prendra pas notre maison, tu m'entends ? Pas tant qu'il me restera une chance de l'en empêcher !

Parks se figea brusquement, réalisant ce qu'elle venait de dire. *Notre* maison. C'était la première fois qu'elle prononçait ces mots. Et il comprit brusquement que ce n'était pas seulement pour elle qu'elle se battait. C'était pour le foyer qu'elle avait passé tant d'années à bâtir. Un foyer qu'elle avait récemment accepté de partager avec lui.

A présent, c'était peut-être à lui de prouver que cet endroit était aussi important à ses yeux qu'à ceux de Brooke. Le moment était venu de lui donner un gage plus important encore que l'amour qu'il éprouvait pour elle. C'était peut-être ce que Claire avait voulu lui dire.

Parks contempla sa femme qui se tenait à quelques pas de lui, fièrement dressée comme si elle entendait défier les flammes. Ses beaux yeux gris étaient rougis par la fumée qui saturait l'air ambiant et des larmes coulaient le long de ses joues. Elle paraissait à la fois si fragile et si indomptable qu'il sentit son cœur se serrer dans sa poitrine.

Jamais aucune femme ne ferait naître en lui des sentiments aussi profonds. Elle faisait partie de lui, habitait chaque fibre de son corps et de son âme. Et il n'avait pas besoin de questions et de discussions pour savoir qui elle était vraiment.

Sans un mot, il lui prit le tuyau des mains et entreprit d'arroser la maison comme elle avait commencé à le faire. Brooke resta quelques instants immobile. Puis elle essuya ses larmes du revers de la main.

— Parks…, murmura-t-elle.

— Ne dis rien, répondit-il en lui décochant un sourire rassurant. C'est toi qui as raison. Nous devons nous battre tant qu'il reste la moindre chance.

Brooke posa doucement la main sur son épaule.

— Va chercher des serviettes et une couverture, lui dit-elle. Cela devrait nous permettre de respirer à travers toute cette fumée.

Parks hocha la tête et lui tendit le tuyau avant de se diriger vers la maison.

Durant près d'une demi-heure, ils continuèrent à arroser le bâtiment. La chaleur ne cessait de croître et ils étaient couverts de transpiration. La fumée devenait plus épaisse d'instant en instant. Leurs yeux pleuraient sans discontinuer et ils étaient pris de quintes de toux irrépressibles. Les premières flammes avaient déjà atteint les taillis et ils luttaient contre elles pied à pied, les aspergeant sans relâche.

Parfois, ils avaient l'impression que l'incendie refluait, qu'ils parviendraient à sauver la maison. Puis il redoublait brusquement, anéantissant leurs espoirs. Bientôt, Brooke cessa complètement de réfléchir. Elle agissait de façon mécanique, soutenue par une conviction irraisonnée : elle devait protéger cet endroit qui symbolisait tout ce qu'elle avait bâti et tout ce que l'avenir lui réservait encore.

Un foyer. Une famille. Le sentiment d'appartenir enfin à quelque chose d'immuable.

Ce fut Parks qui aperçut le premier le mur de flammes. Pendant quelques secondes, il resta immobile, trop terrifié pour parler. Il songea que l'enfer venait de s'ouvrir devant eux. Des langues de feu de plusieurs mètres de haut se précipitaient sur chaque arbre, chaque bosquet, les réduisant en cendre en quelques secondes. On aurait dit une créature vivante qui projetait ses tentacules dans toutes les directions. Un monstre ardent qui entendait tout dévorer sur son passage.

— C'est fini, articula-t-il enfin.

Il se pencha pour récupérer le chien qui aboyait de toutes ses forces et prit la main de Brooke.

— Qu'est-ce que tu fais ? s'exclama la jeune femme. Nous ne pouvons pas partir maintenant…

— Si nous restons, nous mourrons, répliqua-t-il en l'entraînant vers la voiture.

Il ouvrit la portière pour y faire entrer le chien.

— Nous avons fait tout ce que nous avons pu, reprit-il. Rien que l'on puisse racheter ne vaut que l'on risque sa vie.

— Mais tu ne comprends pas ! protesta Brooke. Tout

ce qui compte à mes yeux se trouve dans cette maison ! Je ne peux pas laisser le feu me prendre ma vie !

A ces mots, Parks sentit un immense désespoir le submerger. Ne comprenait-elle donc pas que cette maison n'était qu'un symbole ? Que ce qui importait vraiment, c'était l'envie qu'ils avaient de bâtir ensemble un foyer ? Peut-être s'était-il trompé, songea-t-il tristement. Peut-être était-elle vraiment plus attachée à ses possessions passées qu'à leur avenir commun…

— Très bien, soupira-t-il, défait. Si c'est vraiment ce que tu penses, je ferai tout ce que je pourrai. Mais je t'en conjure, reste dans la voiture. Et si le feu se rapproche encore, pars d'ici et va te mettre à l'abri.

Avant même qu'elle ait pu protester, il tourna les talons et se précipita vers la maison cernée par les flammes. Lorsqu'elle se retrouva seule, le semblant de contrôle qu'elle exerçait encore sur elle-même vola en éclats. Incapable de penser clairement, elle fondit en sanglots et s'effondra sur le sol, tremblant de tous ses membres.

L'incendie allait lui prendre tout ce qu'elle avait. Une fois de plus, elle se retrouverait démunie et devrait tout reconstruire de zéro. Et cette idée lui était insupportable.

Une explosion la tira brusquement de cet état d'accablement. Un pin venait de s'embraser, à quelques mètres de là. Cette fois, réalisa-t-elle, tout était fini. Elle allait perdre sa maison et tout ce qu'elle contenait.

Et Parks se trouvait probablement à l'intérieur…

Ce n'est qu'alors qu'elle comprit ce que cela signifiait.

Un brusque vertige s'empara d'elle. Du bois et du verre. Etait-elle donc prête à perdre l'homme qu'elle aimait pour du bois et du verre ? Que vaudrait sa maison si elle s'y retrouvait de nouveau seule ?

Soudain, elle comprit que, si elle avait passé des années à accumuler tous ces objets, ce n'était que pour combler le vide qui existait en elle. Comment n'avait-elle pas vu auparavant que depuis que Parks était entré dans sa vie, ce vide n'existait plus ?

Et elle venait peut-être de l'envoyer à la mort.

Cette idée lui fit l'effet d'un électrochoc. Luttant contre l'angoisse qui l'étreignait, elle se précipita vers la maison en criant son nom. La fumée qui avait envahi le canyon était à présent si dense que sa vision était réduite à deux mètres. Un grondement sourd signalait que l'incendie s'était encore rapproché et la chaleur était presque intolérable.

Pendant quelques instants, elle perdit le sens de l'orientation, courant au hasard sans cesser d'appeler Parks de toutes ses forces. Elle fut interrompue par une violente quinte de toux et craignit de s'évanouir. Malgré cela, elle continua sa progression et finit par distinguer la silhouette sombre de sa maison.

C'est alors qu'elle aperçut Parks. Il se tenait devant un rideau de flammes grondantes, le tuyau à la main. Hors d'haleine, elle se précipita vers lui et se jeta dans ses bras avant de le couvrir de baisers.

— Que se passe-t-il ? articula-t-il d'une voix que la fumée rendait rauque. Je t'ai entendue crier… Pourquoi n'es-tu pas restée dans la voiture ?

— Allons-nous-en, répondit-elle, haletante. Je t'en prie, partons d'ici !

— Mais la maison…

— Peu importe la maison ! déclara-t-elle d'un ton farouche. Sans toi, elle ne signifie rien !

Le prenant par la main, elle l'entraîna en direction de

la voiture. Il se laissa conduire sans rien dire. Brooke s'installa au volant tandis que Parks prenait place sur le siège passager. La jeune femme démarra en trombe et s'engagea sur la route qui menait à Los Angeles. Au bout de deux ou trois kilomètres, la fumée se fit moins dense et elle immobilisa leur véhicule sur le bas-côté avant de fondre en larmes.

Le cœur serré, Parks caressa doucement ses cheveux roussis par les flammes.

— Brooke, je suis désolé, murmura-t-il. Je sais combien cette maison était importante à tes yeux…

— Je me fiche de la maison ! s'exclama-t-elle en se tournant vers lui.

Dans son regard, il perçut un mélange de colère et de tristesse.

— Je ne sais pas ce qui m'a pris, lui dit-elle d'une voix tremblante. Comment ai-je pu te renvoyer là-bas alors que… ?

Elle fut incapable de finir sa phrase et assena un coup de poing au volant.

— Tu es ce qu'il y a de plus important dans ma vie, avoua-t-elle enfin en s'efforçant vainement de retenir les larmes qui coulaient le long de ses joues noircies. Tu ne me croiras peut-être pas après ce qui s'est passé mais c'est vrai…

Elle prit une profonde inspiration avant de poursuivre.

— Je n'ai jamais rien possédé d'autre que cette maison et ce qu'elle contenait. Et je me disais que, si je perdais cela, tout ce que j'avais vécu n'aurait plus aucun sens… J'imagine que c'est difficile à comprendre mais c'était la première fois que j'avais l'impression d'avoir trouvé ma place. Durant toute mon enfance, je n'ai cessé de passer d'une maison à l'autre. Chaque fois, je savais que cela ne durerait pas. Et je me suis promis qu'un jour, j'aurais mon propre foyer, un endroit que je n'aurais à partager avec personne, qui n'appartiendrait qu'à moi. Je crois que je n'aurais pas pu survivre sans cet espoir…

Brooke essuya ses larmes et le regarda droit dans les yeux.

— Aujourd'hui, je n'ai plus besoin de cela, reprit-elle. J'ai enfin compris qu'une maison n'était qu'une coquille vide. Ce qui compte vraiment, ce sont les gens qui l'habitent. Et tant que tu continueras à vivre avec moi, je n'aurai besoin de rien d'autre.

Parks la contempla en silence, trop ému pour lui répondre. Le visage de Brooke était noirci de suie, ses cheveux étaient emmêlés, ses yeux gonflés et ourlés de rouge. Elle ne portait qu'un peignoir trempé et sale et ses mains étaient couvertes d'égratignures. Pourtant, jamais elle ne lui avait semblé plus belle qu'en cet instant.

Ils avaient affronté l'enfer et en étaient sortis vivants. Plus rien d'autre ne comptait.

Incapable d'exprimer ce qu'il ressentait, il se pencha vers elle et posa ses lèvres sur les siennes.

— Tu saignes, remarqua Brooke en s'écartant légèrement de lui.

Elle effleura sa lèvre fendue qui avait déjà commencé à gonfler.

— C'est ta faute, lui rappela Parks en souriant. Je n'aurais jamais imaginé que tu avais un direct aussi redoutable…

— Je suis désolée, s'excusa-t-elle en rougissant. Tu ne pensais qu'à m'aider et moi…

— Toi, tu pensais à notre maison. Mais nous en

reconstruirons une autre, Brooke. Et, cette fois, rien ni personne ne pourra nous l'enlever.

Il l'embrassa de nouveau. La tendresse qu'il éprouvait pour elle se mua brusquement en passion et ils se dévorèrent de baisers. Leurs mains couraient sur leurs corps, exprimant l'envie irrésistible qu'ils avaient l'un de l'autre.

Brooke se contorsionna pour s'asseoir sur les genoux de Parks et elle déboucla sa ceinture. Maladroitement, il fit glisser son jean et écarta les pans du peignoir pour pouvoir entrer en elle. Sans cesser de s'embrasser, ils firent l'amour avec une ferveur presque sauvage.

Ce n'était pas seulement pour satisfaire le besoin qu'ils avaient l'un de l'autre. C'était la célébration de la vie qu'ils sentaient couler en eux. C'était la promesse de l'avenir qui les attendait.

Tandis qu'elle sentait monter en elle un plaisir irrépressible qui la submergeait comme une vague, Brooke sut qu'elle pourrait toujours compter sur Parks. Il serait toujours là pour la soutenir, pour la protéger, pour la consoler.

Pendant qu'ils combattaient ensemble l'incendie, ils avaient cessé d'être deux individus distincts. Ils étaient devenus un couple, une famille. Après de longues années d'errance, elle avait enfin trouvé un foyer. Ce n'était pas un endroit fait de bois et de verre mais un lieu qui existait au plus profond d'elle-même.

Désormais, ils ne seraient plus jamais seuls.

collection NORA ROBERTS

Un envoûtant rendez-vous

Brooke Gordon ne se reconnaît plus. Alors qu'elle est une réalisatrice respectée et reconnue grâce à son autorité naturelle et son franc-parler, elle est en train de perdre tous ses moyens devant un homme certes plus sexy que les autres, mais bien trop sûr de lui ! Un homme qui, comble de l'ironie, n'est autre que Parks Jones, l'acteur avec lequel elle va devoir collaborer pendant plusieurs jours… Pourtant, Brooke le sait, elle ne doit rien laisser paraître de son trouble. Hors de question, en effet, qu'elle laisse une simple attirance physique empiéter sur sa vie professionnelle…

Une voix dans l'ombre

Tu vas mourir, Cilla. Je suis ta conscience, ton ombre, ton exécuteur… Et tu vas souffrir comme tu as fait souffrir…

Soir après soir, un auditeur anonyme menace Cilla O'Roarke, animatrice d'une émission de radio à Denver. Un inconnu qui connaît sa vie dans les moindres détails, et qui l'accuse de la mort d'un homme dont elle ne se souvient pas… Sur les ondes de la nuit, Cilla est entraînée dans un cruel jeu du chat et de la souris. Et, pour découvrir ce que lui veut cet inconnu qui la menace d'un châtiment immérité, elle n'a d'autre choix que de le faire parler. Mais plus les révélations de son mystérieux interlocuteur se font précises, plus la terreur s'insinue dans sa vie. Car ce justicier pervers qui semble tout savoir d'elle, de sa famille, de son passé, se cache forcément dans le cercle de ses plus proches amis…

La brûlure de l'amour

Une terre aride à perte de vue. Et un projet des plus ambitieux. En acceptant de relever le défi que lui a lancé l'architecte Brett Johnson – réaliser dans des délais très courts un centre de loisirs situé en plein cœur du désert de l'Arizona –, Ella sait qu'elle joue sa carrière : elle devra prouver à cet homme exaspérant, qui semble prendre un malin plaisir à s'opposer à toutes ses propositions, qu'elle est la meilleure dans son domaine, et qu'il peut lui faire confiance. Tout cela en s'efforçant de résister au charme irrésistible qu'il exerce sur elle, et qu'elle a bien du mal à ignorer…

Prochain rendez-vous le 1er juin 2014

Composé et édité par les

éditions HARLEQUIN

Achevé d'imprimer en Italie (Milan)
par Rotolito Lombarda
en janvier 2014

Dépôt légal en février 2014